L'Archange du Médoc

PASCAL MARTIN

L'Archange du Médoc

ÉDITIONS FRANCE LOISIRS

Édition du Club France Loisirs,
avec l'autorisation des Éditions Presses de la Cité

Éditions France Loisirs,
123, boulevard de Grenelle, Paris
www.franceloisirs.com

ISBN : 978-2-298-01596-6

A Jim, à Toulouse,
aux Toulousaines...

1

Dans les ténèbres de la cave voûtée, le four ronflait, toussant telle une bête enragée. Dans sa gueule, les bûches incandescentes craquaient et explosaient dans un tonnerre sourd, projetant des flammèches qui tourbillonnaient dans les volutes, lançant des éclairs furieux avant de s'évanouir.

Vénus se tenait face à la bouche infernale, nue, le corps plaqué contre la voûte, les bras écartés, les poignets cerclés de bagues en ferraille reliées au mur par de grosses chaînes scellées dans la pierre. Ses pieds étaient joints, prisonniers dans un bracelet en métal rongé par la rouille. La jeune femme avait les yeux clos. Joue délicatement posée sur son épaule, elle semblait dormir, à moins qu'elle ne soit évanouie. Les lueurs dansantes du foyer projetaient son ombre sur la pierre : l'image tremblante d'un Christ en croix.

Soudain, elle se redressa. Elle venait d'entendre grincer la lourde porte qui donnait sur l'extérieur, sur la lumière, sur la vie. Elle l'entendit se refermer dans un tremblement de tonnerre en même temps qu'un souffle froid s'insinuait dans les embrasures.

Elle perçut un bruit de pas dans l'escalier, puis le son de voix qui rampaient sous la porte. Ses geôliers étaient de retour. Comme d'habitude, ils se disputaient. La petite fille voulait qu'on en finisse avec elle – elle disait : « la sorcière » –, qu'on lui perce le cœur d'un coup d'épée, qu'on lui tranche la tête. L'homme protestait que l'archange Michel était à l'œuvre et il réclamait un peu de patience.

Le regard de la jeune femme se posa sur la statue qui lui faisait face. La silhouette de l'archange Michel se dressait dans la pénombre, frêle, élancée, fringante dans son armure d'acier, ailes déployées dans son dos, épée fièrement dressée vers son ciel de pierrailles.

Vénus eut un sourire triste. Pauvre archange ! Lui dont la destinée était de livrer des batailles homériques dans les espaces célestes se retrouvait prisonnier, comme elle, au cœur d'un cachot sordide plongé dans les ténèbres...

C'était une vulgaire statue en plâtre, mais Vénus ne pouvait s'empêcher de lui prêter vie. Dans une main il brandissait un glaive, dans l'autre il tenait une balance. De quel côté le plateau allait-il pencher ? La mort ou la justice ? Cette question, Vénus se la posait chaque jour, chaque heure, chaque seconde, depuis qu'une main anonyme avait étouffé son visage dans un chiffon de chloroforme alors qu'elle s'apprêtait à monter dans sa voiture.

Elle s'était réveillée, enchaînée aux murs d'une cave surchauffée, face à la statue de l'archange et à une rampe de projecteurs. Depuis, le cauchemar durait, peuplé de fantômes et de questions auxquelles elle ne pouvait fournir aucune réponse. Qui étaient ces fous qui la torturaient ? Pourquoi ? De quelle obscure vengeance était-elle l'objet ? Ils étaient deux, un homme et une enfant. Comment un tel attelage s'était-il constitué ? Comment une enfant pouvait-elle se livrer à ce genre de sévices cruels et pervers en compagnie d'un adulte ? Combien de temps son supplice allait-il durer encore ? Quelle en serait l'issue ?

Pour la millième fois, elle croisa les yeux de l'archange rivés sur elle. Son regard de plâtre semblait éteint. A la longue, Vénus avait fini par lui prêter des pensées, des sentiments même, mais elle n'était sûre de rien. Trouvait-il qu'elle était belle ? Que le supplice la rendait plus désirable encore ? Attendait-il que le corps humide de Vénus, suant les poisons et la sensualité dans la fournaise, finisse par demander grâce et par se rendre ? Mais se rendre à qui ? A quoi ? L'homme se contentait de charger le four en bois, de la nourrir, de lui faire boire de l'eau, beaucoup d'eau, et de contempler avec gravité les coulées de sueur qui s'échappaient en roulant de son corps bouillant.

Aucune invective, aucun reproche, pas d'insultes. Rien qu'un silence assourdissant.

Au début, elle avait pensé que son ravisseur était un sadique, un pervers qui était parvenu à entraîner une fillette dans sa démence. Elle avait craint qu'il ne l'ait enlevée pour se servir d'elle comme d'une bête, ou d'une poupée, la violer, la torturer, la revioler, encore et encore, sous les yeux de la petite fille, excité par son regard ingénu. Rien de cela ne s'était produit. L'homme n'avait eu aucun geste déplacé, même pas l'ébauche d'une caresse. Pire : il y avait comme de la douceur dans son regard. Il arrivait parfois que ses yeux se posent sur le sexe de la jeune femme, qu'ils effleurent ses fesses ou ses seins, mais c'était pour les fuir aussitôt, honteux et apeurés. Seul son souffle trahissait parfois un léger trouble. Au lieu de calmer Vénus, de la rassurer, l'attitude de l'homme l'avait tétanisée. Elle avait le sentiment de n'avoir aucune prise sur lui, ni sur son esprit ni sur son corps, pas plus que sur ceux de l'enfant. C'était ça le plus effrayant.

Un jour, alors qu'il était venu lui donner la becquée, elle avait demandé à l'homme pourquoi il la retenait prisonnière. Que voulait-il ?

« S'il ne tenait qu'à moi, je vous rendrais la liberté », avait soufflé son geôlier. Mais je ne suis pas seul.

D'un geste il avait indiqué le mur de lumières, derrière lequel la petite fille se tenait invisible. Elle n'apparaissait jamais lorsqu'ils lui rendaient visite, comme si elle cherchait à se protéger du regard de Vénus.

« Qui est-elle ? avait demandé Vénus en chuchotant. Pourquoi est-ce qu'elle m'en veut tant ? Quel mal lui ai-je fait ?

— Je ne peux rien dire.

— Pourquoi lui obéissez-vous ? »

Il n'avait pas répondu. Ce jour-là, après qu'ils eurent refermé la lourde porte de la cave et éteint le mur de lumières, elle les avait entendus se quereller.

« Vous avez fait des messes basses ! avait sifflé l'enfant. Qu'avez-vous dit ?

— Elle a simplement demandé pourquoi nous la gardions prisonnière. »

L'enfant s'était esclaffée.

« Cette femme est le diable en personne et elle demande pourquoi elle se trouve dans les caves de l'enfer ?! Ah ! C'est la meilleure ! »

D'une voix fielleuse suintante de haine, elle avait ajouté :

« Ne parlez plus jamais à voix basse ! Je veux entendre tout ce que vous dites !

— D'accord », avait murmuré l'homme d'une voix vaincue.

Le lendemain, lorsqu'ils étaient revenus, Vénus avait à nouveau supplié l'homme de la libérer de ses fers.

« Je vous l'ai déjà dit, je ne suis pas seul à décider, avait-il répondu d'une voix forte.

— Qui décide, alors ? avait demandé Vénus en tournant son regard vers le mur de lumières. Elle ? Une enfant ? »

Révoltée, elle s'était mise à hurler :

« Montre-toi, au moins, que je voie ton visage ! »

L'enfant n'avait pas répondu et ne s'était pas montrée.

« Elle n'est pas seule à décider non plus, avait indiqué l'homme d'une voix triste.

— Qui alors ?

— Il y a lui. »

Il avait désigné la statue de l'archange Michel.

« Surtout lui ! avait-il ajouté.

— Vous voulez dire que c'est une statue qui va décider de mon sort, c'est ça ?

— L'archange Michel, oui !

— Mais vous êtes complètement fous ! »

Pour la première fois, il l'avait giflée.

« Ne répétez jamais une chose pareille ! »

2

Les flammes des « caves de l'enfer » n'étaient pas les seules à rugir et à mordre en cette fin d'hiver. D'autres, plus bruyantes et spectaculaires, ravageaient la petite ville de Saint-Quentin-en-Yvelines, où les altermondialistes s'étaient donné rendez-vous pour s'opposer au sommet du G8 qui devait se tenir prochainement à Versailles.

Les altermondialistes, comme c'était devenu l'habitude, avaient organisé un contre-sommet pour s'opposer à ceux qui prétendaient régenter le monde. Dès l'arrivée des premiers manifestants, des heurts avaient éclaté, des barricades s'étaient dressées. Des cocktails Molotov avaient virevolté dans l'air, provoquant l'arrivée massive des flics, escortés de camions à jets d'eau. Lesquels avaient douché les opposants sans ménagement, les balayant sur les trottoirs comme des détritus. Sans toutefois éteindre leur rage. Car, sitôt qu'un foyer était maîtrisé à l'est de la ville, un autre se rallumait à l'ouest, et les camions-citernes sillonnaient les boulevards tels des hannetons affolés.

S'il arrive parfois que les manifs prennent un petit air de fête, et que, de part et d'autre des barricades, les belligérants se lancent des regards amusés et goguenards en attendant de rentrer chez eux pour se voir à la télé, là, on était loin du compte. La situation internationale était en effet dramatique et beaucoup craignaient que des extrémistes ou des provocateurs ne profitent du rassemblement de Saint-Quentin pour envenimer les choses et mettre le feu aux poudres.

Apparemment, les barils étaient prêts.

La spirale infernale avait commencé avec une opération de nettoyage en Tchétchénie, menée par des commandos d'élite de l'armée russe. Un véritable carnage. Des villages entiers de « terroristes » brûlés, des femmes et des enfants massacrés. La communauté internationale s'était émue et avait fermement condamné cette opération « barbare ». Dans un discours musclé, Poutine l'avait priée d'aller se faire foutre.

A quoi servent les organisations internationales si elles sont incapables d'empêcher ce genre de massacre ? avaient demandé les altermondialistes.

Le ton était monté à l'ONU, mais Poutine avait serré les mâchoires et on avait commencé à entendre le cliquetis des fusils. Tel un cheval emballé, la planète semblait devenue folle. Les autorités russes pétaient au nez des nations indignées et, comme pour mieux faire sentir leur fumet, elles avaient annoncé leur refus de participer aux prochains travaux du G8.

Loin de calmer les ardeurs des altermondialistes, cette décision les avait encouragés à dénoncer l'imposture : à quoi sert une alliance entre les pays les plus riches et les plus puissants au monde si l'un d'eux peut se livrer impunément à un carnage ? mugissaient les manifestants en expédiant des boulons en acier sur les CRS. En réalité, les diplomates n'étaient pas dupes : Poutine faisait monter la pression pour forcer les Américains à abandonner leur stratégie de bouclier nucléaire, et calmer ses propres généraux.

Mais les altermondialistes se soucient peu de ce genre de subtilité, et on redoutait que l'un d'eux, un illuminé ou un provocateur, n'allume la mèche d'une déflagration mondiale.

3

Vénus les écoutait chuchoter derrière la porte. Elle n'entendait pas ce que disait la fillette, mais elle était certaine qu'une fois encore elle réclamait qu'on en finisse. L'enfant avait une voix cristalline, très pure. Pour Vénus, c'était devenu la voix de la mort.

D'un instant à l'autre, ils allaient allumer le mur de lumières et pousser la porte de la cave.

« Cette femme est le diable en personne et elle demande pourquoi elle se trouve dans les caves de l'enfer ?! Ah ! C'est la meilleure ! » La phrase prononcée par la petite fille résonnait encore aux oreilles de Vénus. « Le diable en personne » ? Et pourquoi l'appelait-elle « la sorcière » ?

Vénus n'avait pas le moindre début de réponse à ces questions.

Elle lança un regard vers l'archange Michel, implorant désespérément son aide. Les flammes du foyer dansaient sur le visage glabre de la statue.

— Aide-moi ! supplia Vénus.

Le tas de plâtre demeurait stoïque.

L'archange était-il un homme, ou bien une femme ? Les traits de son visage étaient délicats et purs, ses membres fins sous l'armure, sa chevelure blonde, longue et flottante. *Tu es une femme !*

Son bras tenant l'épée était musclé, ses épaules larges, sa main ferme. *Non ! Tu es un homme !*

Les anges ont-ils un sexe ?

Malgré elle, Vénus s'affolait. Elle s'affolait chaque fois qu'elle pressentait qu'ils allaient entrer dans la cave. A force de réfléchir, elle avait fini par défricher une piste à propos de l'archange Michel. Une hypothèse qui l'avait glacée d'effroi. Elle connaissait l'histoire biblique de l'archange, mais elle savait également – elle l'avait appris au cours d'un voyage d'études en Roumanie – que le saint avait servi d'étendard et de symbole à une milice nazie qui s'était fait une spécialité de l'extermination des Tsiganes. En les pendant par la gorge à des crocs de boucher, de préférence. Or Vénus était d'origine tsigane.

Chaque fois qu'une telle pensée atteignait son esprit, elle se dépêchait de la repousser, tant elle était terrorisée.

Elle entendait la voix de ses geôliers et s'attendait à tout instant à ce qu'ils déclenchent le mur de lumières, l'éblouissant, la laissant aveugle et impuissante. Immédiatement après, la porte s'ouvrirait et l'homme viendrait jusqu'à elle pour lui donner la becquée, comme il le faisait chaque jour. Après, il la regarderait transpirer sans rien dire.

Alors qu'il traversait la cave, Vénus pressentait qu'il ne manquait jamais d'adresser un coup d'œil à la statue. Le regard de l'archange était-il différent sous le flux des lumières ? S'éclairait-il d'une vie soudaine ? Son expression changeait-elle ? Devenait-il agressif, méchant, barbare même ? Progressivement, Vénus s'était persuadée, avec effroi, que sa vie dépendait de ce bout de pierre froide sculpté par une main innocente. Elle avait pourtant conscience que, pour ses ravisseurs, l'archange androgyne n'était qu'un prétexte. On peut faire dire n'importe quoi à une statue ! Qui se cachait, réellement, derrière le masque de l'archange Michel ? Des malades mentaux ? Des fous de Dieu ? Des nazis roumains ? Tout ça à la fois ?

Le mur de lumières se déclencha brutalement et le corps de Vénus se tendit comme un arc. Elle avait beau avoir l'habitude, chaque fois que la barrière de feux s'illuminait, elle était comme électrocutée.

Elle entendit les charnières de la porte grincer et le glissement des pas de ses geôliers qui pénétraient dans la cave. Comme de coutume, la fillette demeura derrière le rideau de lumières alors que l'homme le franchissait, s'approchant d'elle. De lui, les yeux aveuglés de Vénus ne parvenaient à deviner qu'une ombre grise, une vague silhouette brûlée. Il semblait grand et son visage était auréolé de longs cheveux frisottés qui formaient comme une boule. C'était tout ce qu'elle pouvait voir. Elle avait bien tenté de sentir son odeur, mais celle des lampes aux relents de plastique roussi emportait tout. Il tenait une assiette. Alors qu'il avançait la cuillère vers sa bouche pour lui donner la becquée, Vénus adressa une prière silencieuse à la statue.

Parle ! Ordonne qu'on me libère !

La statue resta figée. A cet instant, Vénus pressentit que le morceau de plâtre resterait éternellement muet et qu'elle croupirait à jamais dans cette cave miteuse transformée en sauna infernal, chevillée à son mur, en proie à deux déments. Elle se mit à haïr l'archange Michel.

Au fil des jours, Vénus avait conscience qu'elle était en train de devenir folle.

Elle éclata en sanglots.

4

Eva poussa la porte de la chambre et referma derrière elle. Elle se rendit directement à la fenêtre, qu'elle ouvrit en grand. La pièce, surchauffée, sentait ce mélange de tissu neuf et de colle de moquette qui semblait imprégner tout le château. Elle poussa un soupir d'aise en inhalant l'air frais, toujours empreint d'humidité, de la campagne médocaine. Un vaste parc s'étendait à ses pieds, bordé d'arbres effeuillés. La pelouse donnait sur un bassin central, circulaire, empli d'une eau croupie dont la surface était couverte de nénuphars. A l'orée de la forêt se dressait un pigeonnier, une petite bâtisse carrée en bois et colombages. Les pensionnaires y étaient nombreux : pigeons ramiers, tourterelles, colombes cohabitaient dans la fiente en roucoulant à tout va. L'ensemble dégageait une atmosphère tranquille, poétique et... étrange.

Dès qu'elle avait mis les pieds au château La Palombière, Eva avait été troublée. L'endroit semblait hors du monde, hors du temps, presque irréel. En pénétrant dans le bâtiment, elle avait immédiatement aperçu l'armée des chats qui semblaient y régner en maîtres. Il y en avait des dizaines, toutes races confondues, angoras, persans, birmans, tous admirablement beaux, couchés près des radiateurs ou glissant majestueusement sur le sol avec des allures de monarques. Immédiatement, Eva avait redouté le pire : l'odeur âcre et fanée des litières. Eva ne supportait pas les effluves de latrines, qui lui rappelaient la prison, lui soulevaient le cœur et l'estomac. Curieusement, ici, aucune exhalaison n'accompagnait la présence des félins.

Faire cohabiter des chats et des pigeons, étrange idée ! Eva n'avait pu s'empêcher de ressentir un malaise, comme chaque fois qu'elle repensait à la prison de Fleury-Mérogis, où elle avait passé les plus longues années de sa vie. Les plus dures, aussi. Là-bas également, les pigeons cohabitaient avec les chats, se disputant au pied des hauts murs les restes d'ordures balancés par les détenues depuis leurs cellules. Les chats, galeux et malingres pour la plupart, devaient faire face aux volatiles, devenus avec le temps et l'expérience agressifs et guerriers. Leurs combats, griffes acérées contre becs meurtriers, étaient brefs mais incroyablement violents. Ce spectacle était l'un des passe-temps préférés des taulardes qui, accrochées aux grilles, pariaient, qui sur le matou, qui sur le ramier, en beuglant des encouragements. Les combats se terminaient fréquemment dans une mare de sang, par la mort d'un des deux protagonistes.

Eva secoua la tête. Elle détestait se rappeler ce genre de souvenirs. Mais rien de tel ici ! Le château La Palombière était un endroit merveilleux et douillet, où chats et pigeons semblaient vivre en parfaite harmonie.

Elle s'avança sur le petit balcon. Au loin, elle aperçut le bras de la Gironde, d'où montait une buée légère.

Elle ferma les yeux et respira à nouveau profondément. Etait-ce la masse d'eau du fleuve face à elle, douce et paisible, ou l'imposante forêt landaise qui montait la garde dans son dos ? Elle se sentit soudain comme dans un écrin. Des effluves marins enrobés de l'odeur des pins venaient caresser ses narines. Elle savait que la qualité des grands crus du Médoc devait beaucoup au climat de la région. En hiver, les graviers de la Gironde avaient cette faculté d'emmagasiner de la chaleur durant la journée et de la restituer, le soir venu, pour éviter les gelées. A l'inverse, en été, les pins landais dressaient leur armure face aux rayons ardents du soleil et, la nuit tombée, la forêt répandait autour d'elle une douce fraîcheur. Les vignerons avaient su tirer profit de ces bontés climatiques pour tailler leurs vignes : pas trop hautes, pour éviter qu'elles ne soient giflées par le vent marin, pas trop basses, pour que les corps noueux des ceps bénéficient d'air et d'espace.

A cet instant précis, face à la Gironde, le museau dressé vers un ciel bleu voilé, Eva se sentait pleine de force et de vitalité.

Lorsque Foch lui avait annoncé qu'elle partait pour le Médoc, une joie immense l'avait envahie.

« Qu'est-ce que je vais faire là-bas ? avait-elle demandé, enthousiaste.

— Château La Palombière, tu connais ?

— Bien sûr. »

Le château-la-palombière était un des crus bourgeois les plus réputés du Médoc. Un des plus contestés, aussi. Le maître de chai, un Médocain pur souche, rustre, atrabilaire et orgueilleux, avait refusé de céder à la mode des vins boisés au goût de vanille. Cela lui avait valu les foudres du célèbre Parker et une note médiocre dans son fameux guide mondial. La réponse du maître de chai avait été aussi brève et cinglante que son vin était moelleux et long en bouche : « Parker ? Qu'il mâche ses chewing-gums et qu'il me foute la paix ! » La phrase, rapportée par les journaux spécialisés, avait provoqué la polémique dans le petit monde des œnologues. La curiosité, aussi. Le château-la-palombière s'était retrouvé sous le feu des projecteurs. Il avait ses détracteurs, virulents, les « modernes », et ses supporters, fervents, les « anciens ». La personnalité « spéciale » de la propriétaire, Madeleine Lescarboura, ne semblait pas étrangère au choix des uns et des autres. Mais, dans le Médoc, seule compte la qualité du vin. La querelle s'était réglée sur le pré lors d'une dégustation à l'aveugle organisée par la Maison des vins de Bordeaux. Depuis Sydney, où elle résidait, Eva avait suivi cette bataille d'*Hernani* via une revue œnologique à laquelle elle était abonnée. Le château-la-palombière en était sorti largement vainqueur. Son originalité, sa finesse alliée à une solide charpente, son incontestable caractère avaient séduit les papilles les plus sceptiques. Le château-la-palombière, ainsi distingué, en avait profité pour s'imposer bien au-delà des frontières de l'Hexagone. Jusqu'en Australie, où les meilleurs restaurants se faisaient un devoir de le présenter sur leur carte.

« Il y a un hôtel au sein de la propriété, avait poursuivi Foch. Tu dois y être samedi. Une chambre sera réservée à ton nom.

— Qu'est-ce que je vais faire là-bas ? » avait à nouveau demandé Eva.

Foch n'avait pas répondu. Foch répondait rarement aux questions qu'on lui posait.

« J'attends tes courriers », s'était-il contenté de lancer avant de raccrocher.

Eva avait gloussé gaiement, papilles gustatives en émoi. Le monde était au bord du gouffre, la Troisième Guerre mondiale menaçait, et Foch ne trouvait rien de mieux que de l'envoyer dans le Médoc, au château La Palombière, qui produisait un des meilleurs crus bourgeois de la planète ! Le pied intégral !

Elle avait annulé tous ses rendez-vous à son cabinet d'orthophoniste et loué une place dans le premier avion pour Paris. Ce n'est que lorsqu'elle s'était retrouvée à plus de dix mille mètres d'altitude qu'elle avait brusquement réalisé qu'elle ne savait rien du caractère de la mission que Foch venait de lui confier. Elle avait commencé à se sentir mal à l'aise. Bon Dieu ! Il avait suffi que Foch cite le château La Palombière pour qu'elle se précipite ventre à terre. Elle avait le sentiment, assez humiliant, de s'être comportée comme un vulgaire toutou. Foch lui avait lancé un os et elle s'était jetée dessus comme un alcoolique en manque sur une bouteille. De quoi s'agissait-il ? Eva n'était certaine que d'une chose : il y avait certainement un bon paquet de fric à la clé. Foch n'envoyait jamais gratuitement ses coureurs de nuits en mission. Progressivement, le malaise s'était insinué en elle, grossissant de minute en minute. Pourquoi le chef de l'Œuvre l'avait-il choisie, elle et pas un autre coureur de nuits, pour aller enquêter dans le Médoc ? A cause de ses penchants pour la bouteille ? Pour la défier ? Pelotonnée dans son fauteuil, Eva s'était sentie envahie par le doute. Brusquement, une vague de froid l'avait submergée. Elle avait coupé les pulsateurs d'air conditionné, mais en pure perte. Elle s'était mise à grelotter.

« Ça ne va pas, madame ? l'avait questionnée l'hôtesse. Vous êtes toute pâle.

— J'ai froid. Pouvez-vous m'apporter une autre couverture ? avait-elle demandé d'une voix hachée.

— Bien sûr, madame. »

Eva savait très bien qu'une deuxième couverture ne servirait à rien. C'était une façon de donner le change, aussi bien pour l'hôtesse que pour elle-même. Eva savait que ce n'était pas le froid mais le vide qui la faisait claquer des dents. Le vide dans sa tête, mais surtout dans son ventre. Elle connaissait bien cette sensation, et les manifestations morbides qui l'accompagnaient. Elles étaient réapparues récemment, après le suicide d'un de ses jeunes patients. Elle savait que d'un instant à l'autre elle allait se mettre à tousser comme si la vague qui lui glaçait le sang avait brutalement enveloppé ses poumons. Très vite, comme pour une phtisie spontanée, elle se mettrait à cracher des glaires. Collantes et crémeuses d'abord, puis de plus en plus filandreuses et glissantes jusqu'à s'étirer facilement entre le pouce et l'index, comme du blanc d'œuf. Comme les glaires cervicales qu'elle était allée chercher au fond d'elle-même pour savoir si elle ovulait le jour où elle avait décidé d'avoir un enfant et de le faire toute seule. Elle devait avoir dix-huit ans à cette époque... Ce malaise qui la terrassait, cette sensation de vide dans son ventre, ce froid qui lui givrait les os, ces glaires qui venaient lui obstruer la gorge, elle savait d'où ils venaient. Ils étaient apparus depuis que son utérus était devenu un cimetière. Elle pensait les avoir vaincus. Les symptômes somatiques étaient revenus depuis le suicide de son patient. Elle connaissait le moyen de les éliminer.

Lorsque l'hôtesse lui rapporta la couverture, elle en profita pour lui commander un verre de scotch. Puis un deuxième. L'alcool fit rapidement son effet et Eva se sentit mieux. Elle réalisa qu'elle était restée plus d'un an à Sydney sans que Foch lui adresse le moindre signe de vie. Elle avait fini par croire que le patron de l'Œuvre l'avait oubliée… jusqu'à ce que son téléphone sonne. A ce moment-là, Foch l'aurait envoyée en mission en enfer, elle y serait allée en chantant…

Elle avait commandé un troisième verre et, toute angoisse envolée, s'était endormie, à moitié assommée.

Sitôt arrivée à Paris, elle avait sauté dans un TGV, loué une voiture à la gare de Bordeaux. Alors qu'elle parcourait les petites routes bordées de vignes qui menaient au village de Cressac, elle s'était surprise à chantonner. En apercevant la façade somptueuse du château La Palombière, elle avait poussé un petit gloussement de plaisir. Elle s'était présentée à la réception de l'hôtel, avait demandé si une chambre était bien réservée à son nom.

« Oui, madame, nous vous attendions. »

Elle avait indiqué un superbe chat siamois qui se prélassait au bout du comptoir en lui lançant un regard supérieur.

« Les chats semblent les rois ici…

— Madame Lescarboura, la propriétaire du château, les apprécie beaucoup, avait répondu le réceptionniste. Vous n'êtes pas allergique ?

— Aux poils, non. Aux odeurs…

— Ne vous faites aucun souci, madame. Les chats font leurs besoins à l'extérieur du château.

— Ils sont dressés ?

— Non, madame. On ne dresse pas un chat. Ils sont, disons… délicats. »

L'homme derrière le comptoir lui avait tendu une fiche qu'Eva avait commencé à remplir.

« Vous souhaitez que je vous indique la date, le lieu et l'heure de ma naissance ? s'était étonnée la jeune femme.

— Madame Lescarboura y tient beaucoup », avait répondu le réceptionniste en souriant.

Curieux endroit, avait songé Eva en terminant de remplir sa fiche. Elle était montée directement dans sa chambre.

Maintenant, tout malaise avait définitivement disparu et elle était heureuse de se retrouver face à la Gironde, au cœur du vignoble qui produisait le vin le plus subtil de la planète.

L'air frais la fit frissonner. Elle referma la fenêtre. Elle allait pénétrer dans la salle de bains lorsqu'on frappa discrètement à la porte.

— Oui ?

Une femme entra. De taille moyenne, légèrement enrobée, la soixantaine, les cheveux auburn permanentés, de grosses lunettes rondes, épaisses, qui donnaient à son regard de taupe un éclat et une profondeur particuliers.

— Bonjour, lança-t-elle en refermant la porte. Je suis Madeleine Lescarboura, la propriétaire du château.

— Enchantée, répondit Eva. Je suis...

— Eva Leperlier, je sais, coupa-t-elle. Vous avez fait bon voyage ?

— Oui, merci.

La femme s'avança dans la pièce. Elle était vêtue d'un tailleur mauve dont les épaules étaient couvertes de voiles en soie légère multicolores, qui voletaient autour d'elle comme des papillons. La jupe descendait largement au-dessous du genou. Elle portait des chaussures fines à talons qui donnaient grâce et fermeté à sa démarche. Un énorme collier de perles grises pendait à son cou. Eva songea que sa façon de se vêtir correspondait à ce que respirait son visage : un curieux mélange d'austérité et de fantaisie. Elle songea également que, du temps de sa jeunesse, cette femme avait dû être belle, très belle. Ses traits s'étaient alourdis, son corps épaissi, mais elle conservait dans son allure et son port de tête la grâce qui est la marque des grandes séductrices. Et qui ne les quitte jamais. Madeleine Lescarboura désigna un fauteuil et prit place dans l'autre.

— Installez-vous !

Une femme habituée à commander, songea Eva en s'asseyant en face d'elle.

— Vous savez pourquoi vous êtes ici, n'est-ce pas ?

— Eh bien...

— Je veux que cette histoire reste strictement entre nous, poursuivit Madeleine. Personne, vous entendez bien, personne ne doit savoir que c'est moi qui vous ai fait venir et pour quelles raisons. Nous sommes d'accord ?

Eva hocha la tête en songeant que Madeleine avait une curieuse façon de rouler les « r », un peu à la bourguignonne, ce qui était plutôt comique, venant de la propriétaire d'un cru médocain.

— Vénus a disparu. C'est très embêtant puisqu'elle pèse 20 %, poursuivit-elle. J'ai déjà repoussé la réunion du conseil d'administration trois fois. Je ne peux plus surseoir, c'est dans le règlement. Gachassin et Lacaze m'ont mis le couteau sous la gorge. Ils ont exigé que la réunion soit fixée à la fin du mois. J'ai dû me soumettre. Il faut que ma fille réapparaisse d'ici là. C'est une question de vie ou de mort. Pour moi et pour le château...

Elle fit une pause. Eva la regardait, effarée.

— Je redoute que ces deux individus n'aient supprimé Vénus pour parvenir à leurs fins, ajouta la vieille femme en soupirant.

— Madame Lescarboura, risqua Eva, je pense qu'il est nécessaire que nous reprenions tout depuis le début...

Madeleine posa sur elle un regard qui troubla profondément la jeune femme. Sous ses yeux blottis derrière ses deux énormes lentilles bombées, Eva se sentait comme sous le feu d'une loupe qui semblait vouloir fouiller en elle. Dans le même temps, perdu derrière les verres comme au fond d'un lac, le regard de Madeleine était fuyant, indéchiffrable.

— D'accord, reprenons tout depuis le début ! lança la vieille femme.

Elle se mit à parler et Eva l'écouta sans l'interrompre. Autant Madeleine s'était montrée brouillonne lors de leurs premiers échanges, autant le récit qu'elle faisait maintenant était construit et ordonné. Eva eut même soudain l'impression que la vieille femme avait appris son texte par cœur.

— Vous avez porté plainte ? demanda-t-elle lorsqu'elle en eut terminé.

Madeleine agita la main comme si elle chassait une mouche.

— Non !

— Mais vous avez prévenu la police ? insista Eva.

— Pas plus. J'ai fait appel à un enquêteur, Criss Vermeulen, un privé, un Belge. Un homme charmant, très amusant. Il occupe une chambre ici.

— Dans ces conditions, pourquoi avoir fait appel à moi ?

— Il vaut toujours mieux avoir deux fers au feu, répondit la vieille femme en plissant ses yeux globuleux.

Eva fut à nouveau frappée par son regard. Il était à la fois rieur et désespéré. Une véritable énigme.

— Ne dites pas à Vermeulen qui vous êtes ni ce que vous êtes venue faire ici, ajouta-t-elle. Nul ne doit le savoir. Pour lui, comme pour tout le monde, vous êtes une simple cliente. Si vous avez besoin de me parler, nous nous verrons clandestinement, la nuit, dans votre chambre. Nous sommes d'accord ?

Eva se contenta de hocher la tête.

Madeleine se leva brusquement.

— Savez-vous ce que j'ai proposé à votre patron si vous parvenez à retrouver ma fille ? demanda-t-elle.

— Non, et cela ne me regarde en...

— Mon mari possédait une petite parcelle à Margaux, poursuivit Madeleine sans tenir compte de sa remarque. A sa mort, j'en ai hérité. Comme je n'avais pas le temps de m'en occuper, j'ai laissé un ouvrier agricole en fermage dessus. Un brave homme. Mais maintenant, il est trop vieux pour continuer à travailler. La parcelle est disponible.

— Je viens de vous dire que cela ne me regardait pas, grinça Eva.

— Un groupe de Japonais m'en a proposé un million d'euros l'hectare. Il y en a cinq. Si vous retrouvez ma fille, votre patron deviendra viticulteur. Comme Depardieu ! ajouta-t-elle en riant.

Eva éprouva brutalement le sentiment d'être une marionnette dans un théâtre de fous.

Dans un tourbillon de voiles, Madeleine s'était approchée de la porte, dont elle avait saisi la poignée. Elle se retourna.

— Vous aimez le vin ? demanda-t-elle avec un large sourire.

— Oui, répondit Eva avec un détachement forcé.

— Et les ortolans ?

— Je croyais que leur consommation était interdite...

— Normalement oui. Mais pas chez moi. Pour votre repas, commandez des ortolans accompagnés d'un château-rambaud ! C'est le margaux dont je vous ai parlé. N'ayez aucune inquiétude.

Durant tout votre séjour, vos frais de bouche sont à ma charge. Et pour les ortolans, n'oubliez pas de vous couvrir le visage d'une serviette. C'est la tradition.

Alors que Madeleine allait refermer la porte, Eva ne put s'empêcher de lui poser une dernière question :

— Pourquoi entretenez-vous tous ces chats dans votre château ?

— Parce que je les aime, tiens ! répondit la vieille femme sur le ton de l'évidence. Ils sont discrets, beaux, élégants et... ce que j'apprécie par-dessus tout, très pudiques. Avez-vous déjà vu des chats faire l'amour ?

Eva, interloquée, ne répondit pas.

— Les chiens sont si rustres, si vulgaires parfois, reprit Madeleine. De plus...

Elle fit une pause, comme si elle souhaitait préserver son effet. Puis :

— Vous avez déjà vu des chats policiers, vous ? lâcha-t-elle.

La vieille femme referma la porte avec un sourire entendu.

Lorsqu'elle se retrouva seule, Eva ferma les yeux. Un masque douloureux était venu crisper les traits de son visage. Elle venait de comprendre pourquoi Foch l'avait choisie, elle et pas un autre coureur de nuits, pour cette mission. Il s'agissait pour une mère de retrouver son enfant disparu. Comme celui d'Eva, il y avait longtemps... Foch ne laissait jamais rien au hasard et il était sans pitié. Définitivement !

5

Installée à une table du restaurant, Eva observait les autres clients. Depuis que Madeleine lui avait rendu visite dans sa chambre, son trouble ne la quittait pas. Elle avait le sentiment que toute cette histoire était une farce, le château La Palombière un décor et Madeleine Lescarboura une vieille dame fatiguée en mal d'intrigues scabreuses. Et pourtant, le restaurant était bien réel, les clients bien présents. Ils parlaient bas, au milieu des cliquetis de fourchettes et des tintements de verres. Certains étaient âgés, d'autres plus jeunes. Tous des bourgeois fortunés, discrets et distants comme le sont les Bordelais.

Elle aperçut un homme de forte taille, au visage carré, légèrement rubicond, qui dînait seul à une table. Il jetait vers elle des petits coups d'œil furtifs, vaguement intrigués, des sourires discrets. Eva songea qu'il devait s'agir de Criss Vermeulen, le privé belge.

Un autre homme attira son attention. Il était âgé, tout frêle. Installé seul également à une table, il n'avait pas l'assurance du détective belge et donnait, au contraire, l'impression d'un naufragé sur une île déserte. Eva songea qu'il ressemblait à Léon Trotski, en plus triste, en plus fragile, exilé comme lui, abritant, comme lui, ses nostalgies derrière une paire de lunettes rondes. Ses yeux étaient toujours humides et une larme coulait fréquemment sur sa joue. Une conjonctivite chronique, sans doute, à moins que le bonhomme ne souffre de mélancolie, tout aussi chronique. En l'observant, Eva remarqua qu'il ne perdait rien de ce qui se passait dans la salle et qu'il avait choisi sa table de façon à avoir une vue d'ensemble. Pour chasser son ennui ou pour assouvir sa curiosité ?

Le maître d'hôtel vint s'incliner devant elle. Elle consulta la carte.

— On m'a dit que vous aviez des ortolans.

— Oui, madame.

— Ils ne figurent pas sur la carte.

— Non, madame, mais vous pouvez néanmoins passer commande.

Suivant les conseils de Madeleine, Eva opta pour des ortolans accompagnés d'une bouteille de château-rambaud. Le maître d'hôtel s'inclina.

— Vous prendrez l'apéritif, madame ?

— Vous avez du Bushmill ?

— Bien sûr, madame.

— Un double !

Elle laissa son regard errer sur la salle. Les plafonds s'élevaient en ogives fuselées, aériennes, élégantes. Les murs étaient constitués de gros blocs en pierre de taille, massifs et solennels. Le sol était couvert de marbre d'Italie. Le tout formait un ensemble harmonieux et raffiné. Le plus surprenant était que l'armée des chats, loin d'avoir déserté la place à l'heure où les bourgeois venaient faire ripaille, y avait établi son bivouac. Ils étaient une bonne dizaine, disséminés dans la salle du restaurant, postés près des radiateurs ou nonchalamment allongés sur les tapis. Pas un qui vienne frotter son pelage aux jambes des clients ! Pas un qui miaule ou réclame pitance ! Les greffiers lustrés jetaient sur l'assemblée des mangeurs le regard distant et blasé des bêtes repues.

A la grande surprise d'Eva, pas un client ne protestait contre leur présence. Au château La Palombière, au même titre que les tapisseries et les tableaux accrochés aux murs, les chats semblaient faire partie du décor. A une exception près.

Au début, Eva ne l'avait pas remarqué, tant la blancheur de son pelage se confondait avec celle de la nappe. Un chat laiteux était allongé sur la table du vieil homme qui pleurait sans cesse. Le tableau était troublant, la présence de l'animal n'enlevant en rien au sentiment de grande solitude qui semblait habiter le bonhomme. Et pourtant... Eva remarqua que la main du vieillard était posée sur le ventre de l'animal et qu'il le caressait discrètement. Elle nota également qu'à la différence de ses cousins, racés, celui-ci était un vulgaire chat de gouttière. La jeune femme ne put s'empêcher d'éprouver un brin de sympathie pour ce vulgaire matou perdu au milieu de ses confrères aristos.

Le maître d'hôtel vint lui apporter son verre de Bushmill.

— Les chats ont le droit de monter sur les tables ? demanda Eva, faussement scandalisée.

— Certes non, madame.

— Pourtant...

Elle désigna la table du vieil homme.

— Oh ! Elle, c'est spécial. C'est Opaline. Elle n'appartient pas au cheptel du château. Opaline est la chatte personnelle du professeur Sibelius. C'est pour cela qu'elle a droit à un traitement de faveur.

— Ah ! Une privilégiée, en quelque sorte ?

Le maître d'hôtel approuva.

— Le professeur Sibelius est un de nos clients les plus fidèles. Entre deux voyages, il vient souvent nous rendre visite. Il aime la compagnie des chats, plus que celle des hommes, je crois. Opaline et lui sont inséparables.

— Il a l'air bien triste.

— Monsieur Sibelius est toujours perdu dans ses songes. C'est un historien réputé. Il écrit des livres qui font référence sur l'histoire des révolutions. Ne m'en demandez pas plus, chuchota le maître d'hôtel en s'inclinant avec un petit sourire entendu, je n'en ai jamais lu un seul.

Il se redressa et s'éloigna.

Eva regarda à nouveau le vieil homme. Il semblait effectivement ailleurs, perdu dans ses songes, la main plongée dans la fourrure d'Opaline comme s'il cherchait dans sa présence et sa chaleur un peu de réconfort. Pourquoi avait-il l'air si triste ? Pourquoi pleurait-il ainsi ? Se retrouvait-il sans cesse, presque malgré lui, où qu'il soit, plongé dans le fracas des révolutions, en proie à la fureur des hommes, confronté à leur cortège de cruautés, de haines et d'ambitions ?

Eva avait toujours été fascinée par l'histoire et les historiens. A l'époque de sa formation de coureur de nuits, Foch avait encouragé sa passion. « L'histoire passée n'est que le calque de l'avenir », disait-il souvent.

Eva saisit son verre et but une longue gorgée de Bushmill.

L'Histoire...

Elle repensa à la conversation qu'elle avait eue avec Madeleine Lescarboura dans sa chambre en fin d'après-midi. L'histoire, précisément, qu'elle lui avait racontée semblait ahurissante. Etait-elle vraie, au moins ?

Dans sa tête, Eva se fit un bref résumé de ce que Madeleine lui avait confié : une trentaine d'années auparavant, elle avait épousé Gaston Lescarboura, seul propriétaire à l'époque du château La Palombière. Très vite, le couple avait eu un enfant, une fille, Vénus. A l'époque, le château était laissé à l'abandon. Gaston Lescarboura portait peu d'intérêt aux choses de la vigne. Il préférait la chasse. Madeleine s'était donné pour mission de relancer l'affaire. Afin de moderniser les chais, elle avait eu besoin de capitaux frais. Son mari n'en disposant pas, elle avait créé une société par actions afin d'ouvrir le capital à des investisseurs locaux. Gachassin, le maire du village, propriétaire d'un cru bourgeois de bonne tenue, était entré à hauteur de 31,5 %. Lacaze, une des grosses fortunes de la région, également propriétaire d'un grand cru qui portait son nom, avait pris 14,4 %. « A cette époque, ils m'ont aidée par amitié pour mon mari, avait précisé Madeleine. Ils chassaient ensemble... »

Quelle meilleure preuve de l'amitié dans le Médoc que d'aller à la chasse ensemble ?

Peu de temps après, Gaston Lescarboura était mort au cours d'une battue. D'un vilain coup de carabine dans le dos. Un accident. Madeleine avait hérité du château avec sa fille. Le portefeuille des actions familiales se partageait ainsi : Madeleine en détenait 34,1 %, Vénus 20 %. A elles deux, elles avaient la majorité, et Madeleine s'était logiquement fait nommer présidente du conseil d'administration.

« Mais je ne suis pas médocaine, avait indiqué Madeleine, et ça, ils ne me le pardonneront jamais.

— Vous êtes d'où ? avait demandé Eva.

— Je viens d'ailleurs », avait éludé Madeleine.

Elle avait mené à bien la modernisation de la propriété, entrepris la rénovation du château, ouvert l'hôtel, confié les destinées de son vin à un maître de chai, un vieux grincheux, certes, mais très compétent. Si grincheux et compétent qu'il s'était même permis de conseiller à Parker de retourner mâcher sa gomme dans son Amérique natale...

D'après Madeleine, c'est après la dégustation organisée par la Maison des vins de Bordeaux que les ennuis avaient commencé. Des propositions pressantes de rachat d'abord, de la part de Gachassin et de Lacaze, que Madeleine avait écartées sans prendre de gants. Ensuite étaient venues les menaces.

« Des voitures se sont mises à nous suivre, ma fille et moi, pendant tous nos déplacements, avait expliqué Madeleine. Un jour, l'une d'elles m'a fait une queue de poisson sur la route de Lesparre et j'ai failli verser dans le fossé. La même mésaventure est arrivée à Vénus. »

Eva avait eu une moue sceptique.

« Il y a des chauffards partout.

— J'ai commencé à recevoir des lettres d'insultes, avait poursuivi Madeleine, des coups de chevrotine dans ma fenêtre durant la nuit, un colis posté qui contenait une balle dans un cercueil, et puis des inscriptions dans le château, sur les barriques ou sur les cuves...

— Quel genre d'inscriptions ?

— Du genre : "Ici macère le corps de Madeleine Lescarboura, 1944 (ma date de naissance) – 2007." Je pense que Lacaze et Gachassin voulaient me faire comprendre que j'avais intérêt à céder, qu'ils pourraient aller beaucoup plus loin.

— Qui vous dit que Lacaze et Gachassin sont derrière tout ça ? avait demandé Eva.

— Ils veulent ma perte ! Je ne suis pas des leurs. A l'origine, je n'appartiens pas au monde du vin. Je suis une pièce rapportée, autrement dit une tache, une verrue sur le Médoc. Mais je n'ai pas cédé. Alors, ils ont décidé d'enlever ma fille.

— Quand a-t-elle disparu ?

— Il y a un mois, jour pour jour.

— Dans quelles circonstances ?

— Je l'ignore. J'étais en voyage à Paris. Lorsque je suis rentrée, Vénus avait disparu. Depuis, aucune nouvelle.

— Quelqu'un l'a vue partir ?

— Personne. Vénus s'est littéralement volatilisée. Je suis certaine qu'ils l'ont enlevée. Le conseil d'administration aura lieu dans exactement dix jours. Seule, je n'ai que 34,1 % des voix. Avec l'appui de Lacaze, Gachassin en a 45,9 %. C'est suffisant. Il va me mettre en minorité et en profiter pour se faire nommer président. Puis il détruira tout ce que j'ai construit. C'est son but ! Il faut absolument que vous retrouviez ma fille ! »

Le maître d'hôtel vint déposer la bouteille de château-rambaud sur la table. Eva y jeta un œil gourmand. La bouteille était sagement inclinée dans son panier et Eva décida de ne pas y toucher avant qu'on lui serve les ortolans. Comment savoir si Madeleine disait la vérité ? Son histoire semblait crédible, mais pourquoi n'avait-elle pas alerté la police ? Pourquoi avait-elle fait appel aux services d'un privé ? Puis à l'Œuvre, en exigeant qu'Eva conserve un strict anonymat ? Qu'est-ce que cela cachait ? Pourquoi Eva éprouvait-elle en présence de Madeleine un si profond sentiment de malaise ? Elle avait l'impression étrange que par moments la vieille femme était sincère et que l'instant d'après elle s'amusait de ses propres mensonges. A-t-on envie de s'amuser lorsque son enfant a disparu ? Qui était réellement Madeleine Lescarboura ?

Le maître d'hôtel vint déposer sur la table un plat en argent couvert d'une cloche. Il adressa un sourire à Eva et laissa son regard glisser vers sa serviette. Eva hocha la tête, saisit la serviette, la déplia et se couvrit le visage. D'un geste vif, le maître d'hôtel souleva la cloche et le cœur d'Eva fit un bond dans sa poitrine en même temps que son estomac se soulevait. Le corps d'un corbeau décapité était posé au fond du plat en argent, baignant dans une mare de sang frais écarlate. La tête déchiquetée de l'oiseau était posée à côté du corps, bec ouvert dans une posture morbide. Ses yeux vitreux exorbités fixaient la jeune femme. En apercevant le cadavre, le maître d'hôtel sursauta et aussitôt rabattit la cloche.

— Excusez-moi, madame… Euh… Je ne comprends pas…

Le visage du maître d'hôtel était livide, décomposé. Il voulut rapporter le plat en cuisine, mais Eva le retint.

— Qu'est-ce que ça signifie ?

— Je… euh… Je l'ignore, madame, balbutia l'homme. Je ne peux pas vous donner d'explications. Si c'est une… euh… plaisanterie, elle est de fort mauvais goût. Je retourne immédiatement en cuisine.

Il retira le plat et se rua vers la cuisine. Le cœur d'Eva battait fort dans sa poitrine. Elle tenta de se calmer en observant les autres clients. Aucun ne semblait s'être aperçu de la scène, à l'exception de Criss Vermeulen, le privé belge, qui la fixait avec un petit sourire. Eva aperçut un chat persan qui s'éloignait vers la sortie et elle eut soudain l'impression que ses babines étaient barbouillées de sang frais. Un frisson glacé courut le long de son échine. Machinalement, pour se donner une contenance, elle se servit un verre de vin. Elle le porta à son nez, le reposa aussitôt. Le maître d'hôtel s'avançait vers elle, accompagné par Madeleine Lescarboura, dont le visage était blême.

— Je ne comprends pas comment une telle chose a pu se produire, murmura Madeleine lorsqu'elle fut près d'elle. C'est inimaginable.

Eva désigna son verre.

— Le vin !

— Quoi, le vin ? demanda Madeleine.

— C'est du vinaigre !

Le maître d'hôtel empoigna la bouteille, porta le goulot à son nez. Il jeta un regard éloquent à sa patronne et emporta la bouteille vers la cuisine. L'arrivée de Madeleine Lescarboura dans la salle ayant attiré l'attention, beaucoup de clients avaient maintenant les yeux braqués sur la table d'Eva.

— Excusez-nous, madame, lança Madeleine d'une voix forte. Le vin est bouchonné. Nous allons vous proposer une autre bouteille... offerte par la maison, bien sûr.

Il y eut un murmure d'approbation dans la salle et immédiatement les conversations se rallumèrent. Madeleine se pencha vers l'oreille d'Eva.

— Je vous avais pourtant demandé de rester discrète, siffla-t-elle.

— Et alors ?

— Avez-vous dit à quelqu'un qui vous étiez et ce que vous êtes venue faire ici ?

— Bien sûr que non !

— Pourtant, ils vous ont repérée !

Il n'y avait aucune trace de compassion dans la voix de Madeleine. Du reproche, plutôt.

— Quelqu'un a substitué aux ortolans un corbeau mort et on vous a servi une bouteille de vinaigre à la place du château-rambaud... Ce n'est pas un hasard, tout de même !

Eva regardait Madeleine, sidérée. On lui servait des horreurs et c'était elle qui se retrouvait dans la position de l'accusée ! Le monde à l'envers ! Eva allait protester mais elle eut soudain l'impression que, derrière leurs loupes, les yeux surdimensionnés de Madeleine étaient vaguement goguenards.

— C'est vous qui m'avez recommandé les ortolans ainsi que le vin, persifla-t-elle d'une voix acide.

— Et alors ?

Eva fixait Madeleine, et plus que jamais l'expression du visage de la vieille femme lui paraissait énigmatique, entre drame et comédie.

— N'en parlons plus. Tout cela m'a coupé l'appétit.

— Un dessert ?

— Non, ça suffira amplement pour ce soir.

Eva repoussa sa chaise. Madeleine se redressa vivement.

— Encore toutes nos excuses, madame, lança-t-elle, pincée, avant de se retirer.

Eva se leva et quitta la salle de restaurant. En arrivant devant le comptoir de la réception, elle aperçut un chat noir dont le regard vert, strié de paillettes noires et argentées, l'avait déjà frappée. Il se tenait assis, fier, son corps sec et noueux dressé dans une pose hiératique. Alors qu'elle passait devant lui, il vrilla ses yeux en amande dans les siens et feula sourdement. Eva frissonna.

Malgré la brume qui enveloppait le château, elle décida d'aller prendre l'air. Elle en avait besoin, tant son cœur frappait encore fort dans sa poitrine. Elle avait du mal à retrouver son calme, à se défaire de ce début de panique qui s'était emparé d'elle lorsque le maître d'hôtel avait soulevé sa cloche.

Un instant, lorsqu'elle avait aperçu le corbeau baignant dans son sang, sa raison avait vacillé. Elle avait eu la sensation, fugitive mais intense, de se retrouver en pleine crise de delirium tremens, comme cela lui était arrivé récemment en Australie, après la disparition de Bruce. Un enfant de dix ans, atteint d'un syndrome dépressif aigu contre lequel elle avait tenté de lutter. Vainement. Eva garderait toujours en mémoire les dernières lignes que l'enfant avait écrites sur le clavier de son ordinateur : *Sans corde, je me pends. Sans air, je respire. Sans eau, je me noie. Sans me couper, je saigne. Que m'importe alors de vivre, puisque sans larmes je partirai.*

Le soir même on avait retrouvé l'enfant suicidé dans sa baignoire. Effondrée, broyée par le chagrin et la culpabilité, Eva était restée seule chez elle. D'un coup, alors qu'elle s'apprêtait à se coucher, une vague givrée était venue lui glacer les os et elle avait éprouvé cette sensation de vide dans son ventre. Cette sensation qu'elle croyait avoir oubliée, vaincue. Affolée, elle s'était noyée dans l'alcool. Outrageusement. Au beau milieu d'une sorte de coma éthylique, les premières images lui étaient apparues, celles de bébés nageurs, puis d'animaux hideux, serpents, scorpions, araignées velues, tous plongés, emprisonnés dans un réservoir d'eau translucide, battant désespérément des mains, des pieds, des pattes ou de la queue pour sortir du piège. Sans succès. Les premiers filets de sang étaient apparus, d'abord légers, formant des spirales veloutées et gracieuses. Progressivement, l'eau claire s'était troublée jusqu'à devenir une mare écarlate, boueuse, bouillonnante sous les assauts désespérés des captifs...

Eva s'était retrouvée au matin à l'hôpital, où un médecin lui avait conseillé une cure de désintoxication. Qu'elle n'avait pas faite.

Alors que le froid commençait à l'envelopper, elle croisa ses bras sur sa poitrine et se laissa tomber sur un banc. Et la même question revint la hanter : pourquoi Foch, après l'avoir ignorée pendant plus d'un an, lui avait-il confié cette mission, au beau milieu du Médoc ? Pour qu'elle se retrouve face à elle-même, comme face à un miroir ? Pour qu'elle se rende compte que l'alcool rongeait sa raison, son intelligence, ses neurones, sa vie ? Elle se sentait désespérée. L'énigme du château La Palombière lui apparaissait comme un casse-tête chinois. Indéchiffrable. *Bois un coup, ça ira mieux...* Par quel bout prendre cette affaire ? Des tas de questions l'assaillaient : pourquoi Vénus avait-elle disparu ? Comment ? Quel jeu étrange jouait sa mère, la mystérieuse propriétaire du château ? *Calme-toi, tu n'es là que depuis quelques heures...* Qui avait pu substituer, le soir même de son arrivée, un corbeau mort à ses ortolans ? Dans quel but ? Lui lancer un avertissement ? La prévenir d'un danger ?

Eva se mit à frissonner. Son château-margaux avait été changé en vinaigre. Etait-elle en manque ?

— Vous ne devriez pas rester dans le froid comme ça, si peu couverte.

La voix du professeur Sibelius. Il tenait Opaline dans ses bras et s'avançait vers elle.

— Vous allez attraper la mort, lança-t-il en s'installant à ses côtés.

— J'avais besoin d'air frais, répondit Eva.

Il poussa un petit ricanement.

— Je vous comprends. L'atmosphère est parfois un peu confinée à l'intérieur du château, un peu pesante, n'est-ce pas ? Le chauffage y est trop fort, et cette odeur de colle fraîche est assommante… C'est la raison pour laquelle, chaque soir, après le repas, Opaline et moi sortons prendre l'air. Nous venons nous asseoir sur ce banc. C'est une sorte de rituel.

Il souriait en regardant Eva. La jeune femme désigna la chatte qui ronronnait dans ses bras.

— Vous ne vous séparez jamais d'elle ?

— Jamais. Pensez ! Abandonner une jeune fille comme elle au beau milieu du château La Palombière, ce lieu mal famé qui regorge de toute une troupe de matous vicieux, ce serait assurément faire une mauvaise action.

Il caressa la chatte en s'adressant à elle :

— Tu le sais, toi, hein, Opaline ? Tu le sais que si tu te retrouvais seule ici, abandonnée de tous, sans défense, la meilleure chose que tu aurais à faire serait de prendre tes jambes à ton cou et de déguerpir le plus vite possible. Une jeune chatte comme toi, innocente et naïve, n'est pas de taille à lutter contre tous les greffiers retors qui peuplent le château, tu le sais, n'est-ce pas ?

Eva eut brutalement la sensation de se retrouver dans *La Femme du boulanger* de Pagnol, au moment où Raimu s'adresse à sa chatte, Pomponnette, pour lui reprocher son manque de fidélité. En réalité, c'est à sa propre femme qu'il s'adresse. Le professeur Sibelius ne faisait pas autre chose : en faisant mine de parler à sa protégée, c'était en réalité à Eva qu'il s'adressait.

La petite chatte ronronnait dans les bras du professeur et lui lançait des regards enamourés.

— Ah, tu crois que je me trompe ! lança-t-il. Oh, je sais ce que tu penses, allez, je le vois dans tes yeux. Tu penses que tu es suffisamment forte et rusée pour faire face. Eh bien, méfie-toi ! Tous les chats ici sont très beaux, très bien élevés, très polis. Ils ont le poil lustré, savent conserver leurs distances et tous possèdent un pedigree sans tache. Mais tout cela n'est qu'illusion, ma petite Opaline. Tout ici, au château La Palombière, n'est que faux-semblants, apparences, poudre aux yeux. Rien n'est plus trompeur qu'un beau pedigree, et sous les édifices les plus respectables, lorsqu'on gratte un peu la façade, on découvre souvent les pires horreurs...

— Comme dans toutes les révolutions ? demanda Eva.

Le professeur Sibelius leva son visage vers elle. Derrière ses petites lunettes rondes, ses yeux étaient baignés de larmes, dont une éclata brusquement pour venir courir sur sa joue. Mais il souriait.

— Comme dans toutes les révolutions, approuva-t-il.

Eva regardait son visage et elle se sentait impressionnée. Cette tension, cette émotion presque palpable qui s'échappait de lui et qu'elle avait prise pour de la tristesse, n'était-ce pas plutôt de la lucidité ?

— Je vous salue et vous souhaite une bonne nuit, madame, dit-il en se levant.

Eva le regarda s'éloigner et rentrer dans le château. Avant de se lever à son tour pour regagner sa chambre, elle se fit une promesse : plus une seule fois au cours de son enquête, jusqu'à ce qu'elle l'ait bouclée, elle ne boirait le moindre verre.

Croix de bois, croix de fer, si je mens...

6

Dans les caves de l'enfer, l'homme se tenait derrière le mur de lumières. Avant de déposer la bassine aux pieds de Vénus, il avait pris soin d'enfourner deux énormes bûches dans l'âtre, et le feu s'était de nouveau mis à ronfler, propageant dans l'espace clos une chaleur étouffante, ajoutant à celle des projecteurs. Le corps nu de la jeune femme était en eau et de grosses gouttes de sueur ruisselaient entre ses seins.

Dès le début de sa captivité, l'homme avait pris soin de lui apporter chaque jour une cuvette pleine d'eau fraîche accompagnée d'un gant et d'un bout de savon. Il ne détachait jamais ses chaînes mais en soulageait la tension afin que Vénus puisse se servir de ses mains et se laver. C'est ce qu'elle était en train de faire. Elle sentait le regard de l'homme posé sur elle et entendait son souffle alors qu'elle passait le gant sur ses seins. Alors qu'au début de sa détention il était indifférent, l'homme s'était mis progressivement à la désirer. Vénus le sentait et, lorsqu'elle faisait sa toilette, elle s'efforçait de donner à ses gestes des allures de caresses. Il arrivait que la petite fille proteste. Sa voix sifflait alors comme celle d'un serpent : « Regarde-la faire ! Le diable habite son corps. Il n'en est pas sorti et n'en sortira jamais. Nous perdons notre temps ! » Dans ces moments-là, l'homme restait silencieux.

Vénus était en train de presser, très lentement, presque langoureusement, le gant entre ses seins afin d'y faire couler un filet d'eau fraîche, lorsqu'elle entendit la voix de l'homme. Elle était rauque.

— Une femme est arrivée ce soir au château. C'est votre mère qui l'a fait venir pour qu'elle vous retrouve.

— Pourquoi est-ce que tu lui racontes ça ? hurla immédiatement la petite fille.

— Elle a le droit de savoir, protesta l'homme.

— Elle n'a aucun droit ! Cette fille est le démon !

Vénus prit une profonde inspiration. Les disputes entre la fillette et l'homme étaient de plus en plus fréquentes, de plus en plus vives. Cela l'effrayait. Elle sentait que son geôlier était fragile, hésitant. La petite fille semblait avoir une emprise énorme sur lui.

— Comment s'appelle cette femme ? demanda-t-elle en abandonnant ses seins pour faire glisser le gant humide sur son ventre, plus neutre.

— Eva, répondit l'homme.

— Je ne la connais pas !

Leurs voix résonnaient sous la voûte, graves et caverneuses.

Il leur arrivait fréquemment de discuter lorsque Vénus faisait sa toilette, comme si elle se trouvait dans un boudoir et conversait tranquillement avec son amant confiné derrière la porte. Mais Vénus restait consciente. En réalité, elle se trouvait enchaînée dans une cave, face à deux fous qui dissimulaient leur délire derrière un mur de projecteurs. Dans cette antichambre infernale, sorte de purgatoire entre ciel et terre, entre vie et mort, l'archange régnait en maître. Peu férue de religion, Vénus savait néanmoins une chose : de Dieu, l'ange pourfendeur, shérif des espaces célestes, avait reçu un droit. Celui de tuer !

Vénus jeta le gant dans la bassine.

— J'ai fini ! lança-t-elle.

Aussitôt, comme s'il n'attendait que cela, l'homme franchit le mur de lumières. Face à la rampe qui l'aveuglait, Vénus ne pouvait apercevoir que sa silhouette. Il tenait à la main une assiette qu'il déposa au sol, près de la bassine. Il s'approcha de Vénus et saisit les chaînes pour les retendre.

— Pourquoi est-ce que vous ne me laissez pas manger toute seule ? murmura Vénus.

— Elle ne veut pas, chuchota l'homme.

D'un regard fuyant, presque peureux, il avait désigné l'autre côté du mur de lumières.

— Parlez-moi de cette femme qui vient d'arriver…

Alors qu'il retendait les chaînes, le corps de l'homme était presque collé à celui de la jeune femme. Il lui parlait à l'oreille :

— Elle est jeune, très belle, pas aussi belle que vous, mais très belle tout de même. Très désirable.

— Reste contre moi ! souffla Vénus à voix basse lorsqu'il eut terminé.

D'un bref signe de tête, il désigna à nouveau le mur de lumières.

— Elle ne veut pas que nous parlions bas, vous le savez...

— Je le sais, mais je ne veux pas qu'elle nous entende. Je veux te parler, à toi seul.

Vénus ne ratait aucune occasion de cultiver une certaine intimité avec son geôlier. Lorsqu'il était près d'elle, presque collé à elle, elle se débrouillait pour que leurs corps se frôlent, tendant une cuisse, la frottant légèrement contre les siennes, jouant du bassin. Elle sentait alors frissonner son désir. Ce jour-là, pour la première fois, elle l'avait tutoyé.

— Prends-moi, murmura-t-elle à son oreille. Je sais que tu en as envie.

— C'est impossible.

— Pourquoi ?

Il fit un signe de tête vers le mur de lumières.

— Ordonne-lui de sortir, chuchota Eva. Elle t'obéira. Ce n'est qu'une enfant.

Vénus utilisait la seule arme à sa disposition. Si elle parvenait à séduire cet homme, elle pourrait à son tour tenter de le soumettre à sa volonté, comme l'avait fait l'enfant. Elle avait le sentiment que c'était l'unique chance de se sortir de cet enfer.

Elle sentit qu'il vacillait, voulut pousser son avantage :

— J'ai envie de toi, moi aussi.

Il se recula brutalement.

— Il n'aimerait pas que nous fassions une chose pareille devant lui.

Il désignait la statue de l'archange Michel.

— Il se sentirait blessé, offensé.

— Mais ce n'est qu'un morceau de plâtre, protesta Vénus.

Pour la seconde fois depuis le début de sa captivité, il la gifla.

— On ne parle pas ainsi de l'archange Michel !

Sa voix tremblait d'une colère froide. Il sembla à Vénus entendre la fillette ricaner et elle eut de nouveau très peur. Mais, comme s'il s'était repris, l'homme s'adoucit.

— Si l'archange vous accorde son pardon et vous donne sa bénédiction, alors nous pourrons faire ce que vous avez dit et nous resterons unis pour l'éternité.

Il se baissa, ramassa l'assiette, remplit la cuillère et la tendit vers la bouche de Vénus. Elle détourna la tête.

— Vous n'avez pas faim ?

— Non.

— C'est une purée de légumes, protesta-t-il, dépité. Ils sont tout frais. Je les ai cueillis pour vous, ce matin, dans le jardin. Je les ai cuisinés moi-même.

Vénus haussa les épaules.

— Dommage… glissa l'homme. Ah, au fait, ajouta-t-il d'une voix revancharde, ne vous faites aucune illusion. La femme dont je vous ai parlé, Eva, « ils » l'ont déjà repérée. Au dîner, « ils » se sont débrouillés pour qu'on lui serve un corbeau mort à la place des ortolans qu'elle avait commandés.

— Qui ça, « ils » ? demanda Vénus.

— Vos amis lucifériens.

Il se retira en ricanant.

— Espèce de malade ! ne put s'empêcher de hurler Vénus alors que l'homme disparaissait derrière le mur de lumières.

Il l'avait à peine franchi que la voix aiguë de la fillette explosa, pleine de colère :

— Vous avez fait des messes basses, mais ça ne m'a pas empêchée de vous entendre. Ah ! Tu avais l'air malin !

La fillette imita la voix de l'homme en se moquant de lui :

— « Elle est belle, mais pas aussi belle que vous »... Cette sorcière essaye de te piéger et toi tu marches ! Elle a traité l'archange de morceau de plâtre. Une gifle ne suffit pas pour la punir. Il faut la tuer !

— Pas encore. L'archange n'a pas donné de signe.

Leurs voix s'éloignaient au fond de la cave et Vénus entendit la porte d'entrée grincer alors que des volutes d'air froid venaient lécher ses pieds. La porte se referma dans un grondement et presque aussitôt le mur de lumières s'éteignit. La jeune femme ferma les yeux. Lorsque les lumières s'évanouissaient, elle se retrouvait brutalement plongée dans un gouffre de ténèbres. Il lui fallait de longues minutes avant que ses yeux s'acclimatent et qu'elle perçoive de nouveau les lueurs du foyer dansant sur le visage de l'archange. Cela l'affolait. Alors, elle préférait fermer les yeux.

Derrière la porte de la cave, elle entendait encore les éclats de voix de l'homme et de la fillette. Leur sempiternelle dispute, irrationnelle et délirante, avait repris. Lasse, Vénus ne les écoutait même plus. Elle tentait de réfléchir. Ainsi, sa mère avait fait venir une femme pour la retrouver. Qui ? Vénus ne se faisait aucune illusion. Elle savait que son seul espoir, sa seule chance de sortir un jour des caves de l'enfer, était le professeur Sibelius. Lui et lui seul pourrait la sortir de là. Personne d'autre !

7

Au réveil, le lendemain matin, le ventre d'Eva émettait de longs gargouillis sonores et plaintifs. Durant la nuit, elle avait dormi la fenêtre grande ouverte et l'air glacé l'enveloppait de la tête aux pieds. Elle sauta de son lit et courut refermer la fenêtre. Elle contempla un instant le parc, le bassin circulaire d'où s'élevait une buée légère, et le serpent de la Gironde dont le surface miroitait sous les premiers rayons. Etait-ce parce que ses parents étaient morts dans les gorges du Verdon, emportés par des remous torrentiels au cours d'un lâcher de barrage ? Toujours est-il que la simple vue d'un fleuve calme, plat, roulant paisiblement ses eaux, inspirait toujours à Eva confiance et sérénité.

Elle se sentait de nouveau pleine d'énergie.

Elle prit une douche très chaude, sous laquelle elle resta longuement, en écoutant les nouvelles à la radio. Elles étaient de plus en plus inquiétantes : les Russes massaient leurs troupes aux frontières ! Dans un discours au Kremlin, Poutine s'était déchaîné et menaçait les Européens de leur donner la fessée à coups de missiles.

Bon Dieu ! Jusqu'où cela va-t-il aller ? se demanda Eva.

Thermomètre effarant de cette poussée de fièvre qui embrasait la planète, partout dans le monde, les meurtres d'opposants à la politique russe ne cessaient de se multiplier. Les intoxications, au polonium entre autres, étaient devenues monnaie courante. Visages soudain vérolés, épanchements sanguins spontanés, corps grêlés en une nuit, mangés en une semaine par une gangrène implacable. Eva connaissait bien le phénomène. A Sydney, elle avait fait la connaissance de Ludmilla, une ancienne danseuse du Bolchoï, admirable de grâce et de beauté. Ludmilla avait une quarantaine d'années, une voix très grave, presque masculine. Elle était venue consulter Eva pour des problèmes d'aphasie suite à un choc émotionnel. Les deux femmes avaient sympathisé, et plus encore par la suite. Au cours d'une nuit de tendresse et de caresses partagées, Ludmilla s'était confiée à Eva. L'année précédente, elle avait perdu son mari, Yvan Kratchenko, un ancien agent secret reconverti dans le FSB (ex-KGB). Peu de temps avant sa mort, Yvan, qui croyait à la démocratie, s'était plaint à sa hiérarchie. Il ne supportait plus les méthodes employées par ses collègues, qui, selon lui, n'avaient rien à envier en violence et cruauté à celles qu'utilisait le KGB. Peu de temps après, Yvan avait été intoxiqué au polonium 21 en buvant du thé à la terrasse d'un café, exactement comme Alexandre Litvinenko, l'ancien espion dissident éliminé à Londres. La mort de Litvinenko avait fait la une des journaux du monde entier. Personne n'avait entendu parler de celle d'Yvan Kratchenko. Ludmilla, mère de deux enfants, avait préféré garder le silence, pour protéger sa famille, et émigrer en Australie. D'après les médecins russes qu'elle avait interrogés, Yvan avait avalé en une fois une dose de radiations double de celle qu'il aurait absorbée s'il s'était trouvé à l'épicentre de Tchernobyl. Le polonium 21, radionucléide létal, donnait sa pleine efficacité à condition qu'on l'ingère.

A cette pensée, les pores d'Eva s'ouvrirent brutalement. Depuis son avortement, tout ce qui touchait aux organes internes, particulièrement ceux du ventre, la mettait à la torture. L'alcool lui servait d'antiseptique...

Lors de l'enterrement de son mari, Ludmilla avait constaté que le cercueil était plombé à cause des risques de pollution radioactive, laquelle perdurerait des milliers d'années.

A cette période, ce type d'assassinats au polonium était encore peu courant. La méthode s'était généralisée et inspirait aujourd'hui une crainte qui tournait à la psychose. Ludmilla était certaine que son mari avait été supprimé par des collègues, des anciens du KGB. « Il ne faut pas oublier que Poutine est un ancien colonel du KGB, avait-elle affirmé. Ces salopards ont repris le pouvoir en Russie. On dit que la démocratie a triomphé. Ce sont des conneries ! Les vrais maîtres du Kremlin sont les anciens du KGB. »

Sous la douche, Eva se surprit à se demander ce que le professeur Sibelius penserait d'une telle affirmation.

Elle resta sous le jet jusqu'à ce que son corps soit parfaitement réchauffé, détendu, son esprit disponible. Elle s'habilla et descendit prendre son petit déjeuner. Elle s'installa à une table de la salle du restaurant, déserte à cette heure matinale. Sitôt qu'il l'aperçut, le maître d'hôtel se précipita vers elle.

Il débita sa tirade d'une traite :

— Je tiens à vous présenter les excuses de tout le personnel pour l'incident d'hier soir, madame. Cela n'arrivera plus. J'y veillerai personnellement.

— Je vous remercie, répondit Eva. Je me demande tout de même comment ce genre de chose est possible...

— Le chef a cuisiné vos ortolans, les a placés sous cloche et les a déposés sur le présentoir. C'est vraisemblablement à ce moment-là que la substitution a eu lieu. Nous sommes victimes d'un mauvais plaisant. Ce n'est pas la première fois que ce genre de chose arrive...

— Vraiment ?

— Hélas oui, madame. Notre maison connaît un succès qui, visiblement, ne plaît pas à tout le monde.

— Vous n'avez pas réussi à identifier le coupable ? Ça ne devrait pas être trop difficile, pourtant. Le personnel n'est pas si nombreux.

— Et il est de confiance, madame. C'est parfaitement incompréhensible.

Il baissa la voix en s'inclinant :

— Parfois, j'ai l'impression qu'un mauvais esprit, une force malfaisante, s'acharne sur madame Lescarboura.

Comme s'il avait le sentiment d'en avoir trop dit, le maître d'hôtel se redressa immédiatement.

— Que prendrez-vous pour votre petit déjeuner ?

— Je meurs de faim...

— Je comprends. Puis-je suggérer des œufs à la coque ? Les fermes alentour nous fournissent des œufs très frais. Les viennoiseries, faites maison, sont également très goûteuses.

— Très bien.

Le bonhomme s'inclina et disparu. Eva profita du calme de la salle pour faire le point. Plusieurs petits détails l'avaient frappée. Curieusement, l'un d'eux l'obsédait alors qu'il semblait anecdotique : Madeleine Lescarboura avait une façon très particulière de rouler les « r ». D'abord, Eva avait pensé qu'elle était bourguignonne, mais à la réflexion... Pourquoi Madeleine était-elle restée si évasive lorsque Eva lui avait demandé d'où elle venait ? Il y avait du mystère partout autour de cette femme, à commencer par sa façon si particulière d'envelopper les mots comme si, déjà, elle cherchait à les déguiser avant de les avoir prononcés. Or, Eva accordait beaucoup d'importance aux mots, à la voix qui les énonçait, à l'écriture qui les traçait, jusqu'aux doigts qui les tapaient sur un clavier.

Orthophoniste de formation, la jeune femme avait débordé depuis longtemps les limites « normales » de son métier. Pour aider ses patients à guérir, elle pratiquait avec eux une technique, la psychophanie, basée sur la rencontre des inconscients par le biais de phrases écrites sur un clavier d'ordinateur. Cette pratique, née en Australie, s'était rapidement étendue dans le monde entier. Beaucoup criaient au charlatanisme, voire à l'exploitation des âmes crédules. Eva était consciente des dérives possibles, mais elle n'avait pas renoncé pour autant à utiliser cette technique.

Eva avait toujours aimé ce qui était « différent », hors des sentiers battus.

Avec la psychophanie, elle avait obtenu des résultats encourageants, en particulier avec de jeunes autistes murés dans leur silence intérieur. Il lui arrivait parfois de ne pas comprendre immédiatement le sens des messages qu'ils lui adressaient. Elle laissait alors les mots reposer au fond de sa tête comme on laisse mariner un fruit mûr en attendant qu'il rende son jus. Il arrivait que les mots reviennent la visiter, quelques jours plus tard, et que leur sens, leur vérité, lui apparaisse alors clairement.

Cela n'avait pas été le cas avec l'enfant qui s'était suicidé dans sa baignoire. Eva n'avait compris que trop tard le sens des phrases qu'il avait écrites. Elle s'en était beaucoup voulu et s'était sentie coupable. La consommation excessive d'alcool n'avait fait qu'ajouter à son trouble. Toutes ces visions horribles…

Elle décida de placer l'accent étrange de Madeleine dans un coin de sa tête et de laisser infuser.

Autre détail, plus matériel celui-là : Madeleine avait affirmé que Gachassin et Lacaze avaient pris des actions « par amitié » pour son mari. « Ils chassaient ensemble », avait-elle précisé. Sans être une spécialiste, Eva savait qu'un actionnaire détenait une minorité de blocage à partir du seuil de 34 %. Il pouvait alors s'opposer à la politique qui était suivie et bloquer toute la machine. Gachassin était entré à hauteur de 31,5 % des parts, au-dessous donc du seuil fatidique. Madeleine, quant à elle, en possédait 34,1 %. Juste au-dessus. Curieuse conception de l'amitié que cette méfiance…

— Je peux m'installer avec vous ?

Un homme, celui qu'elle avait identifié la veille au restaurant comme étant le détective belge, se tenait devant elle. Il souriait. Il avait une voix grave, très timbrée et harmonieuse, teintée d'un fort accent. Eva inclina son visage.

— Entre collègues… murmura Criss Vermeulen en prenant place.

— Entre quoi ? s'exclama Eva.

— Collègues. Vous êtes bien détective, ou je me trompe ?

— Vous vous trompez.

Il éclata d'un rire sonore, très gai.

— Ce n'est pas grave, j'ai l'habitude : je me trompe tout le temps.

Il se pencha vers Eva et mit sa main en écran devant sa bouche.

— Moi je suis détective, chuchota-t-il.

Eva sourit. Vermeulen était sympathique et maniait la dérision avec humour.

— Vous ne devez pas avoir beaucoup de clients si vous vous trompez toujours, fit-elle remarquer. Vous travaillez pour l'hôtel ?

— Affirmatif.

— Et quel genre de mystère êtes-vous chargé de résoudre ?

— Oh, des tas ! Il y a tant de mystères ici que parfois je ne sais plus où donner de la tête. Cette maison... pardon, ce château est pire que celui de la famille Addams.

— Diable. L'endroit serait hanté ?

— Pire que ça ! Chez les Addams, il y a une main qui se balade partout, qui change les objets de place, qui sème la zizanie et le désordre. Ici, il n'y a pas une main, il y en a mille ! C'est à devenir fou. Vous pensez manger des ortolans et pfff... comme par magie, les ortolans ont disparu et on vous présente un corbeau mort à la place. Vous pensez boire un grand cru ? Sans que vous l'ayez vue, la main a caressé la bouteille et pfff... votre vin s'est transformé en vinaigre. Ici, tout n'est qu'illusion. Chut...

Criss Vermeulen avait-il senti l'arrivée du maître d'hôtel dans son dos ? Il s'était brutalement arrêté de parler et avait posé son doigt sur sa bouche. Alors que le maître d'hôtel déposait un coquetier sur la table, Eva se rappela que Madeleine avait présenté Vermeulen avec une sorte de désinvolture affectée. Il n'avait pas l'air d'être si médiocre que cela, bien au contraire.

— Pour vous, monsieur Vermeulen ? demanda le maître d'hôtel.

— Comme d'habitude, Gontran, claironna Vermeulen, si le spectacle de mes perversions matinales ne dégoûte pas trop madame...

— De quelles perversions parlez-vous ? demanda Eva.

— Pour mon petit déjeuner, je mange une baguette beurrée tartinée de camembert que je trempe dans mon café au lait.

— Beurk... Quelle horreur !

— Vous le supporterez ?

Eva leva les yeux au ciel.

— Hum... Je pense que je survivrai.

Alors que le maître d'hôtel s'éloignait, Eva le désigna d'un signe de tête.

— Il dit que quelqu'un en veut à Madeleine Lescarboura, quelqu'un qui veut nuire à son affaire...

— C'est beaucoup plus compliqué et subtil que ça. Mais il y a un fond de vrai. Je peux vous raconter une histoire ? Une histoire belge, précisa Vermeulen comme s'il s'excusait à l'avance.

— Allez-y !

— Alors voilà... Ce sont deux camionneuses, Madeleine et Vénus. Elles sont dans la montagne et conduisent un bahut qui mesure trois mètres de haut. Elles arrivent devant un tunnel et aperçoivent un panneau qui indique « Hauteur limitée : 2,80 m ». Madeleine, qui conduit, appuie sur le frein. Vénus ouvre la portière et descend du camion. Elle va voir devant, elle va voir derrière, elle inspecte bien les alentours et fait signe à Madeleine en s'écriant : « Vas-y ! Fonce ! Y a pas de flics ! »

Vermeulen éclata d'un rire tonitruant. Eva ne put s'empêcher de rire également.

— C'est une histoire surréaliste à la Devos, fit-elle remarquer. Vous connaissez celle du camion de lait ?

Vermeulen approuva.

— Les deux se terminent dans un corbillard, laissa-t-il tomber.

Il resta un instant songeur, presque rêveur, puis son visage changea brusquement d'expression. Toute sa jovialité semblait s'être envolée d'un coup. Le détective se pencha brusquement vers Eva.

— Lorsque j'ai planté mes crocs dans une affaire, je ne la lâche jamais.

Il avait murmuré ces mots d'une voix grave, presque solennelle. Voulait-il indiquer par là qu'il n'apprécierait pas qu'on vienne marcher sur ses plates-bandes ? La jeune femme se contenta de sourire.

— Pardonnez-moi de ne pas vous attendre, mais je meurs de faim ! lança-t-elle.

Elle commença à briser la coquille de son œuf avec sa petite cuillère.

Le maître d'hôtel déposa sur la table un grand bol de café au lait fumant et une tartine couverte d'un camembert dont le parfum acide envahit brutalement tout l'espace.

— Waouh… s'exclama Eva en agitant la main devant son nez.

Vermeulen eut un sourire.

— J'aime les sensations fortes.

Alors que le détective trempait sa tartine dans son bol, Eva décalotta son œuf, plongea sa cuillère à l'intérieur, la porta à sa bouche. Elle eut immédiatement la sensation d'un corps étranger. Elle porta sa main à ses lèvres et recracha discrètement. Tous les poils de son corps se hérissèrent, ses pores se dilatèrent et une vague de dégoût la submergea lorsqu'elle regarda à l'intérieur de sa paume. Un fœtus de poussin baignait dans un jus d'albumine blanchâtre et délavé. L'animal n'était encore qu'une larve, mais le corps était formé. L'oisillon diaphane avait les yeux clos, crispés dans une attitude de souffrance.

— Qu'est-ce qui se passe ? Vous êtes toute pâle, s'inquiéta Vermeulen en mordant à pleines dents dans sa tartine.

— Ce n'est rien. Juste un léger malaise, excusez-moi.

Eva se leva, se précipita aux toilettes, jeta le fœtus dans la cuvette, tira précipitamment la chasse, se vida l'estomac dans le lavabo. Lorsqu'elle ressortit, Vermeulen était en train d'achever sa tartine et une couronne de mousse laiteuse cerclait ses lèvres. Il souriait.

— Excusez-moi, je sors prendre l'air, lança Eva en passant devant lui.

— Vous avez entendu les infos ce matin ? claironna Vermeulen alors qu'elle se ruait vers la sortie. Avec les Russes, on est au bord du gouffre.

Il acheva d'engloutir sa tartine, but d'un trait son bol de café au lait, tamponna ses lèvres avec sa serviette et rota discrètement. Il se sentait d'humeur légère. Il ne comprenait pas la réaction d'Eva. Manger du camembert trempé dans du café au lait au petit déjeuner n'était tout de même pas un acte de pure barbarie. Et quand bien même... Lorsque la barbarie s'allie à la jouissance, n'est-ce pas le signe qu'on est sur le point d'atteindre le stade ultime de la volupté ?

Il adressa un signe au maître d'hôtel. Comme si celui-ci obéissait à un rite, il vint immédiatement déposer devant lui un verre de cognac. Vermeulen le goba cul sec.

— Madame n'avait pas faim ? demanda le maître d'hôtel en débarrassant machinalement la table. Je croyais pourtant...

— Une indisposition passagère, coupa Vermeulen. Vous savez comment sont les femmes, ajouta-t-il avec un sourire cynique.

Le maître d'hôtel acheva de débarrasser la table et se dirigea d'un pas vif vers les cuisines. Il allait pousser la porte battante lorsque le cri d'une femme, un cri d'effroi, retentit. Il venait des étages.

Vermeulen se leva d'un bond et se lança à l'assaut de l'escalier.

8

La femme de ménage se tenait, tremblante, devant la porte d'entrée de la chambre du professeur Sibelius. Seuls Vermeulen, Eva, qui était accourue aussitôt qu'elle avait entendu crier, et Madeleine avaient pénétré à l'intérieur. Les autres se tenaient dans le couloir ou sur le pas de la porte. Tous écoutaient le récit de la bonne.

— J'ai frappé, comme je le fais chaque matin à la même heure... Je n'ai pas entendu de réponse... J'ai pensé que le professeur était déjà descendu prendre son petit déjeuner... J'ai poussé la porte... Je voulais faire la chambre... Je suis entrée et là... Je l'ai vu...

Elle éclata en sanglots et tous les regards se tournèrent vers l'intérieur. Le professeur Sibelius, vêtu d'un pyjama, était pendu à la poutre principale qui traversait la pièce de part en part, et, dans ses mains serrées, il emprisonnait la gorge de son chat. Tous deux étaient morts et la raideur cadavérique était déjà à l'œuvre. Le visage cramoisi de Sibelius, sa langue noire sortie, ses yeux globuleux exorbités étaient horribles à voir. Les traits du chat également, qui semblait avoir imité son maître jusque dans sa dernière grimace morbide. Les déjections des deux cadavres dégageaient une odeur insupportable et chacune des personnes présentes agitait la main devant son nez pour en chasser les effluves.

La paire de lunettes de Sibelius gisait à terre, cassée.

— Je me doutais qu'un jour ça finirait comme ça, souffla une serveuse dans le couloir. Il avait l'air si triste, comme s'il portait toute la misère du monde sur son dos. Il pleurait tout le temps.

— Il n'aura pas voulu partir seul et laisser Opaline, murmura le maître d'hôtel. Il l'a d'abord étranglée et il s'est pendu après. Ce chat est ce qu'il avait de plus cher au monde.

— Tout de même, c'est horrible.

— Qu'est-ce que ça pue ! ajouta une autre voix.

— Il faut appeler la police, chuchota Vermeulen à l'oreille de Madeleine.

— Les pompiers, ça suffira, répliqua sèchement Madeleine. Quelle idée de se suicider chez moi, tout de même ! ajouta-t-elle avec un haussement d'épaules agacé.

9

Vermeulen, Eva et Madeleine attendirent sans prononcer un mot que les pompiers arrivent. Lorsqu'ils furent sur place, Madeleine constata avec dépit qu'ils étaient accompagnés par des policiers. Elle les accueillit froidement et, prétextant la fatigue et l'émotion, se retira dans ses appartements en maugréant. Les pompiers dépendirent le professeur et procédèrent aux premières constatations pendant que les flics menaient les interrogatoires d'usage auprès du personnel. Très vite, il apparut que le professeur Sibelius souffrait de dépression chronique et, les témoignages étant unanimes, l'affaire fut vite entendue : le bonhomme s'était suicidé en emportant Opaline, sa seule amie sur terre, dans la tombe. Lorsqu'ils furent partis, Vermeulen s'isola dans sa chambre, sortit son portable de sa poche, composa un numéro.

— Ministère de l'Intérieur, j'écoute.

— Damien Rougerie, s'il vous plaît, de la part de Criss Vermeulen.

Bruit de friture sur la ligne. Vermeulen attendit patiemment qu'on le connecte avec le directeur de cabinet du ministre de l'Intérieur. Leurs relations dataient d'une quinzaine de jours.

Un soir, alors qu'il fouinait discrètement dans le bureau de la réception de l'hôtel, Vermeulen était tombé sur un courrier émanant du Quai d'Orsay, annonçant que le château-la-palombière avait été sélectionné pour étancher la soif des chefs d'Etat du G8 qui devaient se réunir à Versailles. Les services du ministère de l'Intérieur étaient-ils au courant de tous les événements tragiques et mystérieux qui se tramaient au château ? Vermeulen en doutait. Il avait décidé d'entrer en contact avec le directeur de cabinet pour l'informer du contexte « sensible » de La Palombière. Rougerie, qui à l'époque déjà craignait des troubles, s'était montré très intéressé par son récit. Il lui avait même demandé de lui adresser un rapport écrit, que Criss Vermeulen avait rédigé avec le plus grand soin.

Le détective entendit un déclic à l'autre bout de la ligne.

— Vermeulen ? Rougerie. Du neuf ?

— On a un mort au château.

— Un assassinat ? s'étrangla Rougerie.

— Non. Le type s'est pendu. D'après le personnel, il était très dépressif.

En réalité, Vermeulen doutait que Sibelius se soit suicidé. Il pensait, au contraire, qu'« ils » l'avaient assassiné. Mais à quoi bon tout dire au directeur de cabinet, au risque de l'affoler ? Le danger était réel. Rougerie pouvait prendre des initiatives intempestives et faire capoter l'enquête du détective belge alors qu'il était sur le point de conclure. En outre, dévoiler le rôle réel de Sibelius, c'était reconnaître que tout ce que Vermeulen avait appris sur le château La Palombière, il le devait au professeur. Insupportable pour Vermeulen, qui voulait la gloire pour lui seul. La gloire et l'argent. Lorsqu'ils sont bien servis, les gens de la place Beauvau savent se montrer reconnaissants. Vermeulen le savait et comptait bien en profiter. Il n'avait dévoilé à Rougerie que le strict minimum sur l'affaire du château La Palombière. Juste de quoi l'appâter, comme un bon pigeon.

— Vous me rassurez ! s'exclama Rougerie. Des nouvelles de Vénus ?

— Non, mais…

— Quoi ?

— Une collègue à moi est arrivée au château, hier soir. Je pense que c'est la vieille Lescarboura qui l'a fait venir.

— Un autre détective ? Pourquoi ?

— Madeleine n'a plus confiance en moi. J'en sais trop ! Je pense que c'est pour ça qu'elle a embauché quelqu'un d'autre. Une femme, jolie, fine, intelligente…

— Comment s'appelle-t-elle ?

— Elle s'est inscrite sous le nom d'Eva Leperlier.

Il y eut un blanc au téléphone. Vermeulen avait suffisamment d'expérience pour comprendre qu'il venait de lever un lièvre. Une légère inquiétude vint voiler son visage.

— Vous la connaissez ? demanda-t-il.

— Oui, je la connais.

— Elle travaille pour qui ?

— Une sorte de fondation privée, répondit évasivement Rougerie. Vous avez bien fait de m'appeler.

Clic.

Rougerie avait raccroché. Vermeulen reposa son portable et se frotta le ventre avec un sourire béat. Cette fille bossait pour une fondation privée... Un instant, Vermeulen avait eu peur que Rougerie lui annonce qu'elle travaillait pour la DST ou, pire, la DGSE. Mais une fondation privée... Rien à craindre ! Il soupira d'aise. Depuis qu'il était installé au château La Palombière, et bien qu'il n'ait jamais autant bu et mangé de toute sa vie, son foie cirrhosé ne le faisait plus souffrir. C'était pas ça, le bonheur ?

Rougerie avait reposé son téléphone sur son socle et il regardait le bouton rouge du boîtier, réservé aux affaires urgentes, qui lui permettait d'entrer directement en communication avec le ministre. Il se souvenait parfaitement de leur conversation lorsqu'il l'avait informé des problèmes posés par le château La Palombière. Vidocq avait botté en touche :

« Le château-la-palombière ?

— Le vin qui a été sélectionné pour le repas de clôture du sommet de Versailles. L'image et le prestige de la France sont en jeu, monsieur le ministre.

— Le vin n'est pas bon ?

— Si. Mais il est possible qu'un gros scandale éclate. La fille de la propriétaire a disparu et...

— Oh ! Démerdez-vous, Rougerie ! avait coupé Vidocq. Les Russes viennent d'annoncer qu'ils se retiraient du sommet... Vous ne croyez pas que j'ai autre chose à foutre en ce moment que de m'occuper d'une histoire de pinard ? ! »

Aujourd'hui, la situation avait évolué. En pire ! Les altermondialistes avaient forcé les autorités à transformer Versailles en camp retranché, et, tout autour, les cocktails Molotov pleuvaient comme à Gravelotte. Nul ne pouvait parvenir jusqu'au château sans montrer patte blanche. Les flics, qui craignaient un attentat, étaient sur les dents. Ils n'étaient pas les seuls. Vidocq, le ministre, l'était également. Il avait conscience d'être assis sur un baril de poudre qui pouvait exploser à tout moment.

Rougerie tenait son doigt suspendu au-dessus du bouton rouge du boîtier. Il hésitait. Devait-il prévenir Vidocq ? Comment le ministre allait-il réagir lorsqu'il apprendrait qu'Eva Leperlier était venue s'installer à La Palombière ? Allait-il enfin prendre cette affaire au sérieux ? Rougerie en doutait, tant toute l'attention du ministre, toute son énergie, toutes ses peurs étaient tournées vers Versailles. Mais pouvait-il pour autant le tenir dans l'ignorance ? Il appuya sur le bouton.

— Quoi ? cracha le ministre.

Rougerie débita ses phrases avec une lenteur calculée.

— Nom de Dieu, Rougerie ! éclata le ministre. Vous savez ce qui se passe actuellement autour de Versailles ? Vous savez que la ville est assiégée par une bande de loqueteux prêts à faire exploser la planète ? Vous le savez ?

— Certes...

— Alors ! ! ! hurla Vidocq. Qu'est-ce que vous avez à revenir à la charge avec votre histoire de château La Palombière ? Vous faites une obsession ou quoi ?

— Je vous répète qu'Eva Leperlier est sur place et que...

— Ecoutez-moi bien, Rougerie ! coupa Vidocq. J'adore les histoires des coureurs de nuits, je vous l'accorde. Ce sont mes vacances, mes récréations. J'aime beaucoup cette Eva Leperlier. Elle nous a bien aidés, dans le temps[1]...

Il se remit à hurler tellement fort que Rougerie fit un bond en arrière :

— Mais lorsque le monde est au bord du gouffre, vous croyez que je n'ai rien de mieux à faire que de m'occuper des coureurs de nuits ?!

— Euh...

— Alors ne m'emmerdez plus avec ça !

Vidocq avait mis fin à la conversation. Rougerie soupira. Il resta un long moment à réfléchir, indécis, suspendu, puis, comme s'il avait pris une décision, il saisit brusquement son téléphone.

---

1. Lire, du même auteur, *Le Bonsaï de Brocéliande.*

10

Le mur de lumières venait de s'illuminer et les charnières de la porte de la cave se mirent à grincer. Juste avant, Vénus, comme si elle possédait un sixième sens lui annonçant la venue de ses geôliers, avait jeté un regard vers le visage de l'archange Michel. Sous sa gangue de plâtre, l'archange avait toujours le même regard vide, perdu dans les limbes, et Vénus s'était sentie rassurée. L'homme franchit le mur de lumières et s'avança.

— J'ai une mauvaise nouvelle, annonça-t-il lorsqu'il fut près d'elle. Sibelius est mort.

La jeune femme ne put retenir un cri étouffé.

— « Ils » ont déguisé son meurtre en suicide, poursuivit l'homme. On l'a retrouvé pendu, son chat étranglé entre ses mains.

Le corps de la jeune femme s'affaissa et les bracelets qui emprisonnaient ses poignets s'enfoncèrent dans sa chair, la meurtrissant davantage. L'homme vint la soutenir. Au passage, ses mains effleurèrent ses seins, mais Vénus ne chercha pas à en tirer avantage. Sibelius était mort. Le dernier rayon de soleil qui la tenait en vie, qui lui donnait de l'espoir, venait de s'éteindre. Vénus ne se donna même pas la peine de demander qui l'avait tué. Elle savait que l'homme répondrait « Vos amis lucifériens » avec le ton de l'évidence. C'était à devenir folle. Elle se mit à sangloter. L'homme caressa son visage.

— Je comprends votre tristesse, murmura-t-il. Moi aussi, j'aimais beaucoup Sibelius.

— Vous le connaissiez ?

— Oui. C'était un homme très doux, très attentionné.

Il y avait beaucoup de tristesse dans sa voix, et Vénus, sentant qu'il était sincère, en fut troublée. Cet homme qui lui infligeait un traitement inhumain était donc capable de compassion ! Derrière le mur de lumières, comme un rappel à l'ordre, il lui sembla entendre la fillette glousser et ricaner méchamment.

L'homme lui faisait face et Vénus pencha brusquement sa tête sur le côté pour tenter de voir son profil. Il lui empoigna violemment les cheveux et la tira en arrière.

— Restez face aux projecteurs ! Ne cherchez pas à savoir qui je suis.

— Je suis sûre que je te connais.

L'homme soupira.

— Des milliers de gens vivent côte à côte et pensent se connaître. En réalité, aucun d'eux ne sait vraiment qui est l'autre, ce qu'il cache dans le creux de son cœur ou au fond de sa tête.

Vénus songea à la célèbre formule de Sartre : « L'enfer, c'est les autres ». Elle se redressa. Quelque chose avait changé. Une certitude s'était brusquement fichée en elle : maintenant, elle était persuadée d'avoir déjà rencontré son geôlier. Pourtant, ce qu'elle pouvait voir de lui, de sa silhouette, particulièrement cette tignasse crépue, ne lui rappelait rien, pas plus que le son de sa voix. Mais il y avait quelque chose en lui, un rien de préciosité dans les attitudes, des résonances dans certaines intonations… Comment dire ?… C'était si fragile… Quelque chose qui lui rappelait son enfance, voilà ! C'était ténu, mais c'était déjà ça.

En discutant avec lui, elle s'était progressivement rendu compte que rien de ce qui concernait le château La Palombière ne lui était étranger. Il en connaissait tous les occupants, tous les arcanes, tous les mystères.

— Pourquoi les lucifériens ont-ils tué Sibelius ? demanda-t-elle.

— Je crois qu'il avait découvert leur véritable identité et qu'il s'apprêtait à la rendre publique. C'est pour ça qu'ils l'ont supprimé.

— Ils ont pris un gros risque.

— La situation internationale est très tendue. Ils approchent tout doucement de leur but. Sibelius représentait une trop grosse menace.

— Quel est leur but ?

— Vous l'ignorez vraiment ? Allons, vous les connaissez, pourtant. Vous savez bien ce qu'ils veulent.

Vénus garda le silence.

— Déclencher l'apocalypse, rallumer tous les brasiers infernaux qui couvent un peu partout, pour embraser la planète, voilà ce qu'ils veulent ! tonna l'homme.

— Pourquoi ne pas les dénoncer ?

— Pfff ! souffla-t-il, désabusé. Que puis-je, moi, un homme seul face à l'armée des démons ?

Il se retourna vers l'archange Michel.

— Lui seul peut faire quelque chose !

Vénus poussa un profond soupir alors que l'homme s'éloignait. C'était chaque fois la même chose : quand elle parvenait à établir un dialogue avec lui, ses propos finissaient toujours par sombrer dans l'absurde. Mais Vénus ne se décourageait pas. Mot après mot, phrase après phrase, elle recueillait des bribes qui, mises bout à bout, l'aideraient peut-être à comprendre ce qu'elle faisait là. La fillette ne semblait pas en être consciente. Alors que l'homme venait de passer derrière le mur de lumières, Vénus entendit sa voix :

— Bravo, cette fois-ci, tu as bien parlé.

11

Après le départ des pompiers, Eva remonta dans sa chambre et elle demeura longtemps allongée sur son lit. L'image du professeur Sibelius pendu à sa poutre l'obsédait. L'odeur de sa mort également, dont le souvenir s'entrelaçait avec cette obsédante odeur de colle, semblant se fondre en elle.

Elle s'efforça de vider sa tête pour y faire rentrer les idées une à une, en les classant méthodiquement, comme dans une armoire.

Premier tiroir : *Sibelius*.

Le professeur ne s'était pas suicidé, elle en était certaine. D'après les pompiers, la contraction mortelle, surtout par pendaison, pouvait provoquer une crispation des membres telle que Sibelius avait pu conserver le cou de son chat entre ses mains. Le scénario semblait donc plausible. Mais Eva n'y croyait pas.

Imagine-t-on Raimu en train d'étrangler Pomponnette ?

Sibelius avait été assassiné. Pour Eva, c'était une évidence, et de celle-ci découlait une autre : le château La Palombière, si tranquille en apparence, avec ses chats royaux, ses colombes en liberté, son décor somptueux et sa patronne éthérée, était en réalité le théâtre d'un affrontement sauvage. On festoyait bourgeoisement dans la salle de restaurant tandis qu'on s'égorgeait en coulisse.

Ici régnait la terreur. Un effroi orchestré, programmé pour inspirer la panique. Le choix de la mort de Sibelius avait été voulu, pensé, par ses assassins. Ceux-ci savaient que lors d'une pendaison tous les organes se relâchent et que le corps se vide. En même temps que l'horreur, les meurtriers voulaient inspirer le dégoût. Eva repensa à la scène du petit déjeuner, revit le fœtus du poussin au creux de sa main, et elle se sentit prise de nausée. Elle décida de sortir et d'aller faire un tour au village.

L'air frais lui fit du bien, mais alors qu'elle passait la grille de la propriété, l'image du poussin mort lui revint à l'esprit. Si elle n'y avait pris garde, elle aurait gobé le fœtus. Il serait allé directement dans son ventre. C'était... immonde. Qui s'acharnait ainsi sur elle ? Et pourquoi, sinon pour la faire fuir ?

Elle songea au mari de Ludmilla. Il avait suffi de trois jours pour qu'il soit transformé en momie après avoir bu son thé. Du thé au polonium. L'horreur ! La mort moderne ! La contamination à l'intérieur de vous qui vous ronge inexorablement les tripes ! Eva frissonna. Elle songea que, paradoxalement, les tueurs du KGB utilisaient ce moyen « techno » car il plongeait dans les terreurs ancestrales présentes en chacun de nous, pour réveiller la peur du poison nichée en nous, lovée dans notre imaginaire enfantin. Elle se demanda brusquement ce qui se serait passé si elle avait bu le vin vinaigré, ou gobé son œuf ? Aurait-elle été transformée en momie ? Elle avait conscience que celui qui avait fait ça n'avait pas l'intention de tuer. Il voulait simplement frapper là où ça fait mal, là où se tient le siège de la peur et du dégoût : à l'estomac ! Au milieu de ce château qui produisait l'un des tout meilleurs crus bourgeois du monde, il y avait là une forme de cynisme. Pire : de la haine.

Qui faisait régner cette terreur sourde ? Qui avait tué Sibelius ? Qui avait enlevé Vénus ?

Dans son armoire personnelle, Eva décida d'ouvrir un autre tiroir : *Vénus*...

Sur le petit chemin caillouteux qui menait à la route, elle songea à l'histoire belge que lui avait racontée Criss Vermeulen. On ne raconte jamais ce genre d'histoires par hasard, surtout un détective. Derrière les mots, il y a toujours, consciemment ou non, des vérités cachées. Ceux employés par Vermeulen dansaient au fond du cerveau d'Eva.

Elle décida de les disséquer. En psychophanie, elle ne procédait pas autrement.

Le choix des prénoms, d'abord : Madeleine et Vénus. La propriétaire du château La Palombière et sa fille ! Leur métier : camionneuses ! Drôle de parabole pour désigner les propriétaires d'un grand cru bourgeois. Le choix du lieu, ensuite : la montagne. Vermeulen avait-il voulu signifier que Madeleine et Vénus étaient lancées dans une entreprise impossible, comme dans l'expression « s'attaquer à une montagne » ? Puis l'obstacle : un tunnel, avec ce que cela comporte de mystère, d'inconnu, de ténèbres. Qu'y avait-il de l'autre côté ? Ne dit-on pas « la sortie du tunnel » pour parler d'une épreuve difficile dont on a triomphé ?

Vermeulen avait raconté que, face à ce fameux obstacle, Vénus était descendue du camion. Voulait-il dire que Vénus avait délibérément choisi de laisser sa mère seule dans la galère ? « Vas-y ! Fonce ! Y a pas de flics ! » Qu'elle avait, avec cynisme, encouragé sa mère à « foncer dans le mur » ?

Eva se demanda soudain si Vénus avait bien été enlevée. Une autre hypothèse était possible : Vénus ne souhaitait pas aider sa mère à conserver la présidence du château et, pour ne pas avoir à l'affronter, avait préféré disparaître.

Eva avait conscience de pousser son raisonnement très loin à partir d'une simple histoire belge. Mais elle pressentait également que Criss Vermeulen ne faisait et, surtout, ne disait rien par hasard.

Ce type était beaucoup plus malin qu'il n'y paraissait, malgré son allure pataude, sa face rubiconde et ses manières rustiques.

La jeune femme referma provisoirement son armoire secrète. Il fallait laisser macérer tout ça.

Elle se mit à frissonner. Il était encore très tôt, le soleil était à peine levé et un froid vif lui mordait le nez. Elle réalisa qu'elle avait faim, n'ayant rien mangé depuis longtemps. Retourner au château La Palombière ? Elle n'en avait aucune envie. Elle décida d'aller boire un café et de grignoter quelque chose au bar du village. Elle apercevait le clocher. Il n'était pas si loin, à peine mille rangs de vigne. Elle en profiterait pour écouter les conversations des habitants. Etaient-ils au courant de ce qui se tramait au château ? Qu'en pensaient-ils ? Elle était curieuse de le savoir.

Alors qu'elle atteignait la route goudronnée qui menait à Cressac, elle aperçut une sorte de fermette perdue au milieu des jalles qui descendaient vers la Gironde. Un homme, vêtu d'un bleu de travail comme les paysans de l'époque, avait allumé un feu dans la cour. Il avait le dos voûté, une silhouette toute frêle, et tendait avidement ses bras vers le foyer pour se réchauffer les mains. Autour de lui, la cour était peuplée de tout un fatras de vieux débris datant des années 1950, des carcasses d'armoires, des frigidaires rouillés, des cuisinières hors d'état, si bien que l'endroit ressemblait à s'y méprendre à une décharge. Si près du somptueux château La Palombière… Intriguée, Eva emprunta le petit chemin bordé de rosiers qui conduisait à la fermette.

L'homme se redressa lorsqu'il la vit approcher. Eva nota qu'il avait posé près du feu une vieille cafetière en métal. Allait-il lui offrir un café ?

— Bonjour, lança-t-elle gaiement. Il fait frisquet, ce matin.

L'homme hocha la tête. Son visage barbu était parcheminé, lézardé. Les rides y avaient creusé des sillons si fins, si profonds, qu'on eût dit des coups de lame. Il était très maigre, presque décharné, ses doigts semblaient attachés à ses mains comme autant de griffes. Ses yeux noirs aux orbites creusées auréolées de brun lui donnaient l'air d'un prophète halluciné. Il lançait vers Eva des regards affolés.

— Je séjourne au château La Palombière, poursuivit la jeune femme sur le même ton enjoué. J'en profite pour visiter les environs. Vous travaillez ici ?

— Oui. Moi trrravail. Vous pas rrrester ici.

— Je vous dérange ?

L'homme bougonna et se dirigea vers l'entrée de la baraque.

— Vous pas rrrester ici, répéta-t-il avant de passer le seuil.

Eva s'approcha de la fenêtre. Le vieux s'était réfugié au fond de la pièce, dont le sol était entièrement jonché de paille.

— Je vous dérange ? insista-t-elle.

L'homme se contenta de siffler entre ses dents. Un sifflement très aigu, comme celui d'un serpent. Aussitôt, deux ombres surgirent de derrière la maison et se plantèrent face à Eva, qui ne put s'empêcher de pousser un cri. Deux bergers, babines retroussées, canines sorties, frémissants de rage, n'attendant qu'un signe de leur maître pour se jeter sur elle. Eva fixa un instant leurs yeux en amande, bleus, constellés de paillettes d'or, leurs pupilles, deux pointes noires irisées, et une onde froide lui glaça la poitrine. Ce n'étaient pas des chiens, mais des loups. Deux authentiques loups maigres et félins, avec ce regard merveilleusement beau, presque câlin, des assassins. Eva se recula lentement et ils cessèrent de grogner.

Elle s'éloigna de la fermette et reprit la route qui menait au village. Des loups ?! A Cressac ? Dans le Mercantour, passe encore, mais au beau milieu du Médoc ? Et qui était ce bonhomme squelettique qui vivait au milieu d'un tas de détritus et dormait sur une litière de paille, protégé par deux loups ? Eva sentit une onde froide lui courir le long de l'échine. Toutes les peurs ancestrales qui terrorisent les hommes depuis la nuit des temps semblaient s'être donné rendez-vous autour du château La Palombière : poison, loups, pendaison, chat crevé...

Et d'où venait cette façon si particulière qu'avait le vieil homme de rouler les « r » ? Exactement comme le faisait Madeleine. D'où venaient les loups ?

Eva avait la tête qui tournait, tant les questions qui se bousculaient dans son esprit étaient nombreuses. Et sans réponse. Elle poursuivit sa route.

Le petit village de Cressac était, comme la plupart des villages médocains, bâti autour de l'église. Les maisons en pierre de taille, à la façade austère, vaguement hautaine, s'enroulaient autour de l'édifice à distance respectable, comme si elles craignaient de trop s'approcher de Dieu. Une place s'étalait au pied du clocher, peuplée d'arbres étranges. Leurs branches courtes, noueuses aux coudes, leur donnaient l'allure de petits lutteurs trapus prêts à en découdre. Un bar formait l'angle de la place. Eva poussa la porte. L'endroit puait l'anis et le vieux mégot. Un billard américain trônait au milieu de la salle, un flipper dans un coin, un baby-foot dans un autre. L'artillerie habituelle des bistrotiers qui, sentant leur clientèle vieillir, s'efforcent de draguer les jeunes. Quatre hommes étaient installés à une table. Derrière son comptoir, le patron essuyait ses verres mécaniquement. Il jeta sur Eva un regard intrigué.

— Qu'est-ce que je vous sers ?

— Un café, s'il vous plaît.

Eva prit place sur un des tabourets hauts alignés le long du comptoir pendant que le patron vissait une dose dans le percolateur. La conversation des quatre hommes roulait sur une harde de sangliers qui, durant la nuit, avait saccagé le jardin de la vieille Alphonsine et bousillé des clôtures.

— Ils ont fait des coupes, à la Hanaudière. C'est ça qui a rabattu les sangliers vers le village, expliquait un des hommes.

— Alphonsine a rien entendu ? demanda un autre.

— Tu parles, elle est sourde comme un pot, et bigleuse avec ça.

— Y a que sa langue de vipère qui marche encore !

Les quatre hommes s'esclaffèrent. Eva eut un petit sourire. Le monde était au bord du gouffre,

Versailles à feu et à sang, et les hommes du petit village de Cressac ne se préoccupaient que des hardes de sangliers et de la langue de vipère d'Alphonsine. Cela renforçait l'impression que le village était coupé du monde, replié sur lui-même. Le patron, souriant, déposa le café devant la jeune femme.

— En visite dans la région ?

Eva lui rendit son sourire.

— Oui. Je séjourne au château La Palombière.

Le visage du patron se figea brutalement. Il fit le tour du comptoir, rejoignit ses quatre clients et se mit à murmurer avec eux. Eva sentait le poids de leurs regards dans son dos. Elle se retourna et leur adressa son plus beau sourire.

— Si c'est pas malheureux, soupira un des compères en levant les yeux au ciel.

Au même moment, un homme poussa la porte du troquet. Il portait une barbe impeccablement taillée, une bedaine confortable comprimée dans une veste de chasseur, et arborait le visage sévère des messieurs importants.

— Ah, monsieur le maire, tu tombes bien ! s'exclamèrent en chœur les hommes.

Gachassin, songea Eva, celui qui pèse 31,5 %...

— Tu es au courant ? demanda le patron en lui serrant la main.

— Pour les sangliers chez Alphonsine ? demanda Gachassin.

— S'il n'y avait que les sangliers... se lamenta le patron.

— Quoi ? Qu'est-ce qui s'est passé encore ?

D'un signe du menton, le patron désigna Eva.

— Les tourterelles sont également de sortie. Elles ne se contentent plus de roucouler à La Palombière. Maintenant, elles viennent glousser jusque sous notre nez !

Tout en parlant, il toisait Eva. La jeune femme était éberluée. Le patron du bar lui lançait exactement le même genre de regard, libidineux et hargneux, qu'un homme frustré lance à une pute.

— Quand vous parlez de tourterelles, c'est de moi que vous parlez ? demanda-t-elle.

Le bistrotier vint se planter devant elle.

— Vous préférez le terme « poule », ou « cocotte », peut-être ?

Eva avait passé toute sa jeunesse dans un orphelinat, à se battre comme une tigresse pour se faire respecter par ses congénères et par les surveillantes. Plus tard, elle était passée par la case prison, où il lui avait également fallu lutter pour survivre. Jamais au cours de ces années noires Eva n'avait accepté qu'on la rabaisse ou qu'on l'humilie. Ceux qui s'y étaient essayés l'avaient toujours payé très cher. L'attitude du patron, la façon dont il la regardait, les mots qu'il venait de prononcer… Elle se leva d'un bond et le gifla à la volée, si fort qu'il se retrouva cul par terre.

— J'appelle les flics ! hurla un des clients du bar en se ruant vers le téléphone.

— Non ! protesta Gachassin. Ne mêle pas les flics à ça !

Le patron se releva et fit face à Eva, menaçant. Il se tenait la joue et ses yeux étaient comme deux torches de haine. Il allait se ruer sur elle, mais Gachassin s'interposa :

— Laisse ! Retourne derrière ton bar. On a suffisamment d'ennuis comme ça en ce moment.

Il se retourna vers Eva, désigna une table à l'écart, l'invita à s'asseoir à ses côtés.

— Il faut les comprendre, murmura-t-il alors que, de retour derrière son comptoir, le patron jetait à Eva des regards de feu. Ils sont sur les nerfs.

— Pour quelles raisons ? demanda Eva.

— Le château La Palombière n'a pas bonne presse par ici. Madeleine y a introduit des pratiques, disons... un peu particulières, et cela ne plaît pas à tout le monde. Le Médoc est terre de tradition...

— Retourne d'où tu viens et préviens ta maquerelle : on ne veut pas de ça ici ! explosa brusquement le patron.

— Fous le camp, traînée ! lâcha un client.

Et un autre :

— Dehors, poufiasse ! Tire-toi !

— Ça suffit ! hurla Gachassin en frappant du poing sur la table. En vous conduisant de la sorte, vous faites offense à notre village !

— Bon ! Eh bien si c'est comme ça, moi je préfère sortir, décréta un des gars en se levant, bientôt suivi par un autre.

— Tu persistes à défendre Madeleine, lança un troisième. Mais prends garde, monsieur le maire. Tu risques d'y laisser des plumes !

En sortant, les trois hommes claquèrent bruyamment la porte.

— Terminez votre café et retournez dans votre boxon ! lança le patron du bar. Je tiens à conserver ma clientèle, moi, ajouta-t-il en jetant vers Gachassin un regard entendu.

— Un boxon ! s'exclama Eva. Comme ils y vont...

— Ça fait longtemps que vous séjournez au château ? demanda Gachassin.

— Je suis arrivée hier, répondit Eva en songeant que cela lui paraissait déjà une éternité.

— Nous sommes samedi, aujourd'hui. Vous verrez ce soir...

Eva se gratta la gorge et s'efforça de prendre un air détaché.

— Vous êtes actionnaire de La Palombière, n'est-ce pas ?

— Exact.

— On dit qu'il doit y avoir prochainement un conseil d'administration et que vous souhaitez profiter de l'absence de sa fille pour écarter Madeleine de la direction du château. C'est exact ?

— Les nouvelles vont vite, soupira Gachassin avec un petit sourire. Je sais que Madeleine se répand partout en affirmant que j'ai enlevé Vénus. C'est ridicule.

— Pourtant, son vote va lui manquer...

— Vous plaisantez ? Vénus avait clairement annoncé son intention de voter contre sa mère.

Gachassin plongea ses yeux dans ceux d'Eva.

— Sa disparition n'en est que plus mystérieuse, n'est-ce pas ?

Il frappa soudain du plat de la main sur la table, se leva, lança d'une voix forte :

— Pardonnez-moi mais je dois vous quitter. Une affaire de sangliers qui dévastent la région. Je sais que ça peut paraître ridicule vu ce qui se passe actuellement, mais le Médoc a toujours été loin de Versailles.

Il se pencha vers elle et murmura :

— Les choses ne sont pas simples, croyez-moi. D'un côté, Madeleine m'accuse d'avoir enlevé sa fille, de l'avoir tuée même. De l'autre, les gens du village me reprochent de la soutenir. Comme on dit, j'ai le cul entre deux chaises.

Il se redressa.

— Vous devriez terminer votre café et rentrer au château. C'est le mieux que vous ayez à faire.

Il alla chuchoter quelques mots dans l'oreille du patron et sortit du bar. Eva termina son café, se leva à son tour et sortit sans payer. En reprenant le chemin du château La Palombière, elle songeait à Gachassin. Ne venait-il pas de laisser entendre que Madeleine elle-même pouvait être responsable de la disparition de sa fille ? Eva avait également noté que Gachassin s'était opposé à ce qu'on appelle la police après qu'elle eut giflé le patron. Madeleine ne souhaitait pas non plus la présence des flics après le « suicide » de Sibelius. Décidément, personne ne semblait souhaiter que la police vienne fourrer son nez dans le coin.

Tant mieux ! se surprit à songer Eva, qui aimait avoir les coudées franches.

12

L'inspecteur Mignoni arrêta sa voiture sur le parking du château La Palombière. Il serra le frein à main, déboucla sa ceinture de sécurité, ouvrit la portière, sortit de la voiture et s'étira longuement. La route n'avait pas été si longue depuis Angoulême et il s'était même permis le luxe de prendre le bac à Blaye pour rallier le petit port de Lamarque, plutôt que de passer par Bordeaux. La traversée en bateau, cris de mouettes et embruns salés, avait été distrayante, et pourtant il se sentait moulu. La tension intérieure, sans doute. Tout en tirant ses bras vers le ciel, il observait la façade du château. Une fort belle bâtisse, dressée sur deux étages, entièrement rénovée. De la belle ouvrage. Si le vin était aussi bon que la barrique était prometteuse…

Le matin même, alors qu'il était à peine levé, il avait reçu un coup de téléphone de Rougerie, le directeur de cabinet de Vidocq.

« Alléluia ! Vous êtes un homme verni, Mignoni. La République vous offre des vacances. »

Il y avait un brin d'aigreur dans la voix de Rougerie. En réalité, les deux hommes ne s'aimaient pas.

« Où ça ? avait demandé l'inspecteur.

— Dans le Médoc. Le château-la-palombière, ça vous dit quelque chose ?

— Rien du tout.

— Un grand cru bourgeois. Un nectar. C'est le vin qui a été sélectionné pour le banquet de clôture du G8.

— Je suis un simple inspecteur de police, Rougerie, ne l'oubliez pas. Mes modestes émoluments ne me permettent pas de…

— Il y a un hôtel à la propriété, avait coupé rageusement Rougerie. Vous y prendrez une chambre. Vous y serez en bonne compagnie. Eva Leperlier, ça vous dit quelque chose ? »

Le cœur de Mignoni avait fait un bond. Il n'avait jamais rencontré Eva, mais il avait beaucoup entendu parler d'elle, particulièrement lors de l'affaire du meurtre du fils Kervelec[1].

« Oui, ça me dit quelque chose.

— Vous l'avez déjà rencontrée ?

— Non !

— Très bien ! Vous allez voir. Elle est superbe. Un peu trop portée sur la bouteille peut-être, mais à part ça…

— L'affaire ?

— Vénus, la fille de Madeleine Lescarboura, la propriétaire du château La Palombière, a disparu.

— Quel âge ? »

C'était loin d'être une question prioritaire, Mignoni en avait conscience, mais dès qu'il s'agissait d'une femme il demandait l'âge. Chez lui, c'était de l'ordre du réflexe.

« La trentaine.

---

1. Voir *Le Bonsaï de Brocéliande*.

— Et en quoi le fait qu'elle ait dispa…

— Je ne vais pas vous raconter tout ça au téléphone, mon vieux ! »

Rougerie ne perdait jamais une occasion de rappeler qu'il était un homme important, très occupé…

« Vous avez un fax ?

— Au bureau, oui.

— Alors je vais vous envoyer un dossier. Il a été préparé par Criss Vermeulen, un privé belge que la patronne du château a embauché. Un type très bien. Il est également sur place.

— Si vous avez un homme sur place, pourquoi me…

— Lorsque j'ai annoncé à Vidocq qu'Eva était descendue à La Palombière, il a exigé que vous vous y rendiez. Il attend vos rapports. Vous savez, ces textes pleins de couleurs et d'exotisme que notre ministre apprécie tant… »

Rougerie était en train de se foutre de sa gueule, mais Mignoni n'en avait cure. A cet instant, il avait d'autres soucis en tête que de clouer le bec au directeur de cabinet.

« Entendu », avait-il dit avant de raccrocher.

Il était allé toquer à la porte de la salle de bains, où Martine était en train de se maquiller.

« Martine, j'ai une mauvaise nouvelle. »

Elle avait ouvert la porte, un tube de rouge à lèvres à la main.

« Je dois partir dans le Médoc.

— Maintenant ?

— Oui. »

Le visage de Martine s'était brusquement chiffonné.

« Oh non !... Tu m'avais promis... »

Mignoni lui avait effectivement promis de passer le week-end avec elle en amoureux, de l'emmener au cinéma, au restaurant...

« Je suis désolé. Le cabinet du ministre vient d'appeler.

— Tu seras absent longtemps ?

— Je l'ignore. »

Elle avait fait la moue. Mignoni avait voulu l'embrasser, mais elle l'avait gentiment repoussé. Elle avait refermé la porte avec le sourire fané d'une femme déçue.

Mignoni s'était précipité sur sa valise, l'avait remplie en vitesse et avait quitté l'appartement comme on s'échappe d'une prison. Il avait sauté dans sa voiture et s'était dirigé vers son bureau. C'était un samedi et, par bonheur, le brigadier Robineau n'était pas de service. Cela éviterait à Mignoni une nouvelle séance de torture.

Le brigadier Robineau !

Rien que de penser au brigadier Robineau, Mignoni éprouvait la sensation que son cœur se mettait à pomper dans le vide.

Le brigadier Robineau était arrivé au commissariat d'Angoulême deux mois auparavant, et dès qu'il l'avait vu l'inspecteur Mignoni s'était retrouvé dans le même état que face à Marlène, la fille d'un charcutier du Panier, le quartier de Marseille où il était né. Il avait alors douze ans. Marlène avait été son premier amour. Elle l'avait fait souffrir atrocement, prenant un malin plaisir à lui taillader le cœur comme un vulgaire morceau de bavette. Comme Marlène, le brigadier Robineau était blonde comme les blés, lèvres épaisses, yeux ronds étonnés et rieurs, fossettes sur le côté, un air de gamine espiègle. Comme Marlène, elle était toute en rondeurs appétissantes, dissimulées sous l'uniforme de surcroît, ce qui n'avait fait que décupler les fantasmes de l'inspecteur. Son désir, aussi.

En début de carrière, le brigadier Robineau aurait dû être logiquement versée dans les brigades volantes chargées de la circulation et des contraventions. Mais, pour l'inspecteur Mignoni, une telle hirondelle méritait un meilleur fil et il s'était débrouillé pour qu'elle soit affectée aux fournitures, dans le bureau en face du sien. Ils avaient partagé leurs premiers cafés, leurs premiers rires, leurs premières confidences et, secrètement, l'inspecteur était tombé follement amoureux. Secrètement, car en matière de galanterie Mignoni était un grand timide. Peu féru de psychanalyse, il avait pourtant conscience que cette passion soudaine pour le brigadier plongeait dans les racines de son enfance et une certaine idéalisation de la femme. Il était d'autant plus difficile de lutter contre elle. Très vite, la jeune femme avait occupé l'essentiel de son espace intime. Toutes les pensées de l'inspecteur Mignoni étaient tendues vers elle. Pas seulement son esprit, d'ailleurs... Du coup, ses relations avec Martine avaient commencé à se détériorer. Mignoni lui était très attaché, mais que signifie une attache quand la passion vous porte vers les grandes chevauchées ? Qu'on doit rester à l'écurie devant son picotin d'avoine ? Progressivement, Martine s'étonnant, s'inquiétant, puis se blessant de son manque d'empressement pour elle, l'atmosphère, à la maison, était devenue irrespirable.

« Tu as quelqu'un ? » avait-elle demandé, lèvres pincées, deux jours plus tôt. Mignoni s'était récrié et tiens, pour lui prouver sa bonne foi, il lui avait promis de passer tout le week-end avec elle. En réalité, il ne rêvait que d'une chose : fuir ! Fuir Martine et ses regards angoissés, fuir le brigadier Robineau, sa jeunesse, son charme, ses rires cristallins, ses formes généreuses. Le coup de téléphone de Rougerie avait sonné à ses oreilles comme une délivrance.

Il regarda la façade du château La Palombière, et le bâtiment lui sembla brusquement comme un monastère où il allait pouvoir purger son âme et se refaire une virginité.

Il se présenta à la réception et demanda une chambre.

— Pour combien de temps, monsieur ?

— Je l'ignore encore.

— Vous voulez bien remplir une fiche ?

Le réceptionniste lui tendit une fiche. Nom, prénom, date de naissance, lieu, heure…

— L'heure de quoi ? demanda-t-il.

— L'heure de votre naissance, monsieur.

Mignoni regarda le préposé, ahuri.

— Il arrive que nous ayons à fêter l'anniversaire d'un client, expliqua le réceptionniste. Madame Lescarboura, notre patronne, demande l'heure afin de pouvoir marquer l'événement d'une façon précise.

— Et si je suis né à cinq heures du matin ? demanda Mignoni, amusé.

— Alors madame Lescarboura vous proposera de cuisiner le coq qui a chanté le premier ce matin-là.

— C'est original.

— Notre patronne est une femme pleine de ressources, très inventive.

Mignoni hocha la tête. Il poursuivit le remplissage de sa fiche. A la case « profession », il tira un trait laconique et la tendit au réceptionniste.

— Souhaitez-vous participer au cercle ce soir, monsieur ?

— Le cercle ? C'est quoi ?

— Un instant de détente après le repas. Un moment hasardeux, très ludique, précisa le réceptionniste en souriant.

— Pourquoi pas ? lança Mignoni en se retournant.

Une femme venait de faire son entrée. Mignoni avait à peine entrevu sa silhouette que, déjà, il savait que c'était elle. Eva Leperlier. La fameuse Eva ! Depuis le temps qu'il rêvait de la voir en chair et en os. Il n'était pas déçu. Cette façon de se tenir droite, de marcher, de regarder chacun et toutes choses avec hauteur et détachement. Il y avait en elle beaucoup d'assurance, beaucoup de force, mais également une grande fragilité. Mignoni n'en fut pas surpris. Les coureurs de nuits qu'il connaissait, Baptiste Saint-Sauveur, Vincent Romain, dit « le Bonsaï », ne ressemblaient pas à l'idée qu'on se fait communément d'aventuriers modernes et intrépides. Il y avait chaque fois en eux une cassure, une faille. Est-ce parce qu'ils étaient tous orphelins et que tous, à un moment ou à un autre de leur vie, ils avaient frôlé l'abîme et fait de la prison ? Eva semblait taillée sur le même moule que ses collègues masculins, et Mignoni éprouva la sensation, plaisante, de se retrouver en terrain de connaissance.

Elle passa devant l'inspecteur Mignoni sans même lui jeter un regard.

Fut-ce à cause de ce mépris arrogant, de ce détachement hautain affiché par la jeune femme, que l'inspecteur Mignoni prit soudain conscience qu'il était entouré de chats ? Il s'adressa au type de la réception en désignant les félins :

— Il y en a partout. Vous les cultivez en batterie ?

— Madame Lescarboura adore les chats.

— Elle ne craint pas d'être submergée ?

— Pardon ?

— Les chats se reproduisent très vite.

Le type haussa les épaules.

— Madame Lescarboura pratique une sélection très stricte.

Que voulait-il dire ? Que la patronne noyait les chatons à la volée ? Qu'elle séquestrait les femelles en rut ? Qu'elle châtrait les mâles à tout va ? L'inspecteur Mignoni s'abstint de demander des précisions et monta directement dans sa chambre.

Il poussa la porte, vida sa valise, installa ses affaires dans la penderie, saisit le dossier que lui avait envoyé Rougerie, s'allongea sur le lit, commença à lire. Il était grand temps de savoir de quoi il retournait. En réalité, Rougerie s'était contenté de lui faxer le double du dossier que Criss Vermeulen, le détective belge, lui avait adressé. Il retraçait, succinctement mais avec précision, la vie de Gaston Lescarboura et celle de son épouse, Madeleine.

Gaston Lescarboura est né en 1921 à Cressac (Médoc), dans une modeste famille de viticulteurs. (A l'époque, posséder un château n'était pas une marque de richesse. Celui des Lescarboura, comme beaucoup de propriétés dans le Médoc, était en ruine.) Etudes primaires. Certificat d'études. Travail dans les vignes dès l'âge de quatorze ans. Survient la guerre. Gaston Lescarboura s'engage dans la Résistance. Dans le maquis, il fait la connaissance de Jean-Baptiste Doumeng, un Gascon, communiste convaincu, qui deviendra plus tard celui qu'on appela « le milliardaire rouge ». Dès le départ, Doumeng a converti Lescarboura à ses idées. Mais, guerre froide oblige, Lescarboura garde ses convictions pour lui. Dans le Médoc, il se comporte comme un hobereau du cru, évite de se faire remarquer, va à la chasse, entretient de bonnes relations avec ses collègues viticulteurs.

Doumeng et Lescarboura étaient-ils des espions à la solde du bloc communiste ? Un certain nombre d'éléments me laissent penser que oui.

Un jour (novembre 1969), Lescarboura s'envole pour la Roumanie. A Bucarest, il fait la connaissance de Marina, une jeune Tsigane. Marina travaille dans un petit cirque ambulant. Coup de foudre immédiat. Gaston l'épouse. Marina vient s'installer en France. Lescarboura la présente comme une paysanne bourguignonne (Marina n'a jamais réussi à gommer complètement son roulement des « r » si caractéristique des Roumains). Il prétend l'avoir rencontrée au cours d'une visite à la foire aux vins de Beaune. Tout le monde est dupe, ou presque.

Très vite, la jeune Roumaine apprend les bonnes manières. En réalité, la petite fille des Carpates cultive un rêve secret : devenir une femme riche et respectée. Déjà, Marina ambitionne de devenir « Madeleine », la reine du Médoc.

Vénus naît à Cressac, un matin de décembre 1976, à cinq heures trente. Soleil en 8°59 Sagittaire, AS en 18°55 Scorpion, Lune en 27°58 Poissons, MC en 1°45 Vierge, Pallas 17°16 Verseau en maison III.

Mignoni sourit. Le détective belge semblait avoir été gagné par la passion de la patronne de l'hôtel pour les heures de naissance. Mais pourquoi donnait-il sa carte astrologique complète ?

Commence ensuite l'ère des grands travaux. Marina, devenue Madeleine, veut faire du château-la-palombière un grand cru bourgeois. Pour les premiers investissements (cuves en inox avec système de refroidissement intégré, rénovation du chai, lots de barriques neuves), Lescarboura, qui n'a pas de fonds propres, fait appel au « mil-

liardaire rouge », qui accepte de mettre la main à la poche (deux millions de francs en prêt à taux zéro). Mais Madeleine a vite compris que pour réussir dans le Médoc il faut s'appuyer sur des gens du cru. Elle persuade son mari de faire appel à deux viticulteurs puissants et fortunés, Gachassin, le maire de Cressac, et Lacaze, une sorte d'aristocrate à l'ancienne. Les deux hommes se laissent facilement convaincre.

A l'époque, le château est devenu une véritable forteresse. Nul n'a le droit d'y pénétrer sans l'accord de Madeleine. A l'intérieur, secrètement, une armée de Tsiganes recrutés en Roumanie (payés au SMIC) est à l'ouvrage.

C'est en mars 1981, lors d'une partie de chasse, que les ennuis commencent.

Gachassin et Lacaze sont postés en retrait. Une troupe de sangliers débouche soudain de la forêt. Les fusils parlent. Lescarboura s'écroule, le dos emporté par une décharge de chevrotines. Qui est l'auteur du coup de feu fatal ? Nul ne le saura jamais. L'affaire, considérée comme un accident, est classée sans suite (certaines mauvaises langues laissent entendre que Gachassin serait l'auteur du coup de feu mortel).

Lescarboura disparu, les deux investisseurs pensent alors que le château La Palombière va tomber comme un fruit mûr dans leur escarcelle. Mais, à peine sortie de son deuil, Madeleine poursuit la rénovation du château et en fait un hôtel (une bonne moitié du personnel est d'origine tsigane, ce que nul ne sait...). L'endroit, particulièrement original, devient l'un des lieux les plus courus de la grande bourgeoisie bordelaise.

Le château-la-palombière atteint une renommée internationale. Dans le petit village de Cressac, les langues, aiguisées par la jalousie, s'agitent. Plus que jamais, Gachassin et Lacaze, terriblement humiliés de s'en faire remontrer par une « étrangère », souhaitent mettre la main sur la propriété. Mais à eux deux ils n'ont que 45,9 % des voix...

Survient alors l'épisode qui nous occupe : le château-la-palombière est sélectionné pour le banquet de clôture du sommet du G8.

Au même moment, Vénus disparaît.

Qui est responsable ? Tout désigne Gachassin et Lacaze, mais la vérité, au royaume de l'ombre et de l'illusion qu'est devenu le château La Palombière, est-elle si simple ?

L'affaire me semble grave. Tous les ingrédients d'un scandale énorme sont réunis : la politique (n'oublions pas que Lescarboura était communiste), l'argent (un hectare du château La Palombière est aujourd'hui évalué à près de un million d'euros) et la disparition mystérieuse d'une jeune femme.

Je ne manquerai pas, cher monsieur Rougerie, de vous tenir informé des progrès de mon enquête.

Criss Vermeulen

Mignoni reposa la liasse de feuillets sur son lit. Il était sceptique.

En fouillant dans le passé de Madeleine, le détective belge avait fait du bon boulot. Mais son texte, parfois fort bien documenté (jusqu'à la somme exacte prêtée par Doumeng), restait globalement flou, comme si l'auteur avait souhaité susciter la curiosité du lecteur sans lui livrer toutes les clés en sa possession.

Mignoni eut brusquement une conviction : Vermeulen en savait beaucoup plus qu'il n'en avait écrit. Il avait voulu allécher Rougerie, de la même manière qu'on tapisse les parois d'un pot avec du miel pour attirer une mouche gourmande et curieuse. Ce type était un sacré malin. Il en disait juste assez sur le monde mystérieux du château La Palombière, suggérait, insinuait, pour qu'on n'ait plus qu'une seule envie : en savoir plus ! Mignoni songea à son libraire : peu de temps auparavant, le marchand de papier lui avait fourgué la première pièce d'une collection de DS miniatures (des voitures dont Mignoni rêvait lorsqu'il était enfant) pour seulement deux euros. Une bonne affaire ! Seulement voilà, pour avoir la collection complète, il fallait en acheter dix (la DS décapotable, la DS ambulance, la DS de Charles de Gaulle…), et pour avoir la dernière, il fallait débourser plus de cinquante euros ! Bonjour l'arnaque !

Mignoni avait la conviction que Vermeulen n'avait pas agi autrement. Il avait amorcé la pompe, mais pour avoir le fin mot de l'histoire le directeur de cabinet devrait casser sa tirelire…

Mignoni fut assailli par une pensée sinistre qui lui coupa le souffle. Serait-il un jour obligé de payer cinquante euros pour obtenir les faveurs du brigadier Robineau ? Ou cent ? Mignoni secoua la tête. Ce n'était pas le moment de penser au brigadier Robineau. Il consulta sa montre. Il avait largement le temps de relire le rapport de Vermeulen avant de descendre dîner. Quelques détails l'avaient frappé. Par exemple, lorsqu'il mentionnait que Lescarboura avait tenté de faire passer Madeleine pour une paysanne bourguignonne, Vermeulen avait écrit que tout le monde avait été dupe... *ou presque*. Que voulait-il dire ? Que quelqu'un avait percé à jour le secret de l'identité de la jeune Tsigane ? Qui ? Et en quoi cela était-il important ? Autre chose : à la question « Doumeng et Lescarboura étaient-ils des espions à la solde des communistes ? », le détective répondait que certains éléments lui laissaient penser que oui, sans indiquer lesquels. Curieux oubli ou carotte tendue à Rougerie ? Enfin, pourquoi avait-il assorti la mention de la naissance de Vénus (sans d'ailleurs mentionner le jour exact) de tout un charabia astrologique ? Mignoni pressentait que ce n'était pas un hasard...

Il commença à relire le texte, mais très vite ses yeux se fermèrent et un sourire béat vint éclore sur ses lèvres. Le visage charmant du brigadier Robineau venait de lui apparaître.

13

En rentrant de Cressac, Eva était montée directement dans sa chambre. Elle s'était allongée sur son lit et aussitôt assoupie.

Pendant son sommeil, des cauchemars horribles étaient venus l'assaillir. Un bourreau, visage masqué sous une capuche, l'avait attachée nue sur une table, nuque, bras et jambes cerclés dans des anneaux de fer, si bien qu'elle ne pouvait faire aucun mouvement. La scène se déroulait dans une cave éclairée de flambeaux et remplie de barriques empilées les unes sur les autres. L'odeur aigre de vinasse était insupportable. Le bourreau avait introduit un tube dans sa bouche et l'avait enfilé jusqu'à ce qu'il pénètre dans son estomac, comme on fait pour gaver une oie. Puis il avait relié l'autre extrémité au robinet d'un fût qu'il avait ouvert. Le vin s'était déversé en elle comme un torrent furieux, à gros bouillons, emplissant rapidement son estomac, comblant les vides, débordant par les trous de son nez, l'empêchant de respirer. Elle suffoquait. A ce moment-là, Eva avait eu le sentiment de ressentir ce que ses parents avaient enduré en se noyant dans les gorges du Verdon. Elle aurait voulu crier, hurler son effroi, mais elle en était incapable. Et le vin continuait de couler en elle, emplissant les moindres poches de son corps, gonflant son ventre comme il l'eût fait d'une outre. La pression était telle que le liquide avait fini par déborder d'elle, émergeant sur sa peau, formant des gouttes de sueur bombées et écarlates. Elles avaient éclaté, se mettant à ruisseler, formant des milliers de vaisseaux à ciel ouvert, jusqu'à devenir une mer de sang. A ce moment-là, le bourreau était penché sur elle et murmurait à son oreille : « Qui a bu boira ! » Eva, affolée, avait tenté de se relever pour cracher le tuyau qui l'intubait. En bandant toutes ses forces, elle avait réussi à redresser la tête : sur son corps, le vin s'était transformé en une nappe de glace givrée. Sur la table où elle reposait, une armée de serpents s'avançait vers elle. L'un d'eux, qui ressemblait étrangement au patron du bar de Cressac, avait pris la tête de la troupe et se tenait dressé devant son entrejambe ouvert, dardant sa langue fourchue, sifflant : « Sssalope ! Poufiassse ! Hors de Cresssac ! » Il allait pénétrer en elle lorsque Eva s'était réveillée, une main plaquée contre son sexe. Son cœur affolé battait dans ses tempes comme un tambour. Elle était en eau, le corps couvert d'une sueur épaisse et odorante. Elle s'était redressée, était restée un instant en suspension au bord du lit, s'était levée en murmurant : « Non, je ne partirai pas ! » Elle avait couru se jeter sous une douche.

Cela faisait une bonne dizaine de minutes qu'elle se tenait immobile, museau tendu vers le jet. Elle éprouvait un sentiment de bien-être intense. De nouveau, son sang irriguait son cerveau comme l'eau redonne vie à une éponge desséchée. Progressivement, le goût de papier mâché qu'elle avait au fond de la bouche s'estompait, ses idées redevenaient claires, chassant ses angoisses. Elle décida de se laver les cheveux, se brossa les dents, passa sur son corps un lait décontractant.

Lorsqu'elle sortit de la salle de bains, elle se sentait mieux. Elle se campa face à la fenêtre. La nuit était tombée, enveloppant la prairie et les arbres dans de petits nuages de brouillard laiteux qui semblaient flotter en suspension dans l'air.

Elle consulta sa montre. Huit heures ! Elle avait dormi toute la journée.

Des phares trouèrent soudain la nuit et une voiture s'échappa d'une nappe cotonneuse pour venir mourir sur le parking. Un couple en sortit. L'homme et la femme s'enlacèrent en riant et se dirigèrent vers l'entrée du château. Au moment où ils poussèrent la porte, Eva perçut un vague bourdonnement. Il semblait provenir du ventre de l'hôtel. Elle réalisa que c'était le brouhaha des clients installés dans la salle du restaurant. Elle décida de s'habiller et de descendre dîner. Qu'allait-on lui servir ce soir ? Un poisson qui se mettrait à gigoter dans son assiette quand elle voudrait en découper les filets ? Elle en était presque amusée.

Lorsqu'elle pénétra dans la salle du restaurant, elle était bondée. Eva remarqua immédiatement que les chats avaient déserté la place. Etaient-ils priés d'aller se faire caresser ailleurs les jours de weekend ? Le maître d'hôtel se précipita vers elle.

— Je vous ai gardé une table, lança-t-il en désignant le fond de la salle.

Eva remercia en inclinant la tête et le suivit.

— Vous prendrez un apéritif ? demanda le maître d'hôtel alors qu'elle s'installait. Un Bushmill ? Un double ?

— Non. Merci.

Il lui tendit la carte avec une sorte de moue contrariée. Elle observa un instant la salle. Les clients étaient jeunes pour la plupart, des couples qui paraissaient gais et insouciants. Elle surprit plusieurs regards d'hommes posés sur elle avec un rien d'insistance et elle en fut gênée. Avait-elle l'air d'une pute en chasse, comme l'avait suggéré le patron du bar ? Elle laissa son regard errer en prenant soin de ne fixer personne. En réalité, elle cherchait Criss Vermeulen, mais il n'était pas là. Elle venait de se plonger dans la lecture de la carte lorsqu'un homme vint s'incliner devant elle.

— Vous permettez que je me joigne à vous ?

Elle leva la tête.

— Vous paraissez déçue. Vous attendez quelqu'un ?

— Non.

— Le restaurant est plein, s'excusa l'homme.

Il avait un visage sympathique mais avec une lueur dans le regard, une sorte d'étincelle curieuse et avide, qui déplut immédiatement à Eva.

— Je vous en prie, grogna-t-elle.

L'homme s'installa et tendit sa main.

— Je me présente : Pierre Mignoni.

— Eva, répondit la jeune femme en lui serrant la main.

— Vous séjournez à La Palombière ?

— Oui.

— Moi aussi. Tourisme, affaires ?

— Tourisme.

— Affaires ! affirma Mignoni en posant sa main sur sa poitrine.

Immédiatement, Eva eut la certitude qu'il mentait. Ce type ressemblait à un homme d'affaires comme une poule à un carburateur. En réalité, il puait le flic à plein nez.

— Vous êtes arrivée depuis longtemps ? demanda-t-il.

— Hier.

— L'endroit est plaisant ?

— Dépaysant.

— Des paysans ?

— Non ! Dé-paysant, insista Eva.

— Ah ! Vous venez de loin ?

— Australie. Vous avez d'autres questions ?

Mignoni lui lança un petit sourire en coin.

— Pardonnez-moi. Je suis d'une curiosité maladive.

Mignoni désignait la carte qu'Eva tenait encore dans sa main.

— Vous permettez ?

Il saisit la carte et se plongea dans sa lecture. A nouveau, Eva scruta la salle.

— Vous cherchez Vermeulen ? demanda Mignoni sans lever les yeux de la carte.

— Pardon ?

— C'est le détective privé de l'hôtel. Vous lui avez déjà parlé ?

— Vous êtes effectivement très curieux...

— Pardonnez-moi, murmura Mignoni en replongeant le nez dans sa carte.

— Vous posez beaucoup de questions et vous vous excusez beaucoup, fit remarquer Eva.

— C'est vrai.

— Eh bien, cessez de poser des questions, comme ça vous n'aurez plus à vous excuser.

Mignoni se gratta la tête. Il avait la bobine d'un môme pris en faute, mais Eva n'était pas dupe.

— Je peux savoir ce que vous avez choisi ? demanda-t-il.

Eva poussa un soupir excédé en levant les yeux au ciel.

— Je suis tentée par le veau persillé à la confiture d'airelles.

— Ah ! Moi, je vais prendre des rognons grillés. Avec un vin du cru, ce sera parfait. Vous l'avez déjà goûté ?

— Non.

— Dans ce cas, laissez-moi vous l'offrir.

Il avait une lueur malicieuse au fond des yeux qui, de nouveau, déplut à Eva, mais elle n'eut pas le courage de dire non. Mignoni fit signe au maître d'hôtel, qui vint s'incliner devant eux. Il passa la commande.

— Monsieur Vermeulen vous prie de l'excuser, lança le maître d'hôtel en s'adressant à Eva après avoir noté la commande. Il sera absent ce soir. Une obligation professionnelle…

— Que je sache, je n'avais pas rendez-vous avec lui, protesta Eva.

Le maître d'hôtel haussa légèrement les épaules en signe d'ignorance.

— Il m'a demandé de vous prier à petit-déjeuner avec lui demain matin. Il m'a dit qu'il avait des choses importantes à vous dire.

— Très bien, soupira Eva, surprise et décontenancée.

— C'est étonnant, murmura Mignoni alors que le maître d'hôtel s'éloignait.

— Qu'est-ce qui est étonnant ?

— Je croyais que les coureurs de nuits ne collaboraient jamais avec la police. Remarquez, Vermeulen est un privé, je suis d'accord, mais tout de même...

Bien qu'elle ait conservé son calme, la jeune femme n'avait pu s'empêcher de blêmir.

— Je ne vois absolument pas de quoi vous voulez parler, lança-t-elle sèchement.

— Bien sûr. Pardonnez-moi.

— Et cessez de vous excuser à tout bout de champ !

— Oui. Je suis navré.

Ils ne prononcèrent plus un mot jusqu'à ce que le sommelier vienne leur présenter une bouteille de château-la-palombière 1990. Un bon millésime. Il voulut remplir le verre d'Eva.

— Servez d'abord monsieur !

Le sommelier s'exécuta et Mignoni porta le verre à son nez puis à ses lèvres. Il goûta.

— Alors ? demanda Eva, vaguement anxieuse.

— Un nectar !

Elle indiqua au sommelier qu'il pouvait remplir son verre, le porta à son nez et inspira longuement. Les arômes la frappèrent de plein fouet. Ils étaient d'une incroyable subtilité. Tout y était suggéré plutôt qu'imposé. Un très léger goût de boisé, un soupçon de fruits rouges, une once de caramélisation, le tout dans un ensemble charpenté, très tannique. Eva porta le verre à ses lèvres et but une gorgée qu'elle garda longtemps en bouche. Elle avait conscience de se parjurer, elle qui s'était promis de ne plus boire une goutte d'alcool pendant son séjour à La Palombière, mais elle avait besoin d'un allié. L'alcool était son meilleur ennemi, elle en avait conscience, mais lorsqu'elle reposa son verre, elle se sentait beaucoup mieux, plus détendue.

— Alors ? demanda Mignoni.

— Vous avez raison, c'est un nectar, répondit Eva.

Le sommelier eut un petit sourire satisfait et s'éloigna.

— Vous aimez les vins du Médoc ?

— Vous comptez poursuivre votre interrogatoire ?

— C'est une question anodine.

— J'aime les vins du Médoc, ceux de Bourgogne et de Touraine également, lança sèchement Eva.

Mignoni hocha la tête avec un sourire entendu et Eva se demanda qui était ce type. Un flic, assurément, mais quel genre de poulet ? Une barbouze ? Un privé, comme Vermeulen ? Alors que Madeleine avait demandé à Eva la plus grande discrétion sur son identité et les raisons de sa présence au château, chacun ici semblait savoir qui elle était, qui l'envoyait et pourquoi. Mignoni n'avait-il pas clairement fait allusion aux coureurs de nuits ?

— Vous allez participer au cercle ? demanda-t-il.

— Qu'est-ce que c'est ?

— Un moment hasardeux, très ludique, m'a-t-on dit. Je n'en sais pas plus. Le château La Palombière est un endroit très mystérieux, vous ne trouvez pas ?

Eva ne répondit pas.

— Vous savez d'où vient la patronne ? insista Mignoni.

— Elle est bourguignonne, non ?

— Roumaine !

— Ah ! Je l'ignorais.

— Elle est d'origine tsigane. Avant, elle travaillait dans un cirque, mais... Chut !

Mignoni avait-il senti le maître d'hôtel arriver dans son dos ? Il venait de porter le doigt à ses lèvres, exactement comme l'avait fait Vermeulen le matin même, et Eva fut amusée par la coïncidence. Au château La Palombière, chacun semblait se méfier des oreilles indiscrètes. Le maître d'hôtel déposa les plats devant eux en clignant légèrement des yeux à l'intention d'Eva.

Il se retira. Eva racla doucement la surface de sa tranche de foie avec un air suspicieux. Alors que Mignoni enfournait ses rognons à plein bec, elle plongea son couteau dans la viande. Le morceau de foie était rosé à cœur. Elle trancha un morceau, le porta à sa bouche. Il était délicieux, très tendre, presque mousseux. Elle aperçut le maître d'hôtel qui l'observait depuis le fond de la salle. Elle lui adressa un sourire et l'homme s'inclina. Mignoni avait repris son récit. Sans qu'à aucun moment Eva lui pose la moindre question, il lui raconta tout ce qu'il avait appris de la vie de Gaston Lescarboura et de son épouse via le rapport de Vermeulen. Eva écoutait attentivement, partagée entre plusieurs sentiments. L'irritation, d'abord. Comment se faisait-il qu'elle soit la seule à n'être au courant de rien ? Elle avait le sentiment que Foch l'avait balancée dans cette histoire comme on balance une oie blanche au beau milieu d'un poulailler. L'inquiétude, ensuite. Il était évident que si le flic lui donnait toutes ces informations, ce n'était pas gratuit. Il allait en attendre de sa part en retour. Or, Eva n'avait nullement l'intention de collaborer avec lui. Enfin, elle était également amusée et secrètement flattée : si Mignoni se montrait si bavard, c'est qu'il avait noté que Vermeulen lui avait donné rendez-vous le lendemain matin. Mignoni agissait exactement comme s'il souhaitait couper l'herbe sous le pied du détective belge. Eva connaissait suffisamment bien les hommes pour savoir de quoi il retournait. Bien que souvent elle les rejetât, Eva aimait qu'ils s'empressent autour d'elle et fassent leur cour. Mignoni n'agissait pas autrement. Il se comportait comme si, déjà, il était entré en concurrence avec le détective belge et faisait le beau en exposant sa connaissance du dossier. Un vrai petit coq.

Un coq face à une oie blanche dans le poulailler de La Palombière ! L'affaire était caustique.

Mignoni parlait et Eva l'écoutait en sirotant de petites gorgées de vin. Chaque lampée était l'occasion de découvrir de nouvelles fragrances, d'en approfondir d'autres. On n'en a jamais terminé avec un tel nectar, si bien qu'au fromage elle commanda une nouvelle bouteille.

— Celle-ci est pour moi, indiqua-t-elle à Mignoni.

Madeleine fit soudain son entrée dans la salle du restaurant et il y eut un long murmure dans lequel la surprise se mêlait à l'admiration. Madeleine était vêtue d'une robe noire, bras moulés dans un tulle transparent, épaules toujours couvertes de voiles légers et multicolores qui voletaient autour d'elle, lui donnant l'allure d'une chrysalide s'échappant de son cocon de soie. Elle portait un ouistiti sur l'épaule. Le petit singe aux yeux tendres lançait vers la foule des dîneurs des regards à la fois alarmés et espiègles. La patronne du château La Palombière passait de table en table, s'arrêtant à chacune d'elles afin de saluer les clients, qui pour la plupart l'appelaient « Madeleine ». Le petit singe en profitait alors pour quitter son épaule, couler sur son bras, chaparder d'un geste vif et précis des bouts de nourriture dans les assiettes, avant de regagner son perchoir. Loin de protester, les clients s'émerveillaient de le voir faire.

— Allons, Mourad, protestait mollement Madeleine. Tu m'avais promis de bien te tenir... C'est un petit farceur, ajoutait-elle à l'intention des clients ravis. Parfois, il intervertit des plats dans la cuisine et on ne s'y retrouve plus.

Eva songea que le message lui était destiné. Madeleine cherchait-elle à justifier l'affaire du corbeau mort en laissant croire que le petit sapajou farceur était l'auteur de la substitution ? Elle observait la femme qui déambulait à travers la salle et ne pouvait s'empêcher d'éprouver de l'admiration pour elle. Elle imaginait la jeune Marina en habit de lumière saluant les spectateurs sous la toile de son petit cirque en Roumanie. Rien n'avait changé, au fond. Madeleine, la « reine du Médoc », avait reconstitué le petit monde de Marina, la saltimbanque. Le château La Palombière n'était-il pas pareil à un cirque ? On y trouvait toute une ménagerie : des chats, des colombes, des loups, des singes... C'était brillant, gai, chaleureux côté scène. Mais côté coulisse ?

Eva croisa fugitivement le regard de Madeleine, qui avait pris soin d'éviter sa table. Elle crut y lire une profonde inquiétude. Ou était-ce de la jubilation ? Il était si difficile de lire dans le regard abyssal de Madeleine. Elle disparut dans une dernière envolée de voilettes.

— Que pensez-vous d'elle ? demanda Mignoni.

— Elle est étonnante. Elle devait être très belle, étant jeune.

— Se balader au milieu de ses clients avec un singe sur l'épaule, il faut le faire, non ? dit Mignoni, perplexe.

— On dirait qu'elle se sert des animaux pour exprimer ses sentiments, répliqua Eva. Les chats, c'est pour le dédain. Les colombes, pour le goût de la liberté. Le singe, c'est pour la farce et les grimaces.

— Madame, monsieur, souhaitez-vous un dessert ?

Le maître d'hôtel se tenait devant eux.

— Non merci, déclina Eva.

— Monsieur ?

— Votre crème brûlée...

— Elle est parfaite, monsieur.

— Alors...

— Un digestif, madame ?

— Non, je boirai un dernier verre de vin.

Le maître d'hôtel le lui servit et s'éloigna.

— Vous pensez que Vénus est partie de son plein gré ou qu'elle a été enlevée ? demanda abruptement Mignoni. Car c'est bien ça la clé de l'énigme, n'est-ce pas ?

Eva s'apprêtait à l'envoyer paître en affirmant que la destinée de Vénus était le cadet de ses soucis, mais elle n'en eut pas le loisir. Le maître d'hôtel était en train d'agiter une petite cuillère sur un verre en cristal, interrompant brusquement toutes les conversations.

— Mesdames, messieurs, le cercle est ouvert ! proclama-t-il.

— Aaahh ! s'exclamèrent ensemble les clients, qui, pour la plupart, avaient terminé leur repas.

Certains se levèrent. Eva empoigna son verre de vin et en but une large gorgée.

— Nous allons enfin savoir ce qu'est ce cercle mystérieux, dit Mignoni.

Eva reposa son verre, tira sa chaise, se leva.

— Cher monsieur, lança-t-elle, j'ai été ravie de dîner en votre compagnie. J'espère que vous ne m'en voudrez pas de vous laisser manger votre crème brûlée tout seul ?

— Bien sûr que non, répondit Mignoni, visage soudain fermé.

Alors qu'il regardait Eva s'éloigner, Mignoni songea avec amertume qu'il avait raté son coup. Il aurait aimé créer un lien avec elle, établir un courant de sympathie. C'était loupé. Il lui avait dit tout ce qu'il savait à propos de Madeleine. Elle l'avait écouté pendant tout le repas, et pour quel résultat ? Elle venait de le planter comme un malpropre. Mignoni se sentait dans la peau d'un collégien à qui on vient de piquer son quatre-heures. A l'instant, il aurait volontiers donné à Eva ce qu'il rêvait d'infliger au brigadier Robineau : une fessée cul nu !

14

Eva descendit un escalier qui menait aux anciennes caves du château. Elle se contentait de suivre les clients du restaurant, des habitués, dont la plupart semblaient connaître le chemin qui conduisait au « cercle ». Elle parvint dans une salle aux plafonds voûtés, aux lumières tamisées, bordée de canapés discrets nichés dans les recoins. Un bar occupait un angle derrière lequel un garçon remplissait des coupes de champagne. Imitant les autres clients, Eva en rafla une au passage et poursuivit sa route. Au fond de la salle, trois arches en arc de triomphe se détachaient, découpées par une lumière orangée qui faisait contraste avec la pénombre ambiante. Eva s'avança. Arrivée sous les arches, elle ne put s'empêcher de marquer un temps d'arrêt. Le spectacle qu'elle avait sous les yeux lui parut hallucinant. Les arches donnaient sur une autre salle située en contrebas, plus vaste que la première, dont les murs s'élevaient si haut qu'ils donnaient l'impression de vouloir atteindre le ciel. Ils se rejoignaient en lignes courbes, formant une nef somptueuse qui se terminait par une coupole en verre donnant directement sur la Voie lactée. Eva avait bien aperçu cette sorte de verrière dressée dans le jardin sur le côté du château, mais elle avait pris cela pour une serre.

Le centre de la salle était occupé par une table de roulette en bois d'acajou derrière laquelle se tenait un croupier souriant, chemise à jabot, fine moustache, foulard rouge plaqué sur le crâne. Sur la droite, une table de poker était servie par une femme en robe de Gitane échancrée, poitrine à moitié découverte, chevelure noire, yeux de braise. De l'autre côté, une table de black jack était tenue par une vieille femme au visage parcheminé, tête et chevelure comprimées dans un foulard noir, qui lançait des regards de défi aux arrivants. Les chats, une bonne dizaine, allongés sur les tables ou vautrés sur les chaises, semblaient monter une garde tranquille.

La décoration était entièrement vouée au cosmos, avec d'immenses photos de planètes auréolées accrochées aux murs. Des statuettes en bois exotique représentant des béliers, des taureaux et autres bêtes à cornes peuplaient l'espace.

En réalité, le « cercle » était un tripot, une cathédrale exubérante vouée à la chance et au hasard.

Alors que les premiers clients venaient de faire leur entrée, une musique synthétique planante s'éleva discrètement.

Eva s'avança vers la table de roulette et, soudainement, se figea. Un serpent, enroulé autour du cylindre de la roulette, venait de se dresser, accompagné d'un bruit de crécelle strident et lancinant. Sa petite tête, sorte de boursouflure informe creusée de deux yeux perçants, était particulièrement hideuse. Sa langue fourchue allait et venait sans cesse entre ses crochets, émettant un sifflement continu. Au bout de sa queue s'agitait son grelot.

Un crotale, songea Eva, pétrifiée. Un serpent à sonnette !

Autour d'elle, les clientes poussaient des cris d'épouvante, alors que les hommes, bravaches, s'ébaudissaient en félicitant Madeleine pour tant de témérité et d'originalité. Eva, tétanisée, ne parvenait pas à détacher ses yeux de ceux du serpent.

— N'ayez pas peur, madame, lança le bohémien qui tenait la table de roulette. Gélu est inoffensif.

Comme s'il avait compris les paroles du croupier et voulait lui donner raison, le crotale s'affaissa brusquement et se lova de nouveau autour de son cylindre. Certains clients applaudirent.

Poison, loups, serpents... Eva songea que, décidément, Madeleine s'ingéniait à réunir au château tout ce qui, de tout temps, avait inspiré aux hommes leurs plus grandes frayeurs. Leurs plus grandes passions, également : le vin, les mets fins, le jeu... La reine du Médoc ne cherchait-elle pas au sein de sa propriété à plagier les jeux du cirque ?

Les hommes face au danger, face à leur destin, ventres noués par les peurs ancestrales et les incertitudes de la chance ? L'espérance de gagner face à celle de tout perdre, y compris la vie ?

Eva n'oubliait pas que, la veille, on avait retrouvé un homme pendu dans sa chambre, son chat étranglé entre ses mains.

Alors que les premiers joueurs s'installaient autour de la table, une fillette vêtue de haillons fit son apparition. Elle était merveilleusement belle dans sa robe de Gitane déchirée, yeux d'un noir profond, visage d'ange. Elle passait d'un client à l'autre, murmurant quelques mots à l'oreille de chacun. Puis elle choisissait une des fiches qu'elle tenait à la main et la proposait. Les futurs joueurs la consultaient avec attention. Eva prit place à la table. La fillette s'approcha d'elle et se pencha à son oreille.

— Tu es Eva, n'est-ce pas ? demanda-t-elle avec un filet de voix.

— Oui.

— Tu es très belle.

— Merci. Toi aussi.

— Tiens, c'est pour toi.

Eva prit le bristol qu'elle lui tendait et le lut. Son nom y figurait, sa date de naissance, le lieu et l'heure, conformes à ce qu'elle avait indiqué en remplissant sa fiche à la réception. Ils étaient suivis d'un texte : *Maison III, 28°43, Vierge. Ascendant 07°03. Lune noire, 04°30, maison VI. Vous êtes actuellement en plein trouble, mais ayez confiance : la lumière viendra. Organe fragile : le foie. Votre numéro du soir : 17.*

Elle eut un sourire. En se servant des renseignements que ses clients lui fournissaient, Madeleine rédigeait de petits horoscopes de pacotille. Et transmettait des messages : « Ayez confiance : la lumière viendra… »

Alors qu'elle venait à peine de terminer sa lecture, le croupier poussa une pile de jetons devant elle.

— Je n'ai rien demandé, protesta Eva.

— Madeleine a donné des consignes, murmura l'homme en souriant.

Il attendit que tous les joueurs soient installés, qu'ils aient consulté leur fiche, pour lancer la roulette.

— Faites vos jeux !

Les joueurs commencèrent à couvrir fiévreusement le tapis. Eva plaça un jeton à cheval sur le 17 et le 20.

— Vous ne jouez pas le 17 en plein, madame ? demanda le croupier.

— Non. A cheval, c'est bien comme ça.

Il eut une petite moue dépitée.

— Les jeux sont faits ! annonça-t-il.

Eva jeta un œil dans la salle et aperçut Mignoni qui s'installait à la table de black jack. Il avait dû avaler sa crème brûlée à la vitesse de l'éclair. La petite mendiante vint lui tendre une fiche, qu'il lut. Eva vit son visage blêmir.

— Rien ne va plus ! tonna le croupier alors que la bille d'ivoire blanc commençait à crépiter sur le plateau.

Elle s'immobilisa brusquement dans une case.

— Le 8 noir, pair et manque, rien au numéro ! clama le croupier en raflant tous les jetons sur la table.

— C'est libre ? demanda un homme en désignant la place à côté d'Eva.

— Oui.

— Vous permettez ?

Il était jeune, vêtu à l'italienne, décontracté, séduisant. La petite mendiante s'approcha de lui en minaudant.

— Bonjour, Papillon, lança-t-elle.

— Bonjour, Nina. Alors, qu'est-ce que tu me proposes, ce soir ?

Il désignait les fiches. Nina les pressa contre son cœur.

— Moi !

— Allons, Nina, protesta l'homme. Je te l'ai déjà dit : tu es bien trop jeune.

— Je commence à avoir des seins...

L'homme pouffa.

— Ils sont encore très petits.

— Qu'en sais-tu ? Je ne te les ai pas montrés. Tu veux les voir ?

— Non, Nina !

— Un jour, peut-être, tu voudras de moi ?

— Un jour, peut-être...

— Promis ?

— On ne doit jamais promettre ce genre de chose, Nina.

Elle fit une moue boudeuse, feuilleta ses bristols et lui tendit une fiche.

— Méchant ! Un jour je serai ta femme, affirma-t-elle fièrement en s'éloignant après avoir jeté un œil noir en direction d'Eva.

L'homme leva les yeux au ciel puis regarda Eva en souriant.

— Eh bien ! On peut dire qu'elle en pince pour vous.

— Ça fait huit ans qu'elle me poursuit, soupira l'homme.

La petite mendiante devait avoir douze ans, au maximum.

— Elle est très précoce, fit remarquer Eva.

— Et jalouse comme une tigresse, précisa l'homme en souriant. Avant de venir, je suis sûr qu'elle a consulté ma fiche. A moins qu'elle ne l'ait rédigée elle-même. Tenez, lisez !

Il tendit sa fiche à Eva. Elle éprouva un choc en lisant son nom : Lacaze. Celui qui pesait 14,4 %. La fiche était remplie d'un fatras astrologique suivi d'un texte qui disait : *Votre cœur meurtri est à nouveau disponible : ne ratez pas l'occasion ! Organe fragile : l'estomac. Votre numéro du soir : 8.*

— Pas de chance, ricana Eva en lui rendant sa fiche. Vous arrivez trop tard. Le 8 vient de sortir.

— Il va doublonner.

Il s'adressa au croupier en jetant sur le tapis une liasse de billets.

— Marino ! Des jetons, s'il te plaît !

— Bien sûr, monsieur Lacaze.

Marino compta les billets.

— Mille euros au change. Mille !

Il avança le nombre de jetons correspondant et lança sa roue.

— Faites vos jeux !

— C'est la première fois que vous venez ici ? demanda Lacaze.

— Oui.

— Comment trouvez-vous l'endroit ?

— Surprenant, c'est le moins qu'on puisse dire.

Eva désigna le serpent qui reposait lové contre son cylindre, indifférent à l'agitation.

— Ah ! Gélu. N'ayez aucune crainte. C'est un gros flemmard. Il est là pour le décor. Madeleine aime que ses clients éprouvent des frissons.

— Elle s'y prend très bien, lança Eva, mi-figue, mi-raisin.

L'homme sourit et se pencha sur sa fiche.

— Eva... Vous permettez que je vous appelle Eva ? Je n'ai pas lu votre date de naissance, précisa-t-il.

Elle se contenta de sourire.

— Par contre, j'ai vu votre numéro de chance : le 17. Pourquoi ne le jouez-vous pas ?

— Vous croyez à ce genre de foutaises ?

— Bien sûr.

— Les jeux sont faits, proclama Marino.

Lacaze s'empressa de déposer une pile de jetons sur le 8.

— Et vous ? demanda Eva. La petite vous a appelé « Papillon »... C'est votre vrai prénom ?

— Non ! Mais Nina m'accuse d'être volage, de butiner de cœur en cœur. Alors, elle m'a surnommé « Papillon ». En réalité, je m'appelle Tristan Lacaze.

— Rien ne va plus !

— Lacaze ? Comme le...

— C'est mon père !

La bille commença à tambouriner sur le plateau et le temps fut brutalement suspendu.

— Le 9 rouge, impair et manque ! annonça Marino.

La soirée se poursuivit, détendue, plaisante, rythmée par les exclamations des croupiers, « Black jack ! Trois paires à la table ! », et celles, enthousiastes ou dépitées, des joueurs. Tristan Lacaze s'obstinait à jouer le 8, mais il ne sortait jamais. Le garçon était gai, drôle, suffisamment réservé pour qu'Eva prenne plaisir en sa compagnie. Elle avait néanmoins remarqué que parfois il semblait avoir des absences. Son esprit paraissait s'échapper brutalement, comme un oiseau s'envole de sa branche. A ces moments-là, son regard devenait étrangement fixe. C'était fugitif mais intense.

Il y eut un murmure dans la salle, accompagné par quelques applaudissements. Eva se retourna. Madeleine venait de faire son entrée. Elle avait abandonné le petit singe au profit d'une superbe tourterelle blanche qui se tenait sur son épaule, jetant tout autour d'elle des regards éberlués. Eva avait remarqué que Madeleine soignait toujours ses entrées, comme si elle se trouvait sur la scène d'un théâtre. Elle se rendit directement à la table de poker, s'adressa aux habitués, s'inquiétant de savoir si tout se passait bien. Puis elle se dirigea vers la roulette.

— Tout va bien, Marino ?

— Tout va bien, Madeleine.

Elle se tourna vers le fils Lacaze, faisant mine de se rendre compte de sa présence.

— Oh, mais nous avons monsieur Lacaze parmi nous, ce soir... Bonsoir, Papillon.

— Bonsoir, Madeleine.

— Votre père sait que vous êtes ici, dans le temple de la perdition ?

Derrière leurs nids de verre, les yeux de charbon de Madeleine étaient vrillés sur le garçon, et Eva fut à nouveau incapable de deviner les sentiments qu'elle éprouvait. De la haine ? Du mépris ? De l'affection ?

Comme si elle souhaitait donner une indication, la tourterelle se mit à roucouler.

— Je vous en prie, Madeleine, répondit Tristan en s'efforçant de sourire. Laissez mon père là où il est.

Madeleine s'esclaffa.

— Vous voulez dire à la sacristie ?

Elle balaya l'air de la main comme si tout cela n'avait aucune importance, embrassa la table entière d'un seul regard.

— Eh bien, bonne chance à tous !

Et elle s'éloigna dans un tourbillon de voiles, sa tourterelle toujours juchée sur l'épaule. A aucun moment elle n'avait regardé Eva.

— Madeleine n'a pas l'air d'apprécier beaucoup votre père, fit remarquer Eva. On dit qu'elle est en conflit avec lui. C'est vrai ?

— C'est ce qu'on dit, oui, répondit Lacaze.

En même temps, il avait posé sur Eva un regard triste, vaguement implorant. La jeune femme songea que c'était une façon élégante de lui demander de ne pas poursuivre cette conversation.

Elle saisit ses quatre derniers jetons et joua les chevaux du 17.

— Vous êtes trop timorée, indiqua le garçon en déposant une pile de jetons sur le 8 en plein. Ce n'est pas comme cela qu'on gagne !

— Croyez-vous qu'on puisse gagner à la roulette ?

— Chez Madeleine, oui !

— Rien ne va plus ! tonna Marino.

— Pourquoi les croupiers crient-ils « Rien ne va plus ? », s'étonna Eva, alors que la bille d'ivoire ronronnait sur le cylindre. Au contraire, ils devraient dire : « Tout va bien, braves gens ! Vous allez enfin gagner et votre vie va changer ! »

— Ils sont réalistes !

— Pfff... soupira Eva. On a l'impression qu'ils nous envoient d'avance au cimetière !

— Le 5 rouge, impair et manque. Rien au numéro ! lança Marino en ratissant les jetons sur le tapis.

— Cette fois-ci, je suis lessivée, se lamenta Eva.

Lacaze désigna la pile qui restait devant lui.

— Vous permettez que je joue pour vous ?

— Vous tenez tant que ça à vous ruiner ?

— Se ruiner pour une femme telle que vous serait un plaisir.

— Faites vos jeux !

Tristan plaça ses jetons sur le 17 en plein.

— Vous ne jouez pas le 8 ? s'étonna Eva.

— Les jeux sont faits !

— A la grâce de Dieu, murmura Tristan.

Alors que Marino lançait la bille, Tristan sembla soudain gagné par une sorte d'exaltation qui intrigua Eva. Il suivait le trajet de la bille sans la perdre des yeux, soudain fiévreux, visage figé, muscles tendus.

Il a l'air de prendre beaucoup plus de plaisir à jouer pour un autre que pour lui-même, songea Eva.

— Le 17 noir, impair et manque ! annonça Marino.

Lacaze fixait la bille avec une expression extatique. Marino poussa une énorme vague de jetons vers lui et il sembla brutalement revenir à la réalité. Il se tourna vers Eva.

— C'est formidable. Vous avez gagné !

Il poussa la pile de jetons vers elle.

— Je ne peux pas accepter, protesta Eva.

Il eut soudain un regard d'enfant suppliant.

— S'il vous plaît. Ne gâchez pas ma joie. C'est pour vous que j'ai joué. C'est vous qui avez gagné. S'il vous plaît.

Il y avait de la détresse dans son regard. Eva hocha la tête.

— Je ne sais comment vous remercier…

— En acceptant que je vous offre un verre au bar, répliqua Lacaze.

Il souriait, calme, comme apaisé, et Eva songea que cet homme était attachant, bizarre. Déconcertant.

— Ne vous inquiétez pas pour vos gains ! lança Marino alors qu'elle se levait. Nous les transférons immédiatement sur votre chambre.

Il y avait au fond des yeux du croupier une lueur chafouine. Eva se demanda brusquement si la sortie du 17 était un pur hasard.

En passant devant la table de black jack, elle jeta un œil vers l'inspecteur Mignoni. Le tas de jetons replet qui trônait devant lui semblait indiquer qu'il gagnait. Elle s'approcha et se pencha pour lire discrètement sa fiche : *Vous connaissez le dicton : malheureux en amour, heureux au jeu. Profitez-en ! Organe fragile : les reins. Votre numéro du soir : 21.*

Le 21 ! Le numéro gagnant au black jack, et Mignoni n'arrêtait pas de le sortir. Fut-ce pour cette raison qu'il adressa à Eva un sourire plein de tristesse ?

15

Eva et Lacaze gagnèrent le bar et s'installèrent sur une banquette discrète. Le garçon vint s'incliner devant eux. Eva commanda un double Bushmill et Lacaze une coupe de champagne. Autour du bar, la lumière était si faible qu'on y voyait à peine. Eva devinait plus qu'elle ne les voyait les autres clients autour d'eux. Tous conversaient à voix basse, et seuls quelques rires perlés venaient troubler leur murmure. La lumière orangée qui provenait de la salle de jeu permettait juste de distinguer les visages, sans en relever les défauts. La musique douce et lancinante, la pénombre, l'atmosphère ouatée, les exclamations des croupiers, tout donnait l'impression, étrange et agréable, d'avoir changé de monde.

— Vous êtes ici en vacances ? demanda Lacaze.

Eva pouffa.

— Pourquoi riez-vous ?

— C'est votre ton. Vous m'avez demandé ça comme les jeunes dragueurs me demandaient autrefois si j'habitais chez mes parents.

Il sourit.

— L'ambiance, sans doute...

— Et vous, vous venez souvent ici ? demanda Eva. Tout le monde semble vous connaître.

— Tous les samedis soir. Les distractions sont rares dans la région. Ici, l'ambiance est... décontractée, on peut faire des rencontres.

Au moment où Lacaze prononçait sa dernière phrase, Eva vit une femme se lever. Instinctivement, elle la suivit des yeux. La femme vint s'asseoir près d'un homme solitaire, installé sur un canapé, dans un coin en retrait. Eva la vit caresser le visage de l'homme, lui murmurer quelques mots à l'oreille. L'homme sourit, approuva discrètement et posa sa main sur sa cuisse.

— Les rencontres semblent rapides ici, souffla Eva, un peu interloquée.

— Elles le sont, confirma Lacaze en souriant. L'endroit est réputé pour ça. Vous l'ignoriez ?

Il ne regardait plus Eva de la même façon que dans la salle de jeu. Ses yeux brillaient d'un éclat particulier, un peu fiévreux. Eva nota que ses doigts tremblaient légèrement.

— Oui, je l'ignorais, mais maintenant je comprends, répondit la jeune femme.

— Vous comprenez quoi ?

— Pourquoi je me suis fait traiter de pute par les gens du village lorsque je leur ai dit que je séjournais au château La Palombière...

— Ce sont des cons ! Ici, les femmes ne sont pas des putes. Elles sont libres, tout simplement.

— Il y avait le maire du village, parmi eux, continua Eva comme si elle poursuivait son idée. C'est un ami de votre père, non ?

— Foutez-moi la paix, avec mon père. Croyez-vous que je pense à lui en ce moment ?

— Vous pensez à quoi ?

— Et vous ?

Eva ne répondit pas. Maintenant, sur le canapé, la femme et l'homme, enlacés, s'embrassaient avec fougue. Eva devinait la main de la femme posée sur le sexe de l'homme, le comprimant à travers le tissu, et elle se sentait troublée. Bientôt, le couple se leva et disparut dans l'obscurité, tout au fond de la salle, invisible. Eva n'avait pas répondu à Tristan car son esprit s'était échappé. Elle venait de repenser à une question que lui avait posée Madeleine : « Avez-vous déjà vu des chats faire l'amour ? »

Madeleine considérait ses clients comme des chats ! Il fallait qu'ils soient beaux, propres, discrets, et se comportent selon ses vœux : ils pouvaient copuler chez elle, mais à condition de se dissimuler.

« Avez-vous déjà vu des chats policiers ? » avait-elle encore demandé.

Chez Madeleine, les clients étaient rois à condition qu'ils fassent exactement ce qu'elle attendait d'eux et ne cherchent surtout pas à se mêler de ses affaires.

Eva venait de réaliser que Madeleine était en réalité une redoutable manipulatrice.

Le garçon vint leur apporter leurs boissons. Tristan attendit qu'il s'éloigne.

— Vous n'avez pas répondu à ma question, fit-il remarquer.

— Quelle était la question ?

Il tourna son visage vers l'endroit où s'était réfugié le couple.

— Ce genre de situation vous excite ?

Elle empoigna rageusement son verre de Bushmill et en but une bonne lampée. Que pouvait-elle répondre à une question pareille ? Qu'elle avait envie que Tristan l'enlace, qu'il l'embrasse et l'entraîne à son tour dans les ténèbres de la salle, et que là il la prenne, précipitamment, sauvagement, comme l'homme au fond de la salle était certainement en train de baiser la femme ?

Bien sûr qu'elle aurait pu répondre ça, et elle n'aurait pas forcément menti.

Mais si, dans l'instant, Tristan avait posé la main sur elle, rien qu'une caresse, elle lui aurait balancé son verre de Bushmill à la gueule.

— Alors ? insista Tristan.

Eva soupira. Elle n'avait jamais réussi à pactiser avec les hommes. C'était là toute l'histoire de sa vie, de ses drames les plus intimes, les plus douloureux. Alors, expliquer ça à un type qu'elle connaissait à peine depuis deux heures...

Elle choisit néanmoins d'effleurer la vérité :

— Disons que ça m'excite et qu'en même temps je suis réticente. Un vieux fond judéo-chrétien, sans doute.

— Exactement comme moi ! s'exclama Lacaze. Ça m'excite, je le reconnais, mais je ne suis encore jamais passé à l'acte. Une sorte de blocage...

A la façon dont il regardait la jeune femme, au trouble qui l'étreignait et qu'il ne cherchait pas à cacher, nul doute qu'il le regrettait. Allait-il se décider ? Eva se surprit subitement à l'espérer.

— Vous permettez que je me joigne à vous ?

Mignoni se tenait devant eux. Il tendit sa main à Lacaze.

— Pierre Mignoni, je suis un client de l'hôtel.

— Tristan Lacaze.

— Lacaze ? Le...

— Son fils ! coupa sèchement Lacaze.

— Ah !

Mignoni se laissa tomber lourdement sur le canapé.

— Vous avez gagné au black jack ? demanda Eva.

— Oui, mais j'ai tout reperdu à la roulette. Le 21, mon numéro du soir, n'est jamais sorti.

— Vous avez l'air presque soulagé, fit remarquer Eva.

— On peut dire ça comme ça...

— Vous n'aimez pas gagner ? demanda Lacaze. C'est curieux. C'est comme moi. Je préfère faire gagner les autres.

La jeune femme soupira, saisit son verre de Bushmill, le siffla d'un trait, se leva.

— Vous nous quittez déjà ? protesta Mignoni. J'espère que ce n'est pas moi qui vous fais fuir.

— Non, rassurez-vous, je suis simplement fatiguée. Je monte me coucher. Bonsoir et...

Elle plongea son regard, plein de regrets, dans celui de Tristan.

— ... bonne soirée !

16

Eva poussa la porte de sa chambre et se jeta sur son lit. Elle se sentait moulue, exténuée, bien qu'elle ait dormi une bonne partie de la journée. Surtout, elle se sentait frustrée.

Elle avait envie de Tristan Lacaze. Pourquoi ne se l'était-elle pas offert ? Il ne demandait que ça. Qu'elle l'aide à vaincre sa timidité. Juste un petit coup de pouce...

Le pouce...

Elle ferma les yeux et revit ce jour où elle avait plongé ses doigts à l'intérieur d'elle-même. Ils en étaient ressortis couverts d'une humeur grasse et visqueuse qui formait des filaments entre son pouce et son index. C'était le signe qu'elle était en pleine ovulation. Elle avait à peine dix-huit ans, venait de quitter l'orphelinat, et ce jour-là elle avait décidé de franchir le pas. Faire un enfant toute seule ! C'était le rêve ahurissant de sa vie de toute jeune femme. Avoir un enfant à elle, rien qu'à elle ! Elle était sortie dans la rue, repoussant les hommes, des habitués pour certains, qui l'abordaient. Ce jour-là, elle avait changé les règles du jeu : c'était elle qui menait la chasse. Elle avait fini par le trouver. Il était installé à la terrasse d'un café, bel homme, la trentaine. Elle s'était assise à côté de lui. Quelques échanges de regards, lui, veloutés, elle, acides, tendus, puis...

— Ça vous dirait de coucher avec moi ? avait-elle demandé.

L'homme avait souri.

— Vous êtes une professionnelle ?

— Pour vous, ce sera gratuit.

— Pourquoi ?

— C'est mon anniversaire. Vous me plaisez.

Flatté, l'homme l'avait suivie. Dans la chambre, il avait proposé de mettre un préservatif.

— Pas la peine ! avait décrété Eva. Aujourd'hui, c'est spécial.

Inquiet, l'homme s'était rembruni. Elle lui avait montré un certificat qu'elle avait fait établir deux jours auparavant.

— Pas de sida, pas de vérole. Je suis clean ! Et vous ?

— Pareil !

— Alors...

Elle avait fait glisser son string le long de ses hanches. Emporté par son désir, l'homme avait cédé. Ils avaient fait l'amour, très sagement. Position du missionnaire. Eva plaquait ses mains sur les fesses de l'homme pour que son sexe soit enfoncé le plus profondément en elle. Elle pensait naïvement que les spermatozoïdes auraient ainsi plus de chances d'atteindre l'ovule.

Trois semaines plus tard, elle s'aperçut qu'elle était enceinte.

Elle avait été emportée par une joie incommensurable. Elle, la petite orpheline, elle allait avoir un enfant à elle, rien qu'à elle. Elle allait être mère ! Le père ? Eva avait tellement idéalisé le sien – dans son imaginaire, nul homme ne pouvait prétendre l'égaler, ni même lui arriver à la cheville – qu'elle avait préféré gommer celui de son propre enfant. Jamais il n'aurait été à la hauteur...

A cette époque, après dix-huit ans de solitude et d'errance, la jeune femme, en pleine crise de narcissisme, n'avait pas conscience de reproduire un schéma – l'absence du père – dont elle avait elle-même terriblement souffert. Elle voulait cet enfant pour elle, rien qu'à elle, pour lui donner tout le bonheur du monde, simplement. C'était son horizon, son unique raison de vivre.

Dans l'effervescence, elle avait fait la première échographie, passé les premiers examens. Un médecin l'avait attirée dans son bureau, mine sombre.

« Qui est le père ? avait-il demandé.

— Je ne sais pas. »

L'homme avait levé les yeux au ciel.

« C'est un problème ? avait fait Eva.

— Le problème, ce n'est pas le père, avait répondu le médecin. C'est l'enfant. Hélas, c'est une fille ! »

Le médecin avait poursuivi et, autour d'Eva, les murs s'étaient brutalement écroulés. Sa fille était atteinte d'une maladie génétique dégénérative liée à l'X. Jamais un père porteur ne la transmettait à son fils. Par contre, s'il avait une fille…

« Le père de votre enfant ne doit même pas savoir qu'il est porteur de cette maladie, avait indiqué le médecin.

— C'est grave ?

— Incurable. Votre fille naîtra mais ne se développera pas. Elle vivra quelques mois, puis… L'issue est inéluctable.

— Alors, il faut…

— Avorter, oui ! »

Dès ce moment, Eva avait eu la sensation de tomber dans un trou noir d'où ne surnageait plus aucun souvenir. Seulement quelques vagues odeurs d'éther. Quelques mois après son avortement, elle s'était mis en tête de retrouver le père de son enfant. Elle l'avait croisé dans la rue, près du bar où elle l'avait rencontré la première fois.

« On monte ? » avait demandé l'homme en souriant.

Dans la chambre, Eva ne s'était pas déshabillée. Elle avait commencé à lui parler d'elle, de sa vie passée entre les quatre murs d'un orphelinat. L'homme s'était mis à bâiller.

« Et toi ? avait-elle demandé. Parle-moi de toi.

— Pas grand-chose à dire, avait répondu l'homme.

— Mais encore ?

— Il n'y a qu'une chose qui m'intéresse.

— Quoi ? »

Il avait ricané.

« Ton cul ! Fous-toi à poil ! »

Eva avait saisi dans son sac le cutter qu'elle gardait pour calmer les clients agressifs. Elle s'était précipitée sur le type et l'avait massacré.

« Pourquoi avez-vous fait ça ? avait demandé le juge au tribunal.

— Il m'a traitée comme un cul, avait répondu Eva.

— Quelle importance, avait rétorqué sévèrement le juge, puisque vous en faisiez commerce ? »

Jamais Eva n'avait accepté de livrer les vraies raisons pour lesquelles elle avait agressé son client. Sa fille disparue était à elle, rien qu'à elle, et elle avait enfoui son secret en elle, rien que pour elle. Elle avait été condamnée à trois ans de prison ferme et n'était sortie de son trou noir que le jour où elle avait rencontré Foch, au parloir de la prison des femmes de Fleury-Mérogis.

Eva se redressa et secoua la tête. Chaque fois qu'elle se rappelait cette époque de sa vie, elle avait le sentiment d'avoir un chiffon imbibé de vitriol niché au creux de l'estomac. Elle décida de revenir à la réalité, mais ne se calma pas pour autant.

En réalité, elle était excédée. Elle avait le sentiment, particulièrement insupportable, d'être manipulée. C'était quoi, au juste, ce château La Palombière ? Un restaurant scabreux ? Un nid de farceurs morbides ? Un lupanar moderne dans lequel femmes et hommes s'envoyaient en l'air en toute liberté ? Un château macabre qui avait broyé la propre fille de la patronne ? Un cirque ? Tout ça à la fois ? Elle repensa à sa conversation de la matinée avec le détective belge. « Lorsque je plante mes crocs dans une affaire, je ne lâche jamais ! » On ne l'avait pas vu de la soirée, mais il lui avait donné rendez-vous le lendemain au petit déjeuner. Bien que Foch lui ait enseigné de ne compter que sur elle-même, Eva avait hâte d'y être. C'était quoi, les fameuses « choses importantes » qu'il avait à lui dire ? Elle ressentait un besoin impérieux, presque oppressant, d'y voir plus clair.

Elle prit une douche très chaude, s'allongea sur son lit et se masturba. Contrairement à l'habitude, elle jouit très vite et avec une grande intensité. Puis elle se glissa dans les draps et ferma les yeux. Elle ne parvint pas pour autant à trouver le sommeil.

Progressivement, il se fit un grand silence dans le château.

Eva ne dormait toujours pas.

Elle songeait à Foch et aux raisons pour lesquelles il l'avait envoyée ici, sans rien lui dire. Etait-il informé du caractère très... « folklorique » des lieux ?

Au cœur de la nuit, elle décida de se relever et de rédiger son premier courrier. Elle en ressentait le besoin, autant pour faire le point elle-même que pour informer le patron de l'Œuvre (mais était-ce nécessaire ?) de la situation. Lors de son départ, elle avait pris soin de se munir d'un micro-ordinateur qui, connecté à une prise téléphonique, pouvait faire office de fax. Généralement, Foch exigeait que les « courriers » qui lui étaient adressés (seule façon pour les coureurs de nuits de correspondre avec lui) soient rédigés à la main. Elle décida de frapper celui-ci sur son clavier, histoire de faire comprendre à Foch que la situation était inhabituelle. Elle se plia néanmoins aux rituels imposés : date de transmission de l'affaire, date et lieu de la rédaction du premier courrier.

Affaire transmise le 5 mars à Sydney (Australie)

Rédaction du premier courrier, nuit du 8 au 9 mars,
château La Palombière (Médoc)

Pour le titre, elle hésita longuement. Finalement, elle opta pour : *Où est Vénus Lescarboura ?*

Puis elle se lança dans la rédaction proprement dite. Elle décrivit la situation et l'ambiance au château La Palombière, le partage des actions entre Gachassin, Lacaze, Madeleine et sa fille, l'importance cruciale de la disparition de Vénus pour la tenue du prochain conseil d'administration. Elle indiqua que la jeune fille s'était mystérieusement volatilisée, sans laisser aucun mot, aucune explication, et que le contexte conflictuel entre Madeleine et les deux autres actionnaires pouvait laisser penser à un enlèvement, voire à un assassinat. C'était l'information principale, celle qui, certainement, intéresserait le plus Foch. Le patron de l'Œuvre ne supportait pas les digressions

« inutiles », Eva le savait. Malgré tout, elle ne put s'empêcher de dresser un tableau des événements qui se déroulaient au sein du château : *L'endroit est bizarre, inquiétant. Lors de mon premier repas, on m'a servi un corbeau noir à la tête tranchée à la place des ortolans que j'avais commandés. J'ai parfois l'impression qu'il s'agit d'un théâtre d'ombres, une scène étrange, presque factice, sur laquelle s'agitent des marionnettes. Qui tire les ficelles ? Je l'ignore encore, mais la patronne, Madeleine, une ancienne Tsigane (elle travaillait dans un cirque) reconvertie en bourgeoise médocaine, ne me semble pas dire toute la vérité. C'est une manipulatrice. Elle souhaite que je retrouve sa fille, mais elle ne fait rien pour m'aider. Elle a exigé que je conserve l'anonymat bien que tout le monde au château semble savoir qui je suis et pourquoi je suis venue (alors que je ne le sais pas moi-même !...).*

En écrivant ces derniers mots, Eva avait conscience de friser l'insolence, d'adresser des reproches à Foch, ce qu'il détestait par-dessus tout, mais elle n'en avait cure. Elle écrivait ses lignes mécaniquement, presque sans réfléchir, à l'instinct. Cela lui faisait du bien. *Le week-end, le château se transforme en tripot (roulette, black jack, poker) et en boîte échangiste. Le plus impressionnant est l'absence totale de la police. Est-il possible de tenir un tripot en plein Médoc, doublé d'un bordel, sans que la police intervienne ? J'ai parfois l'impression que tout ce petit monde se tient par la barbichette.*

Eva poussa soudain un petit cri étouffé. Elle venait de réaliser, mortifiée, qu'elle n'avait pas parlé du professeur Sibelius. Un homme était mort, assassiné selon toute vraisemblance, et elle avait failli l'oublier. Tout le monde semblait l'avoir oublié, d'ailleurs. Pas une fois au cours de la journée ou de la soirée qui que ce soit n'avait évoqué sa disparition. Pas plus Vermeulen que Gachassin, Mignoni (le flic ne semblait même pas au courant) ou Lacaze. C'était comme si l'existence du petit homme timide et discret avait été escamotée, gommée du paysage, comme si on avait tiré un trait sur lui, effacé jusqu'à sa mémoire. Dans les poubelles de l'histoire, le petit Sibelius ! A la trappe ! Eva eut soudain le sentiment que c'était la volonté de beaucoup au château La Palombière, à commencer par Madeleine.

Elle avait failli s'en rendre complice. Elle se repencha sur son clavier. *Le lendemain de mon arrivée, un homme est mort. Pendu. Officiellement, il s'agit d'un suicide. Je pense, moi, qu'il a été assassiné, mais j'ignore pourquoi. C'était un historien reconnu.*

Que dire de plus à propos de Sibelius ?

Ces lignes doivent vous paraître bien décousues et j'avoue que je suis un peu perdue.

Je compte néanmoins tout mettre en œuvre pour retrouver Vénus, ce qui me semble être l'objet de ma mission. Mais il faudra sans doute du temps, tant l'écheveau du château La Palombière me semble inextricable.

Elle relut sa dernière phrase, qui faisait figure de conclusion, et eut un sourire. Elle se comportait comme une gamine espiègle qui donne des gages de bonne volonté : « tout mettre en œuvre... ce qui me semble être l'objet de ma mission... ».

Elle effaça le mot *inextricable* et le remplaça par *compliqué*.

Elle data, signa, relia son portable à la ligne téléphonique, composa de tête le numéro de fax de Foch, appuya sur la touche « envoi ».

Puis elle retourna se coucher. Elle se sentait libérée, sereine. Elle ferma les yeux.

Elle allait s'endormir lorsqu'un cri la fit se dresser dans son lit. Un cri d'effroi, tellement horrible, presque inhumain, qu'une onde glacée la parcourut des pieds à la tête. Il provenait de la cour du château. Elle se leva d'un bond et courut à la fenêtre. Elle vit des ombres s'agiter sur le côté du bâtiment, devant la porte du chai, qui était ouverte. Une lumière blafarde s'en échappait. D'autres exclamations horrifiées retentirent. Eva piocha un jogging dans son armoire, l'enfila, chaussa ses baskets et se précipita hors de sa chambre.

17

Eva poussa la porte du chai, entra à l'intérieur et s'arrêta immédiatement, frappée de stupeur. La cave baignait dans une lumière froide et impersonnelle.

De chaque côté, des rangées de barriques menaient jusqu'au mur décoré par un fût immense qui portait l'inscription *CHÂTEAU LA PALOMBIÈRE* en lettres blanches stylisées.

Eva songea aussitôt à son cauchemar, lorsque le bourreau avait enfoncé un tube dans son ventre pour la gorger de vin. Il régnait dans le chai la même atmosphère macabre, sauf qu'il n'était plus question de bourreau, le visage couvert par une capuche, mais d'un homme entièrement nu, crucifié au beau milieu de la barrique géante. Comme Jésus-Christ, il portait une large entaille, mais pas à la hauteur du cœur. C'était son ventre qui était ouvert. Des perles de sang et de lymphe s'écoulaient goutte à goutte de la plaie béante, rejoignant une large flaque qui s'étalait à ses pieds en une mare de boue écarlate. L'homme avait la tête penchée en avant et Eva ne pouvait voir ses traits.

Pétrifiée, elle s'approcha. Machinalement, elle nota que le sang commençait à cailler sur les bords de la blessure, formant une croûte noirâtre. L'homme avait été supplicié depuis un bon moment et son assassin l'avait laissé se vider de son sang, tel un lapin accroché à l'étal. Elle aperçut une inscription, en lettres de sang, sur le bois de la barrique : *Qui est semblable à Dieu ?* L'inscription avait été faite alors que le sang était encore frais, et des rigoles s'échappaient des lettres, coulant sur le bois comme les gouttes d'un vin gras le long des parois d'un verre. Lorsqu'elle fut près du cadavre, Eva put examiner son visage. Vermeulen, le détective belge. Ses yeux étaient exorbités, comme frappés de terreur, et Eva frissonna en songeant que son assassin lui avait ouvert le ventre alors qu'il était encore vivant. Dans une de ses mains clouées au bois, il tenait une balance ancienne, comme celles qui servaient autrefois pour symboliser la justice. Les doigts de son autre main étaient crispés sur un couteau de boucher encore sanglant, lame dressée vers le ciel.

Celui dont l'assassin s'est servi pour lui ouvrir le ventre avant de le replacer dans sa main, songea Eva.

Elle avait noté que le sexe du détective, bien que noyé dans le sang, était intact, ses testicules également. Ce n'était pas un crime sexuel (Eva savait que les auteurs de tels crimes épargnent rarement les organes génitaux), mais un meurtre sacrificiel à la mise en scène soigneusement étudiée. Le meurtrier avait voulu délivrer un message. Lequel ? Elle gardait les yeux rivés sur le cadavre, comme s'il la magnétisait. Elle savait que, sitôt la police sur place, elle n'aurait plus accès à la scène de crime. Elle tâchait d'en mémoriser tous les détails lorsqu'elle réalisa brusquement qu'elle n'était pas seule. Madeleine se tenait à ses côtés, visage de craie, mains posées sur les joues, yeux écarquillés, figée comme une statue. Elle semblait en catalepsie. Marino se tenait en retrait avec les deux Gitanes, la jeune qui tenait la table de poker et la vieille qui distribuait les cartes au black jack. Nina faisait également partie du groupe. Elle avait le visage plongé dans la jupe de la jeune Gitane, les mains accrochées à ses jambes. Elle sanglotait en silence. Eva s'approcha des deux femmes et s'adressa à la plus jeune :

— Vous êtes sa mère ? demanda-t-elle en désignant Nina.

La femme approuva en hochant la tête.

— Il ne faut pas qu'elle reste ici. Sortez du chai. Ne la laissez pas seule. Restez avec elle.

La Gitane opina et se dirigea vers la sortie en entraînant Nina. Au moment où elles allaient passer la porte, elles se heurtèrent à Mignoni en pyjama, cheveux hirsutes. Il fit barrage.

— Attendez ! Où est-ce que vous allez ? J'ai entendu un cri affreux...

La Gitane se retourna vivement et du menton elle désigna le corps de Vermeulen.

— Bordel de merde ! s'exclama Mignoni en blêmissant. Qu'est-ce que c'est que ça ?

— Un meurtre ! lança Eva. Laissez sortir l'enfant. Il ne faut pas qu'elle reste ici.

Mignoni s'effaça.

— Ne vous éloignez pas ! ordonna-t-il à la Gitane alors qu'elle passait la porte.

Marino s'était approché de Madeleine.

— Cette fois-ci, il faut prévenir la police, murmura-t-il dans son oreille.

Madeleine, prostrée, se contenta de hocher la tête. Marino se détacha d'elle et se dirigea vers la sortie.

— Où allez-vous ? demanda Mignoni en tendant son bras alors que Marino arrivait à sa hauteur.

— Prévenir la police, répondit Marino.

— Je *suis* la police ! tonna Mignoni en brandissant sa carte tricolore. Personne ne sort d'ici !

Il s'approcha d'Eva et désigna Vermeulen.

— Qui est ce type ?

— Vermeulen, le détective belge.

Mignoni siffla entre ses lèvres serrées.

— Qui a trouvé le corps ?

Eva haussa les épaules. Les flics ont toujours le même réflexe, celui qu'on enseigne dans les écoles de police : lorsqu'il y a meurtre, il faut toujours demander qui a trouvé le corps. C'est souvent l'assassin lui-même, exactement comme le pyromane est le premier à alerter les pompiers.

— C'est Nina, laissa tomber Madeleine.

Mignoni s'approcha de Madeleine et lui présenta sa carte.

— Inspecteur Mignoni, madame. C'est vous qui avez crié ?

Madeleine se tourna vers lui. Son visage était toujours livide mais ses yeux avaient retrouvé leur mobilité. Et leur mystère.

— J'ai entendu Nina crier, précisa-t-elle. Je me suis précipitée.

— Vous n'étiez pas couchée ?

— Non.

— A cette heure de la nuit ?

— J'étais avec les croupiers.

— Les croupiers…

— Marino, Bianca et…

— Oui, bon ! Que faisiez-vous ?

— Nous étions en train de compter la recette. Tous les samedis soir…

— Oui, bon ! Vous dites que c'est Nina qui a crié… Que faisait-elle dans le chai ?

— Inspecteur ! intervint Eva. Nina est une enfant. Elle a douze ans à peine. Pensez-vous qu'une enfant, seule, pourrait faire ça ?

Elle désigna le corps crucifié de Vermeulen.

— Nina traînait dans la cour. Elle a vu la porte du chai ouverte. Elle est entrée. Elle a vu le corps. Elle s'est mise à hurler.

— Comment savez-vous tout ça ? Vous étiez là ? s'étonna Mignoni.

— Non. J'essaie simplement d'être logique.

Mignoni bougonna et se tourna à nouveau vers Madeleine en désignant le cadavre.

— Vous employiez bien cet homme comme détective privé, n'est-ce pas ?

— Oui.

— Il enquêtait sur la disparition de votre fille Vénus, c'est bien ça ?

— Oui.

— A votre connaissance, avait-il une piste ? Un suspect ?

— Il ne m'avait rien dit de tel.

Mignoni se gratta la tête.

— Madame Lescarboura... Qui, à votre connaissance, pouvait en vouloir à Vermeulen au point de commettre... ça ?

— Je n'en ai aucune idée, inspecteur. J'ajoute que ce n'est pas mon métier de trouver les assassins, mais le vôtre. N'est-ce pas ?

Progressivement, Madeleine était sortie de sa torpeur et elle semblait avoir retrouvé tous ses moyens. Et son aplomb.

— Vous me demandez qui pouvait en vouloir à Vermeulen au point de le tuer, reprit-elle. Je ne peux pas vous répondre précisément, mais je suis certaine que deux hommes sont mêlés à ça : Gachassin et Lacaze. Ils veulent m'évincer du château.

La voix de Madeleine, vive et tranchante, résonnait sous la voûte de pierre, et Mignoni prit soudain conscience du pétrin dans lequel il se trouvait. Il n'était pas officiellement en charge de l'enquête, n'était pas mandaté par un commissaire, ni par un juge. Au château La Palombière, il était juste un inspecteur en goguette. Il n'avait aucun pouvoir d'investigation.

— Personne ne sort d'ici ! lança-t-il soudain. Un coup de téléphone à donner. Je reviens tout de suite.

Il se précipita hors du chai.

Eva s'approcha de Madeleine.

— Il faut absolument que je vous parle, murmura-t-elle.

— Quand ?

— Cette nuit même. Venez me retrouver dans ma chambre lorsque nous en aurons fini avec l'inspecteur.

Madeleine hocha la tête, porta la main à sa bouche et se mit à bâiller.

— J'espère que ce ne sera pas trop long, lâcha-t-elle. Je suis vidée, moi.

Eva lui lança un regard éberlué. Alors que l'instant d'avant elle semblait bouleversée, voilà que maintenant elle se sentait « fatiguée » ! Pas seulement

« fatiguée », d'ailleurs. Aux pieds d'un homme mort, crucifié, panse ouverte, saigné comme un lapin au cœur de son propre château, elle se sentait... « vidée » !

Le regard d'Eva se porta à nouveau sur le cadavre de Vermeulen, comme si la réponse au mystère de sa mort était là, devant elle, évidente. Soudain, elle porta la main à sa bouche en étouffant un cri.

— Quoi ? Qu'est-ce qu'il y a ? demanda Madeleine.

— Son ventre. Il bouge !

Madeleine se tourna vers le cadavre dont le ventre était effectivement agité par une sorte de vague onctueuse qui remonta brusquement vers le haut du torse. Comme actionnée par une force intérieure, la bouche de Vermeulen s'ouvrit et une langue fine et fourchue s'agita entre ses dents, accompagnée par un sifflement et un bruit de crécelle. Eva se mit à hurler. La tête de Gélu, le serpent à sonnette, apparut dans la bouche du détective belge. Le serpent s'en échappa et son corps s'écoula lentement entre les lèvres du mort, comme si le cadavre était en train de vomir ses intestins. Le corps du serpent glissa lentement jusqu'au sol et c'est alors qu'Eva aperçut les chats. Ils s'étaient rassemblés aux pieds du cadavre et lapaient placidement la mare de sang.

— Gélu ! Les chats ! Qu'est-ce que vous faites là, tous ? s'écria Madeleine en tapant du pied. Allez, ouste ! A la maison !

Alors que le serpent à sonnette disparaissait en sifflant, se glissant furtivement entre les fûts, les chats, babines écarlates, ne bougèrent pas, continuant de laper. Eva, qui s'était reprise, se précipita sur le grand chat noir aux allures égyptiennes et lui décocha un coup de pied dans le ventre.

— Vous êtes folle ?! hurla Madeleine alors que tous les chats, tournés vers Eva, s'étaient mis à feuler sauvagement.

18

Mignoni courut jusqu'à sa chambre, ouvrit la porte à la volée, se précipita sur son téléphone portable. Il composa un numéro, jeta un rapide coup d'œil à sa montre et commença à tambouriner sur la table de chevet en attendant que quelqu'un daigne répondre.

— Ministère de l'Intérieur, j'écoute, fit une voix ensommeillée au bout d'une dizaine de sonneries.

— Ici l'inspecteur Mignoni. Passez-moi Rougerie, s'il vous plaît.

— Mais… vous savez l'heure qu'il est ?!

— Trois heures et demie du matin… j'ai une montre, figurez-vous !

— Rappelez demain matin ! Monsieur Rougerie sera là vers sept heures.

Mignoni savait que Rougerie était un fonctionnaire bien trop consciencieux et prudent pour ne pas laisser un numéro en cas d'urgence.

— Comment vous appelez-vous ? demanda-t-il à la préposée.

— Moi ? !

— Oui, vous.

— Yvette, fit la préposée, interloquée.

— Yvette, vous savez que les Russes viennent d'annuler leur participation au sommet du G8, n'est-ce pas ?

— Euh... oui.

— On entend le cliquetis des armes aux frontières. La Troisième Guerre mondiale menace, vous en avez conscience ?

— C'est-à-dire que... à cette heure-ci...

— Ecoutez-moi bien, Yvette : si vous voulez garder votre place et ne pas vous retrouver à pointer dès demain à l'ASSEDIC, vous allez me faire le plaisir de réveiller immédiatement Rougerie et de lui dire de rappeler sur mon portable. Il y a urgence ! Vous avez bien compris ?

— Mais...

— Merci, Yvette !

Il raccrocha. Moins de deux minutes plus tard, son portable sonnait.

— Mignoni ? Rougerie à l'appareil. Qu'est-ce qui se passe, bon Dieu ?

— Il se passe qu'on a un macchabée sur le dos au château La Palombière. Votre ami Vermeulen, le détective belge, celui qui a rédigé le rapport que vous m'avez faxé... Il est mort.

— Qu'est-ce que vous dites ?!
— On vient de le retrouver dans le chai de la propriété, crucifié sur un fût géant.
— Quoi ? Crucifié ! s'exclama Rougerie, abasourdi.
— Oui. Le ventre ouvert, vidé de son sang. Ce n'est pas beau à voir.
— Mais c'est une catastrophe !
— Je ne vous le fais pas dire. Si un photographe se pointe, le cliché fera le tour du monde. Super publicité pour le vin servi au G8…
— Hors de question ! Il y a des témoins ?
— Des gens du château.
— Combien sont-ils ?
Mignoni compta mentalement.
— Cinq. Six avec Eva.
— Eva est sur place ?
— Oui.
— Merde, on aurait dû s'en douter…
Mignoni hocha la tête. Comme lui, Rougerie savait qu'il suffisait qu'un coureur de nuits pointe le bout de son nez quelque part pour que les plus grandes catastrophes surviennent.
— Ils sont où ?
— Confinés dans le chai, avec interdiction d'en sortir.
— Très bien. Retournez immédiatement sur les lieux. Cadenassez tout ! Personne ne doit plus ni entrer ni sortir. J'informe le ministre et je vous rappelle.
Clic.
Mignoni passa un peignoir, mit son téléphone portable dans sa poche et sortit de sa chambre.

Alors qu'il dévalait les marches des escaliers du château, les idées se bousculaient dans sa tête encore fripée. Comment Vidocq allait-il réagir ? Ordonner une enquête, c'était prendre le risque de rendre l'affaire publique et s'exposer à des fuites. Un homme retrouvé crucifié sur une barrique du château La Palombière, le ventre ouvert à la lame, à la veille du sommet de Versailles… Déjà que le sommet s'annonçait mal !

En arrivant au chai, il aperçut la jeune Gitane dans la cour, appuyée contre le mur du bâtiment. Elle tenait Nina enlacée contre elle et lui parlait doucement à l'oreille. Mignoni lui ordonna de rentrer à l'intérieur.

— Avec la petite ?

— Oui !

Il referma la porte derrière elles. Eva s'avança, furieuse.

— Vous n'allez pas forcer cette enfant à supporter ce spectacle ?

— Elle n'a qu'à regarder ailleurs !

— Vous êtes fou ou quoi ?

— J'ai reçu des ordres, s'excusa piteusement Mignoni.

Eva haussa les épaules, s'approcha de Nina, se colla contre elle en lui caressant les cheveux. Les deux femmes se tenaient corps serré autour de l'enfant qui s'agrippait à leurs hanches, visage plongé entre leurs ventres chauds pour échapper à l'horreur. Marino se tenait plus loin, à côté de Madeleine. Il lui parlait à l'oreille, chuchotant des mots que nul ne pouvait entendre. La vieille Gitane était assise à l'écart. Elle regardait le sol en hochant doucement la tête, comme si des images mystérieuses défilaient dans son esprit. Les chats et le serpent avaient disparu. Le téléphone de Mignoni sonna. Il décrocha. Rougerie.

— Vous êtes toujours sur zone, Mignoni ?

L'inspecteur soupira. Rougerie se croyait dans un film d'espionnage ou quoi ? Il semblait survolté.

— Oui.

— Tout le monde est rassemblé ?

— Affirmatif !

— Bien ! Vous ne bougez pas ! On vous envoie des nettoyeurs.

— Des quoi ? !

— Des professionnels ! Ils sont déjà en route. Avec l'hélico, pas d'embouteillages ! Vous attendez tranquillement leur arrivée.

— Ils viennent faire quoi ?

— Récupérer le corps. Ils apportent même la sciure pour éponger le sang. Monsieur Propre, à côté d'eux, est un joyeux plaisantin. Après leur passage il ne restera plus rien. Ni vu ni connu ! Juste une tache par terre, un mauvais rêve.

— Vous plaisantez ou quoi ?

— J'en ai l'air ? Ecoutez-moi bien, Mignoni ! On est coincés. Si l'info transpire, on est dans la merde. Un type crucifié sur un fût dans la propriété du vin choisi pour le sommet de Versailles, c'est le bordel assuré. Et du bordel, on en a assez comme ça avec les Russes, vous ne trouvez pas ?

Mignoni fronça les sourcils. Il y avait quelque chose de bizarre dans la voix du directeur de cabinet, une sorte d'exaltation inhabituelle. Autre chose : il s'exprimait exactement comme le ministre l'aurait fait en pareille occasion : en jurant comme un marchand de poissons ! Avec le ministre, Mignoni avait l'habitude. Chaque fois que Vidocq était excité, ou inquiet, il multipliait les jurons. Mais c'était la première fois qu'il entendait Rougerie s'exprimer ainsi. Il y avait un phénomène de mimétisme entre les deux, exactement comme si Rougerie se prenait pour le ministre lui-même, comme s'il avait pris sa place. Mignoni savait que c'était le rêve secret du directeur de cabinet. Il se demanda subitement pourquoi Vidocq ne l'avait pas appelé directement.

— Ce sont les ordres du ministre ? demanda-t-il.

— Evidemment ! aboya Rougerie d'une voix rauque.

— Pourquoi ne m'a-t-il pas appelé lui-même ?

— Vous ne pensez pas qu'il a d'autres soucis en ce moment ? demanda Rougerie.

— L'affaire est grave... protesta mollement Mignoni.

— Je sais, et le ministre en est conscient. Si l'affaire transpire, lors de la soirée de clôture, les chefs d'Etat du G8 se feront l'effet de vampires en train de boire du sang. Et il est trop tard pour changer de pinard. Alors on escamote le cadavre. On nettoie tout ! Rien de tout cela n'a jamais existé ! C'est l'intérêt des propriétaires du château et c'est le nôtre. Pigé ?

— Pigé, mais...

— Quoi ?

Mignoni s'efforçait de parler bas afin que nul ne puisse entendre ce qu'il disait.

— Ce n'est pas si simple. Vermeulen avait de la famille, des amis. Ils vont s'inquiéter de sa disparition...

— Vermeulen était un flic belge. Les flics belges sont comme les nôtres, comme vous, Mignoni ! Ils n'ont qu'une seule famille : l'Etat !

Mignoni se cabra. Bon Dieu, ce n'était plus seulement du mimétisme. Rougerie se prenait vraiment pour Vidocq !

— Je me suis renseigné, poursuivit le directeur de cabinet. Vermeulen n'avait ni femme, ni enfants, ni patron. Il vivait et travaillait en solitaire. Free-lance. Quant aux amis, vous savez comment c'est, ça va, ça vient... On va rapatrier le corps sur Paris. On va le déposer dans une ruelle sombre du côté de Stalingrad. Un crime crapuleux... On enterrera Vermeulen dans la fosse commune du cimetière de Thiais avec les clodos. Ne vous en faites pas ! Nous avons déjà réalisé ce genre d'opération. On a l'habitude.

Mignoni en eut le souffle coupé. Le directeur de cabinet du ministre de l'Intérieur était en train de lui expliquer qu'à Beauvau ils avaient l'habitude d'escamoter des corps et de les enterrer avec les indigents au cimetière de Thiais !

— Vous êtes sûr que cette opération a bien l'accord du ministre ? insista-t-il.

— Votre boulot à vous, c'est que rien ne transpire, poursuivit Rougerie sans se donner la peine de répondre à sa question. Les témoins doivent la fermer. Vous m'avez compris ?

— Certes, mais comment voulez-vous que j'empêche...

— Démerdez-vous ! Ah, et n'oubliez pas de m'envoyer votre compte rendu.

— Je ne l'adresse pas au ministre...

— Non ! Directement à moi ! C'est ce dont nous étions convenus, non ?

— Certes, mais les circons...

— J'attends votre rapport.

Clic.

Mignoni enfourna son portable dans sa poche et se retourna. Dans le chai, chacun le regardait, suspendu à ce qu'il allait dire.

— Ils viennent chercher le corps, annonça-t-il d'une voix blanche. Ils vont tout nettoyer. Ils exigent le silence.

— Qui, « ils » ? demanda Eva.

— Les autorités supérieures du pays.

Eva vit Marino se tourner vers Madeleine et sourire.

— C'est très bien comme ça ! tonna Madeleine. Ainsi, nous éviterons le scandale.

A nouveau, Eva était ahurie. Vermeulen venait d'être assassiné sous son toit (et de quelle façon...), sa propre fille avait disparu, et la seule chose qui préoccupait Madeleine était d'éviter le scandale. Cette femme avait des nerfs solides, c'était sûr, mais avait-elle seulement un cœur ?

— Bianca, Esmeralda, vous avez bien compris ?

Madeleine s'adressait à la mère de Nina et à la vieille Gitane. Elle plaqua son doigt contre sa bouche.

— Chut !

La mère de Nina hocha la tête.

— Comme d'habitude, murmura la vieille femme.

— Nina, toi aussi tu devras te taire, ajouta Madeleine d'une voix autoritaire.

Eva sentit la tête de Nina s'agiter contre son ventre. L'enfant avait entendu ce que Madeleine avait dit. Elle opinait. Mignoni observait la scène, éberlué. En un tournemain, Madeleine avait réglé la situation : personne ne parlerait ! Il vit Eva et la jeune Gitane s'approcher de lui.

— On sort avec Nina en attendant qu'ils arrivent, murmura Eva.

Mignoni approuva en battant des cils. L'attente commença dans le silence, seulement troublé par les dernières gouttelettes qui s'échappaient du corps de Vermeulen, tombant au sol dans un bruit mat et sinistre.

Dans l'après-midi, Vénus avait entendu grincer les charnières de la porte de la cave. Elle avait été surprise car, habituellement, elle devinait toujours le moment où ses geôliers venaient lui rendre visite. Plus exactement, elle entendait le son des voix de la fillette et de l'homme, le bruit de leurs pas. C'était une sorte d'annonce avant le déclenchement des projecteurs. Son geôlier était-il venu seul, cette fois-ci ? Etait-il venu la délivrer ? Elle s'était attendue à ce que le mur de lumières s'allume, mais il ne s'était rien produit. Elle avait vu une ombre s'introduire dans la cave, une silhouette massive qu'elle ne connaissait pas, et son cœur s'était mis à battre follement. L'homme s'était avancé jusqu'à elle.

« Bonjour, Vénus », avait-il lancé.

Son visage était rond, taillé à la serpe. Il avait un fort accent. Il souriait.

« Qui êtes-vous ? avait demandé Vénus.

— Criss Vermeulen. Un détective. Votre mère a fait appel à moi pour que je vous retrouve. »

Le cœur de Vénus avait explosé dans sa poitrine. Son cauchemar allait enfin s'achever.

« Comment avez-vous fait ? demanda-t-elle.

— Je vous expliquerai cela plus tard. Il faut sortir d'ici… »

Il avait libéré les mains de la jeune femme.

« Bon Dieu ! Vos pieds également sont enchaînés.

— Il suffit de pousser le petit cliquet sur le côté du bracelet, vous voyez ?

— Non. »

En dehors des lueurs lancées par le four, faibles car les bûches s'étaient consumées, la cave était plongée dans la pénombre. Vénus avait soudain pris conscience du danger.

« Il faut faire vite. Le feu va s'éteindre. Il va venir pour le recharger.

— Un petit cliquet, dites-vous ? »

Les doigts de Vermeulen s'agitaient fébrilement sur le cercle en ferraille. Le Belge ne trouvait pas le cliquet, s'énervait.

« Bon Dieu ! Je ne vois rien du tout…

— Besoin de lumière, peut-être ? »

La voix d'un homme avait retenti depuis le fond de la cave.

Vermeulen s'était redressé vivement et s'était tourné pour faire face. Aussitôt, une giclée de lumière crue avait jailli des projecteurs. Complètement aveuglé, le Belge avait plaqué ses mains sur ses yeux. Le geôlier était alors apparu et lui avait écrasé une bûche de bois sur le crâne.

Un peu plus d'une heure après l'appel du ministre, le bourdonnement d'un hélicoptère envahit l'espace. Mignoni se précipita dehors. Une ombre, une sorte de scarabée géant hérissé d'antennes, bourdonnait au-dessus de la cour du château. Comme s'il était relié à un fil invisible, l'engin descendit lentement. Il posa bientôt délicatement ses pattes au milieu d'un nuage de poussière, et deux hommes en descendirent. L'un d'eux portait un gros sac en plastique noir.

L'inspecteur s'avança vers lui.

— Inspecteur Mignoni, annonça-t-il.

— Où est le colis ? demanda le type après lui avoir brièvement serré la main.

Mignoni désigna le chai.

— Cloué sur une barrique, à l'intérieur.

Alors qu'ils pénétraient dans le bâtiment, Eva leur emboîta le pas. Le type qui portait le sac noir siffla en apercevant le corps de Vermeulen.

— Waouh ! Joli tableau ! Nono, va chercher la boucharde !

Son collègue revint avec un marteau pied-de-biche dont l'extrémité servait à extraire les clous. Ils décrochèrent la balance et le couteau des mains de Vermeulen, et se mirent à l'ouvrage, avec le même calme, la même placidité que s'ils avaient eu à décrocher une toile clouée sur un mur. Aux côtés d'Eva, Madeleine assistait à la scène. Ses grands yeux globuleux derrière leur vitrine étaient ouverts comme des quinquets. Lorsque les mains de Vermeulen furent libérées, ledit Nono et son collègue laissèrent doucement le corps glisser au sol et l'examinèrent rapidement. Nono, qui semblait d'un naturel fouineur, souleva la paroi de l'estomac et regarda à l'intérieur avec le même air inquisiteur et curieux que s'il s'agissait du sac à main d'une dame.

— Le type qui a fait ça est un sacré malade, dit-il en relevant la tête. Un cannibale, sans doute.

— Pourquoi dites-vous ça ? demanda Eva, penchée au-dessus du cadavre, nez et lèvres pincés.

— Il ne s'est pas contenté de lui ouvrir le ventre, expliqua Nono. Il a prélevé le foie et les reins ! Un truc de magie noire sans doute…

Eva tressaillit et se redressa. Elle se mit à tanguer, à tituber mains en avant, comme si elle cherchait à préserver son équilibre.

— Ça ne va pas ? demanda Mignoni en la prenant par les épaules.

— Je ne me sens pas bien. Besoin d'air frais…

Mignoni l'accompagna jusqu'à la porte du chai. Il voulut rentrer de nouveau à l'intérieur, mais Eva le retint.

— Vous avez encore votre carte de jeu ? demanda-t-elle.

— Celle que m'a remise Nina ?

— Oui.

— Montrez-la-moi !

Il fouilla dans sa poche, tendit la carte. Eva la lut et ne put retenir un haut-le-cœur.

— Quoi ? Qu'est-ce qui se passe ?

Eva fouilla dans sa poche et lui tendit la sienne.

— Tenez ! Lisez !

Mignoni lut la carte à haute voix :

— « Eva Leperlier, née le... »

Il eut le réflexe de ne pas lire la date de naissance d'Eva. Même plongé au cœur d'un drame, Mignoni restait un gentleman.

— « Maison III, 28°43, Vierge. Ascendant 07°03. Lune noire, 04°30, maison VI. Vous êtes actuellement en plein trouble, mais ayez confiance : la lumière viendra. Organe fragile : le foie. Votre numéro du soir : 17. » Et alors ? demanda-t-il, ce n'est qu'un simple horoscope.

— L'organe fragile... Le foie...

— Oui, et alors ? Vous picolez pas mal, non ?

— Vous, c'étaient les reins. Vous souvenez-vous de ce que nous avons mangé au restaurant ?

— Euh... oui, répondit Mignoni. Vous avez mangé une tranche de foie et moi des rogn...

— J'ai... j'ai mangé le... foie de Vermeulen, balbutia Eva, et vous... ses reins !

Alors que Nono et son collègue sortaient du chai en transportant le corps de Vermeulen enveloppé dans son suaire en plastique, Mignoni, pris de spasmes, était en train de se vider l'estomac contre le mur du bâtiment.

Nono soupira avec un air désolé.

— On ne devrait pas confier des affaires pareilles à des flics sans expérience...

— T'as raison, répondit son collègue. Faut de la bouteille pour ce genre de choses... et de l'estomac, ah ah ah !

Moins de deux minutes plus tard, le corps de Vermeulen, enveloppé dans son linceul de plastique, s'élevait dans le ciel. Madeleine regarda l'hélicoptère s'éloigner jusqu'à ce qu'il se fonde dans les ténèbres. Elle souriait.

L'instant d'avant, elle était encombrée du corps du détective belge.

L'instant d'après, il avait disparu.

Un vrai tour de passe-passe, comme ceux qu'elle aimait tant.

19

Eva poussa la porte de sa chambre et s'effondra sur son lit. Elle se sentait nauséeuse, écœurée. Elle avait encore le goût du foie de Vermeulen dans la bouche. Elle détourna brusquement son regard avec une moue de dégoût, cherchant à fuir les images qui l'assaillaient. Elle tomba sur l'écran de son ordinateur. Un texte y était rédigé. Foch avait répondu. Elle s'approcha.

Que de bavardages inutiles ! Je pense que tu n'as pas saisi le sens de ta mission. Il ne s'agit pas, pour toi, de retrouver Vénus, mais de faire en sorte que Madeleine Lescarboura conserve la présidence du conseil d'administration du château.

Peu importe les moyens que tu utiliseras. Un homme est mort. Il était historien, dis-tu. Quelle histoire étudiait-il ?

Bon courage,

Foch

Elle sélectionna immédiatement le texte et l'effaça dans un geste rageur, comme si faire le vide autour d'elle était impératif. Ainsi, Foch se fichait éperdument qu'elle retrouve ou non Vénus ! Qu'une jeune femme ait disparu au beau milieu de la tourmente du château était le cadet de ses soucis. Ce qui comptait pour lui, c'est que Madeleine conserve les rênes de l'exploitation... Jusqu'à présent, toutes les missions qu'Eva avait effectuées pour l'Œuvre lui avaient semblé justes et morales : il s'agissait d'identifier un assassin sanguinaire, de percer un mystère ou d'élucider une énigme. Cette fois, il fallait simplement qu'elle se débrouille pour qu'une demi-folle conserve la direction d'un château de malheur dont elle avait fait un repaire de flambeurs et de partouzeurs ! Tout ça pour cinq hectares de vignes à un million d'euros l'unité ! Pour qui la prenait Foch ? Pour une représentante de commerce ?

Le patron de l'Œuvre poussait le cynisme jusqu'à faire mine de s'intéresser aux recherches historiques du professeur Sibelius, sans même se soucier de savoir pourquoi il était mort.

Eva était sur le point de faire sa valise et de quitter immédiatement La Palombière lorsqu'elle entendit toquer à sa porte. Elle ouvrit. Madeleine se tenait sur le seuil. Elle souriait.

— Vous m'avez demandé de venir vous voir. Me voici. Vous souhaitez que nous parlions ?

Eva fut, un instant, tentée de lui claquer la porte au nez, mais elle se ravisa :

— Entrez !

Madeleine, accompagnée par son immuable tourbillon de voilettes, pénétra dans la chambre et se laissa lourdement tomber dans un fauteuil.

— Je suis claquée. Avec tous ces événements...

Eva s'installa en face d'elle.

— Pourtant, j'ai une foule de questions à vous poser !

Madeleine soupira.

— Je vais faire mon possible pour y répondre.

— Qui êtes-vous, en réalité ?

Madeleine ferma brusquement les yeux et prit une profonde inspiration. A ce moment-là, Eva songea qu'elle avait l'air de ce qu'elle était vraiment : une vieille femme harassée, à bout de nerfs. Elle eut brutalement honte de la soumettre à cet interrogatoire, mais avait-elle le choix ?

— Mon nom de jeune fille est Marina Murcianu, commença Madeleine. Je suis d'origine tsigane. Autrefois, en Roumanie, je travaillais dans un cirque. C'est à Bucarest que j'ai fait la connaissance de mon futur mari...

Madeleine raconta son histoire telle que l'inspecteur Mignoni l'avait rapportée à Eva pendant le repas. Avec beaucoup plus de détails. Elle n'éludait aucune des questions que lui posait la jeune femme, acceptant de s'attarder sur des épisodes dont le souvenir lui était douloureux. Ainsi, elle parla des persécutions dont sa famille avait été victime en Roumanie. Eva l'interrogea longuement sur ce point. Madeleine raconta comment, alors qu'elle n'était encore qu'une enfant, elle avait découvert son père dans l'abattoir municipal de Mirnau, une petite ville des Carpates, pendu à un crochet de boucherie.

— Qui avait fait ça ? demanda Eva.

— Les légions de l'archange Michel. Des fanatiques. Des fascistes. Entre les deux guerres, ils ont plongé le pays dans une mare de sang. A cette époque, les Tsiganes avaient devancé les Juifs. Mon peuple a payé un lourd tribut aux fascistes de l'archange Michel. Beaucoup de Tsiganes ont été pendus, crucifiés.

— Comme Vermeulen ce soir ?

La vieille femme hocha la tête.

— J'avais à peu près l'âge de Nina lorsque j'ai vu mon père pendu à son crochet. On dirait que la malédiction nous poursuit au-delà du temps, au-delà des frontières…

Madeleine avait prononcé sa dernière phrase d'une voix faible, un murmure à peine audible.

— Vous pensez que des fascistes de l'archange Michel sont responsables de la mort de Vermeulen… et de celle de Sibelius ? demanda Eva.

La vieille femme sursauta.

— Sibelius ? Il n'a rien à voir dans tout ça. Il était très déprimé. Il s'est suicidé, voilà tout !

— Pourquoi a-t-on tué Vermeulen, à votre avis ?

— Je n'en ai aucune idée, mais je persiste à penser que Lacaze et Gachassin sont derrière tout ça.

— Vous avez vu l'inscription derrière le corps : « Qui est semblable à Dieu ? » Ça vous dit quelque chose ? demanda Eva.

— Absolument rien. La seule chose que je peux dire, c'est que les légions de l'archange Michel étaient inspirées par des patriarches orthodoxes, des exaltés, très anticommunistes.

— Votre mari était communiste, non ?

— C'est ce qu'on dit.

— Vous l'aimiez ?

Madeleine sourit tristement.

— Non. Pour moi, Gaston était l'occasion de sortir de ma condition, c'est tout.

— Cet après-midi, j'ai vu un très vieil homme dans la propriété, poursuivit Eva.

— Virgil ?

— J'ignore son nom. Il vit dans une petite maison, sur une litière de paille, au milieu d'un tas de vieux frigos et d'appareils ménagers des années 1950.

— C'est mon oncle Virgil, le frère de mon père.

— Il vit avec deux loups.

— Ce sont ses compagnons, comme moi j'ai mes chats.

— Pourquoi vit-il comme ça, dans une telle misère ?

La vieille femme haussa les épaules.

— Virgil ne s'est jamais résolu à abandonner ses habitudes. Il dort sur une litière de paille car il préfère cela à un bon matelas. Les vieux frigos, les cuisinières rouillées, tout ça, ça lui rappelle le bon temps des décharges publiques. Il préfère les loups aux bergers allemands. Ça le rassure. Je le laisse faire. Il est très vieux.

— Il a eu très peur quand il m'a vue.

— Virgil a toujours très peur des étrangers. Un vieux réflexe. Il est ici depuis peu de temps. Avant, c'était lui qui s'occupait de la propriété près de Margaux dont je vous ai parlé, celle qui reviendra à votre patron si vous réussissez votre mission.

Eva en profita pour saisir la balle au vol :

— Vous voulez dire, retrouver votre fille ?

Madeleine planta ses yeux dans les siens et, pour une fois, Eva réussit à lire les sentiments qui l'habitaient : une détermination énorme, farouche.

— Ce que je veux, avant tout, c'est conserver le château La Palombière.

— Parlez-moi de Vénus. Quelles relations aviez-vous avec elle ?

— Les relations normales d'une mère avec sa fille, répondit Madeleine en bâillant. Un jour on s'embrassait, le lendemain on se déchirait...

Dehors, le jour se levait et des brumes langoureuses s'élevaient lentement des eaux calmes de la Gironde. Madeleine soupira, demanda un verre d'eau qu'Eva alla remplir au lavabo de la salle de bains. La vieille femme remercia, vida le verre d'un trait et se remit à parler. Elle raconta Vénus. Elle décrivit une enfant gaie, enthousiaste, que rien, aucune peur, aucune difficulté, ne faisait reculer.

— Enfant, elle était autant fille que garçon, expliqua Madeleine. Une tigresse. Une vraie Tsigane ! Une fois femme, elle est devenue très belle.

Eva se demanda subitement comment aurait été sa fille si elle avait vécu. Elle secoua la tête, s'efforçant de rester concentrée.

— Vénus plaisait beaucoup aux hommes, poursuivit Madeleine, vaguement rêveuse. Papillon était fou d'elle.

— Le fils Lacaze ? s'étonna Eva tout en notant que Madeleine parlait de sa fille au passé, comme si elle était déjà morte et enterrée.

— Oui. Tous deux fricotaient ensemble. J'aurais bien aimé qu'ils se marient mais ça n'a pas été possible.

— Pourquoi ?

— Papillon est complètement sous la coupe de son père. Il est incapable d'aller contre sa volonté. Le vieux Lacaze est une grenouille de bénitier, un Médocain pur sucre. Il ne voyait pas d'un bon œil l'alliance de nos deux familles.

La vieille femme bâilla à nouveau, mais Eva nota qu'une lueur malicieuse s'était allumée au fond de ses yeux.

— Papillon est un individu très étrange, poursuivit-elle. Je l'ai observé ce soir lorsqu'il était avec vous. La façon dont il vous regardait... La même que lorsqu'il regardait Vénus. Il est séduisant, n'est-ce pas ?

Eva conserva le silence, mal à l'aise.

— En réalité, il est complètement détraqué, lâcha Madeleine.

— Pourtant, vous auriez aimé qu'il épouse votre fille...

— Bien sûr ! Lacaze est vieux. Il va bientôt disparaître. Papillon est le seul héritier. A nous deux, nous aurions totalisé cinquante-trois hectares !...

Et près de 80 % des actions, songea Eva.

— On aurait pu rationaliser les coûts de production, poursuivit Madeleine, soudain exaltée, utiliser la même équipe de vendangeurs, réduire les frais de gestion...

— Imaginons que Vénus ait décidé de vous trahir et de faire alliance avec Lacaze et Gachassin, coupa Eva. Elle choisit de disparaître pour ne pas avoir à vous affronter. Vous perdez le château. Lacaze et Gachassin le récupèrent et bénéficient alors de tous les avantages que vous venez de décrire... mais sans vous !

— Impossible !

— Pourquoi ?

— Vénus est une Tsigane. Jamais une Tsigane ne trahit sa famille.

— C'est un peu mince, non ?

— C'est ainsi ! laissa tomber Madeleine.

Le visage de la vieille femme avait brusquement pris la couleur de la craie. Des rides qu'on ne voyait pas d'habitude traçaient des sillons arides à la base de son cou. Eva jugea qu'elle était à bout de forces. Elle se leva, imitée par Madeleine, qui poussa un soupir de soulagement.

— Une dernière question ! lança Eva au moment où Madeleine posait la main sur la poignée de la porte. Et elle est très importante pour moi. Qui a substitué un corbeau mort à mes ortolans ?

Madeleine baissa la tête.

— C'est moi.

— Le vin transformé en piquette ?

— C'est moi.

— L'œuf à la coque qui contenait le fœtus d'un poussin ?

— C'est également moi.

— Pourquoi avez-vous fait cela ?

— A cause de votre thème.

— Mon thème ? Vous voulez dire mon thème astral ? s'exclama Eva, ahurie.

— Oui. Uranus fait partie de vos dominantes planétaires. C'est une bonne chose, mais vos décans ésotériques sont mal répartis. Les yins et les yangs s'y disputent la polarité majoritaire. Vos maisons I, IX et XI sont faibles, surtout la I. L'estomac est votre point faible. D'autant plus que le cadran sud-ouest nocturne domine chez vous et…

— En résumé, s'il vous plaît !

— Pour réussir, vous avez besoin d'être motivée, lança Madeleine. Pour que vous donniez votre pleine mesure, il faut qu'on vous provoque ! La peur, le mystère, la colère vous servent de moteur.

Elle avait soudainement adopté le même ton sentencieux, un peu monocorde, que les voyantes utilisent pour balancer leurs sornettes sur les radios périphériques.

— C'est également pour ça que vous m'avez fait manger le foie de Vermeulen ?

Madeleine sursauta.

— Qu'est-ce que vous racontez ?!

— Le foie, celui que j'ai mangé ce soir à votre table, c'était le foie de Vermeulen, n'est-ce pas ?

— Quoi ? Mais pas du tout ! Où allez-vous pêcher des horreurs pareilles ?

— Vous me promettez que c'est la vérité ?

— La vérité... Qui sait où est la vérité ?

Eva eut soudain le sentiment de se retrouver face à Foch. Combien de fois lui avait-il dit que la vérité n'était souvent que l'apparence de la vérité ?

La vieille femme se campa devant elle. Elle semblait avoir retrouvé soudain toute son énergie.

— Regardez ma main !

Elle tendit sa main vers le visage d'Eva en agitant ses doigts sous ses yeux. Brusquement, elle saisit un des voiles qui ornaient sa robe, le déchira, plaça ses doigts en entonnoir, y enfourna le morceau de tissu. Elle souffla légèrement sur sa main. Lorsqu'elle ouvrit ses doigts, le morceau de tissu avait disparu et il y avait un œuf au creux de sa paume.

— La vérité ! Où est la vérité ? siffla Madeleine. Vous pouvez me le dire ?

Elle arracha un autre de ses voiles, le déposa avec précaution sur l'œuf, le fit aller et venir plusieurs fois. Puis, d'un geste vif, elle posa son autre main dessus, se contorsionna, comme si elle cherchait à extirper un objet du fond d'elle-même. Lorsque brusquement elle retira le voile, une tourterelle blanche était posée sur sa main. L'oiseau se mit à roucouler. Eva était abasourdie. Madeleine traversa la pièce en trottinant, ouvrit la fenêtre, tendit sa main. La colombe prit son envol dans un grand froissement d'ailes. La vieille se retourna. Elle souriait.

— Ça va ! Malgré l'âge, je n'ai pas trop perdu la main...

Elle traversa à nouveau la pièce, ouvrit la porte.

— Bonne nuit, faites de beaux rêves ! lança-t-elle en s'évanouissant dans le couloir.

Eva referma la porte. Elle se rendit à la fenêtre restée ouverte, observa la Gironde au loin qui roulait ses flots tranquilles, aperçut la tourterelle qui semblait un peu perdue au milieu du jardin, perchée sur un arbre dépouillé. Elle referma, se déshabilla, se glissa dans les draps en poussant un soupir d'aise. Elle se sentait libérée. Plus aucun poids sur l'estomac. Le foie de Vermeulen semblait s'être envolé d'elle comme la tourterelle de Madeleine, dans un battement d'ailes. La propriétaire du château La Palombière lui avait servi un brouet dans lequel il y avait autant de vérités que de mensonges, Eva en était consciente. Mais là, maintenant, elle éprouvait le sentiment réconfortant que les choses commençaient à bouger autour d'elle.

Elle s'endormit pour un long sommeil sans rêves. Ni cauchemars.

20

Mignoni reposait sur son lit, tel un homme à l'agonie. Sans forces. Il avait beau avoir l'estomac vide, totalement vide, chaque fois qu'il songeait aux rognons qu'il avait mangés, son corps semblait aller puiser dans des réserves de bile inconnues qu'il expulsait en râlant dans le lavabo. Il ne parvenait pas à effacer de sa mémoire l'image de

Vermeulen cloué sur son fût géant, ventre ouvert. Un tueur psychopathe l'avait sauvagement crucifié en prenant soin de prélever ses reins et son foie. Et il s'était débrouillé pour les leur faire manger, à lui et à Eva. Un véritable cauchemar ! Mignoni n'arrivait pas à s'enlever cette idée de la tête : il était devenu cannibale. A son insu, certes, mais cannibale tout de même. Une phrase écrite par Vermeulen dans son rapport n'arrêtait pas de lui tourner dans la tête, jusqu'à l'obsession : *Le château La Palombière est le royaume de l'ombre et de l'illusion.*

Le jour était levé depuis longtemps, et Mignoni, englué dans son mal-être, ne parvenait toujours pas à trouver le sommeil, lorsque son téléphone sonna. Rougerie.

— Mignoni ?

— Oui.

— Tout va bien, mon vieux. On a réceptionné le colis. On l'a déposé aussitôt dans une poubelle géante rue de Belleville. C'est bourré de restaurants chinois, dans le quartier. Personne ne s'étonnera de trouver un type avec le ventre ouvert. Faut bien de la matière première pour confectionner les raviolis, ah ah ! Pas vrai ? Je ne vous fais pas rire ?

— Non, grogna Mignoni, frappé à nouveau par le ton de Rougerie et son cynisme.

Un vrai clone de Vidocq.

Le directeur de cabinet se gratta la gorge.

— Hum ! Je comprends... Foutue nuit, hein ?

— Ouais...

— Avez-vous pensé à débarrasser la chambre ?

— Pardon ?

— Le Belge, il avait bien une chambre à La Palombière ?

— Euh... oui.

— Vous avez pensé à récupérer ses affaires ?

— Euh... Non.

— Mais à quoi est-ce que vous pensez, Mignoni ? On vous envoie une équipe de nettoyeurs par hélico, on escamote le type, et vous ne pensez même pas à récupérer ses affaires ?

Rougerie avait repris le ton autoritaire, vaguement méprisant, qu'il utilisait d'habitude.

— Je vais faire immédiatement le nécessaire ! lança l'inspecteur.

— Bien ! Autre chose : Vidocq ne veut pas qu'on change de vin pour le repas de clôture. On attirerait aussitôt l'attention sur le château La Palombière et ce n'est pas le moment, vous comprenez ?

— Tout à fait.

— Il veut que vous sélectionniez un lot de bouteilles, un bon millésime. Trois cents unités, que vous mettrez sur une palette.

— Trois cents ? s'étrangla Mignoni.

— Oui. Le ministre pense que les Russes peuvent encore changer d'avis. Personnellement, ça m'étonnerait qu'ils fassent marche arrière et qu'ils viennent s'asseoir à la table du sommet, mais Vidocq a raison. On ne sait jamais. Mieux vaut prévoir large. Vous recouvrirez le tout avec une bâche et vous monterez la garde devant jour et nuit jusqu'à ce qu'on vienne chercher la marchandise. Personne ne doit approcher de la palette. Pas même un chien ! Bien compris ?

Mignoni sentit une vague froide courir le long de son dos.

— Le ministre craint un attentat ?

— Vidocq veut prendre toutes les précautions. Vous savez que le poison est revenu à la mode, par les temps qui courent. Le polonium fait fureur. Il ne veut prendre aucun risque.

Il y eut un silence, lourd de sens.

— Vidocq ne veut plus entendre parler du château La Palombière jusqu'à la clôture du sommet de Versailles, reprit Rougerie. Quand tout sera terminé, je lui transmettrai vos rapports. Soignez bien la rédaction ! Vous connaissez le ministre, il adore les histoires de coureurs de nuits.

Clic.

Mignoni reposa son portable. Bon Dieu ! Rougerie lui avait fait miroiter des vacances au château La Palombière et voilà qu'il se retrouvait face à une responsabilité énorme : Vidocq lui confiait la surveillance du vin qui allait être servi aux chefs d'Etat les plus importants de la planète lors du banquet de clôture du sommet de Versailles. Et s'il échouait ? *Le château La Palombière est le royaume de l'ombre et de l'illusion*... Si un petit malin parvenait à empoisonner le vin à sa barbe, sans qu'il s'en rende compte ? Mignoni imagina un instant tous les participants du sommet empoisonnés au polonium, défigurés, décharnés, transformés en momies putrides. Tous, sauf les Russes, bien sûr. On ne manquerait pas, alors, de les accuser d'avoir fomenté le coup et il y a fort à parier que les missiles nucléaires ne tarderaient pas à sillonner le ciel... L'horreur ! Pour un peu, Mignoni en aurait presque oublié les rognons de Vermeulen. Il sortit de sa chambre, descendit l'escalier, se présenta à la réception.

— Le numéro de la chambre de monsieur Vermeulen, je vous prie.

Outre que Rougerie lui avait ordonné de récupérer les affaires du détective belge, Mignoni avait décidé de fouiller sa chambre de fond en comble. Il se souvenait en effet que Vermeulen avait fixé rendez-vous à Eva en prétextant avoir des choses importantes à lui dire. Or Mignoni savait qu'un bon détective garde toujours des traces écrites de ses découvertes.

— Monsieur Vermeulen nous a quittés, monsieur, cette nuit même, répondit le réceptionniste avec un détachement affecté.

— Je suis au courant. Quel était le numéro de sa chambre ?

— La 6.

— Donnez-moi la clé !

— Mais, monsieur... s'offusqua le réceptionniste.

Mignoni lui fourra sa carte tricolore sous le nez. Le type saisit une clé au tableau et la posa sur le comptoir.

— Je suis obligé de prévenir la direction.

Mignoni saisit la clé.

— Prévenez, mon brave. Prévenez !

Il s'engagea dans l'escalier, gagna le premier étage. La chambre 6 se trouvait au milieu du couloir. Il introduisit la clé, ouvrit la porte, pénétra à l'intérieur et fut immédiatement saisi par une forte odeur de chaussettes sales. Il referma derrière lui et alla directement ouvrir la fenêtre. En passant, il aperçut une boîte de camembert sur la table, ouverte. Le fromage avait coulé, inondant la chambre de ses parfums musclés. Il referma le couvercle et balança la galette dans une poubelle. Dedans se trouvait déjà un dossier, qu'il ouvrit. Aussitôt, il éprouva le besoin de s'asseoir. Le dossier était composé de photos en noir et blanc, horribles, des hommes nus pendus à des crochets de boucher. Chaque cliché était daté, légendé. *1933, Moldavie : Tsiganes exécutés par les légionnaires fascistes de l'archange Michel. 1934, Transylvanie : Tsiganes exécutés par les légionnaires fascistes de l'archange Michel...* Et le reste à l'avenant. Il y en avait comme ça des dizaines. Mignoni fut immédiatement persuadé que le meurtre du détective belge avait un rapport avec ces photos. Vermeulen avait été crucifié sur un fût de bois, éventré. Les légionnaires de l'archange Michel pendaient leurs victimes par la gorge à des crocs de boucher. Il y avait indéniablement un rapport dans cette volonté de réduire un être humain à l'état de bête. Chaque photo portait un cachet identique, à l'encre délavée : *Musée d'Histoire contemporaine de Bucarest*. Il était en train de passer les photos en revue, écœuré par l'odeur rance qui subsistait dans l'air, lorsque la porte de la chambre s'ouvrit à la volée. Madeleine pénétra dans la pièce avec son habituelle envolée de voilettes.

— Qu'est-ce que vous faites ici, inspecteur ?

— Voyez, je fouille dans les affaires de monsieur Vermeulen.

— Vous avez un mandat ?

Mignoni ne put s'empêcher de pouffer.

— Vu l'état dans lequel on a retrouvé monsieur Vermeulen hier soir, croyez-vous vraiment que j'aie besoin d'un mandat, madame ?

Face à l'assurance de Mignoni, Madeleine battit en retraite.

— Hum ! Vous avez trouvé quelque chose ?

— Oui. Venez voir !

Madeleine s'approcha de la table où Mignoni était assis.

— J'ai trouvé un camembert entamé... et ça !

Sans autre précaution, il lui fourra les photos sous le nez. Il vit Madeleine blêmir brutalement, vaciller, se retenir au dossier de la chaise, et aussitôt il regretta son geste, du moins sa brutalité.

— Asseyez-vous, souffla-t-il en prenant le bras de Madeleine et en tirant une chaise sous elle. Vous aviez déjà vu ces photos ?

— Non, jamais. Mais j'ai vu la réalité. Mon propre père a été pendu comme ça. Je devais avoir dix ans.

— Pardonnez-moi de vous avoir...

— Ce n'est rien.

— Vermeulen vous avait parlé de ces photos ?

— Non, jamais. Je me demande comment il se les est procurées...

Mignoni désigna les cachets.

— Elles proviennent toutes du musée d'Histoire contemporaine de Bucarest, en Roumanie.

— Alors, c'est Vénus !

— Vermeulen connaissait Vénus ? s'exclama Mignoni.

— Non. Mais lorsqu'il est arrivé, il m'a demandé l'autorisation de visiter sa chambre. Je l'ai laissé seul à l'intérieur. Il a dû fouiller et trouver ces photos.

— Comment Vénus se les était-elle procurées ?

— Après son bac, elle avait entamé des études de littérature médiévale. Pour sa thèse, qui portait sur Dracula et les anciennes légendes des Carpates, elle avait fait un voyage en Roumanie. J'ignorais qu'en réalité elle s'intéressait à tout autre chose que Dracula... Elle a dû faire un tour au musée de Bucarest et récupérer...

Elle désigna les clichés d'un geste dégoûté.

— Je ne lui ai jamais parlé de ça. Je voulais l'épargner. Mais vous savez comment sont les enfants. Ils veulent toujours savoir d'où ils viennent vraiment et connaître l'histoire de leur famille...

Mignoni rassembla les photos, les rangea dans leur chemise qu'il plaça sous son bras.

— Vous les conservez ? demanda Madeleine, contrariée.

— Oui. Je pense qu'elles peuvent être importantes pour mon enquête.

Il se leva.

— Vous m'avez dit que Vermeulen avait visité la chambre de Vénus. J'aimerais faire la même chose.

Madeleine se leva à son tour.

— Vous n'aurez qu'à demander la clé à la réception. Je vais donner des consignes.

Mignoni hocha la tête, sidéré par la rapidité avec laquelle la vieille femme avait repris ses esprits.

— Vous êtes en contact avec le ministère de l'Intérieur, si j'ai bien compris ? demanda-t-elle.

— Effectivement, convint Mignoni.

— Ils vous ont dépêché ici pour que vous retrouviez ma fille ?

Mignoni conserva un silence prudent.

— Je souhaite que vous réussissiez, ajouta Madeleine.

L'inspecteur se demanda pourquoi elle trouvait nécessaire de préciser ça.

— Attendez ! lança-t-il alors qu'elle s'apprêtait à sortir de la pièce. J'ai reçu ce matin un coup de téléphone du cabinet du ministre de l'Intérieur, précisément...

— Oui. Et alors ?

— Le ministère demande que vous mettiez trois cents bouteilles de côté. Un bon millésime, cela va de soi. Vous les mettrez sous bâche dans la cour et nul ne devra s'en approcher. Je suis chargé d'y veiller !

— Dans la cour ? Mais vous n'y pensez pas !

— Pourquoi ?

— La lumière !

— Sous bâche, plaida Mignoni.

— La température !

— C'est l'affaire de deux ou trois jours...

— Hors de question ! Aujourd'hui, nous sommes dimanche. Je n'ai pas de personnel sous la main. Demain, je sélectionnerai trois cents bouteilles que je ferai mettre sur palette, mais elles resteront à l'intérieur du chai.

— Alors il faudra me confier la clé.

— A votre aise, grogna Madeleine.

A ce moment-là, en regardant la vieille femme et ses yeux étranges, Mignoni éprouva une sensation bizarre. Il aurait été incapable de dire si sa demande l'avait froissée ou si, secrètement, elle jubilait.

— Et tâchons de rester discrets, ajouta l'inspecteur alors que Madeleine sortait de la pièce.

— Vous pouvez compter sur moi, claironna Madeleine en refermant la porte derrière elle.

Mignoni fit le tour de la chambre, mais il ne trouva rien d'autre qui lui parût digne d'attention, en dehors d'un reblochon dans le minibar. Vermeulen semblait avoir entretenu avec les fromages des relations troubles... Mignoni enfourna les affaires du détective dans son sac de voyage, récupéra le dossier et quitta la chambre.

Alors qu'il marchait dans les couloirs de l'hôtel, une image vint le visiter : celle d'un type affublé d'un nez rouge sur la scène d'un cabaret. Un clown. Il souriait et claquait des doigts. Son corps s'évanouissait brusquement dans un nuage de fumée qui s'élevait en longues volutes. Lorsque la fumée était dissipée, ne restait plus sur la scène qu'un tas de fringues par terre et deux grosses godasses qui puaient le camembert. Le public applaudissait, ignorant que le corps du type reposait dans une poubelle de la rue de Belleville. A quoi tient la vie ? Mais voilà qu'une femme s'avançait sur la scène. En jarretelles et bas résille. Mignoni ressentit une vague de chaleur dans le bas-ventre : le brigadier Robineau.

Il s'ébroua, poussa la porte de sa chambre, déposa la valise de Vermeulen dans sa penderie et descendit à la réception. Avant même qu'il ait demandé quoi que ce soit, le réceptionniste lui tendit une clé.

— La chambre 21, monsieur. Deuxième étage.

Mignoni visita longuement la chambre de Vénus, fasciné par le décor ésotérique dont s'était entourée la fille de Madeleine. Tout, chaque meuble, chaque objet, chaque tableau au mur, semblait dédié à la planète qui portait son nom, Vénus. L'inspecteur était peu féru des choses de l'astrologie. Il savait seulement que Vénus est le symbole de tous les processus magnétiques, ceux de l'attirance ou de la répulsion. Ceux de l'amour et de la haine. Tous les symboles dont Vénus s'était entourée dans sa chambre étaient dédiés à l'amour. Aucun à la haine.

Il ne trouva rien, strictement rien, à même de l'éclairer sur la disparition mystérieuse de la jeune femme, aucun signe de désordre, de frayeur ou de désespoir. Si Vénus avait fui, elle n'avait pas préparé son escapade. Sa chambre tout entière respirait cette évidence.

Il sortit sans rien emporter, sauf un livre dont le titre l'avait intrigué, *Roumanie, révolution ou manipulation ?*, écrit par un certain Sibelius, un auteur dont il n'avait jamais entendu parler.

21

Mignoni et Eva passèrent le reste de la journée à l'hôtel, chacun dans sa chambre, Eva à s'occuper d'elle (ongles, épilation, bain moussant), Mignoni à mariner entre dégoût et perplexité, s'efforçant de chasser de son esprit les images macabres du corps supplicié de Vermeulen et celles des Tsiganes roumains pendus à leurs crochets.

Il avait bien tenté de se plonger dans le livre de Sibelius, mais n'était pas allé plus loin que la première phrase : « Si un Roumain vous dit qu'il fait beau, que le ciel est bleu, que le soleil brille, vous n'êtes pas censés mettre sa parole en doute, avait écrit Sibelius, mais mieux vaut lever la tête pour vérifier ! »

Mignoni avait immédiatement refermé le bouquin. Lire lui donnait la nausée, et les propos météorologiques de Sibelius lui semblaient des plus nébuleux.

Vers cinq heures du soir, alors que le soleil commençait à décliner, Eva sortit faire une balade. Elle se rendit au village, qui baignait dans une grisaille tristounette, et ne croisa pas âme qui vive. Elle espérait que le bar serait ouvert, mais il était fermé. Les dimanches d'hiver, les villages médocains connaissent souvent ce genre de couvre-feu. Ils semblent désertés, abandonnés au froid et à la brume.

En revenant au château La Palombière, elle fit un petit détour par la maison de Virgil. Personne. Ni homme ni loups. Elle grimpa directement dans sa chambre, se déshabilla, se glissa entre les draps et s'endormit presque immédiatement.

Que faire d'autre, un dimanche d'hiver dans le Médoc ?

22

Dring ! Dring !

Eva sursauta et ouvrit les yeux. Son premier regard fut pour la fenêtre. Le ciel était d'un bleu intense baigné par la lumière d'un soleil ardent. Elle aperçut immédiatement la tourterelle, qui avait abandonné les arbres pouilleux du jardin pour prendre pension sur son balcon. Perchée sur le rebord, elle faisait jouer sa tête en tous sens avec des mouvements secs. La jeune femme consulta sa montre. Presque deux heures de l'après-midi ! Elle avait dormi tout ce temps...

Dring ! Dring !

A nouveau, le tintamarre aigu, vaguement cristallin, qui l'avait sortie du sommeil lui vrilla les tempes. Elle réalisa qu'il s'agissait du téléphone de l'hôtel. Elle souleva le combiné.

— Allô ?

— Allô, Eva ?

La voix d'un enfant.

— Oui.

— Excuse-moi de te réveiller.

— Ce n'est pas grave. Qui es-tu ?

— Tu es venue à Cressac pour retrouver Vénus, hein ?

Eva se redressa brusquement dans son lit.

— Qui es-tu ? répéta-t-elle.

Elle sentit une hésitation à l'autre bout de la ligne. Puis :

— Je suis Marie.

— Marie ! Tu es une petite fille, alors ?

Eva avait ressenti le besoin de poser la question car, en bonne orthophoniste, elle avait l'habitude des voix des jeunes enfants et elle savait, pour l'avoir expérimenté maintes fois, que jusqu'à l'âge de huit ans il est très difficile, sinon impossible, de différencier celle d'une petite fille de celle d'un petit garçon. A l'autre bout de la ligne, la voix de Marie était très pure, très limpide, un filet d'eau sur de la mousse.

— Si tu veux, je peux t'aider à retrouver Vénus.

— Ah ! Tu sais où elle est ?

Elle entendit le souffle de l'enfant, qui semblait hésiter. A moins qu'elle n'ait peur.

— Elle est dans les caves de l'enfer.

— Ouh la ! s'exclama Eva. Ça ne doit pas être drôle. Il faut vite la sortir de là. Tu peux me dire où elles sont, ces caves de l'enfer ?

— Je te le dirai dans l'oreille.

— Tu ne peux vraiment pas me le dire tout de suite ? plaida Eva en s'efforçant d'adoucir sa voix le plus possible.

— Non !

— Bon ! Mais pour que tu me parles dans l'oreille, il faudrait qu'on se rencontre. Tu serais d'accord pour me rencontrer ?

— Oui.

— Tu habites à Cressac ?

— Oui.

— Eh bien, si tu me dis où tu habites, je peux venir te retrouver chez toi et tu pourras me parler dans l'oreille.

— Non, chez moi, c'est pas possible. Il y a mon père et ma mère.

— Tu ne veux pas qu'ils nous voient ensemble ?

— Non.

— Pourquoi ?

— Parce que !

— Bon. Tu as une autre idée ?

— Tu connais Cressac ?

— Un peu.

— Tu vois où est l'église ?

— Oui.

— Eh bien, on se retrouve dans l'église.

— D'accord. Quand ?

— A quatre heures.

— Après la sortie de l'école ?

— C'est ça, juste après la sortie de l'école. Bon ben, à tout à...

— Marie ?

— Oui.

— Je peux te poser une question ?

— Euh... oui, vas-y !

— Tu as dit « Excuse-moi de te réveiller »... Comment savais-tu que j'étais en train de dormir ?

Clic.

Marie venait de raccrocher.

Eva se leva et sauta sous la douche. Alors que l'eau ruisselait sur son corps, elle pensait à la conversation qu'elle venait d'avoir avec l'enfant. Curieusement, alors que d'habitude elle s'attachait aux mots et à leur sens caché, ce n'étaient pas tant les phrases prononcées par Marie qui l'avaient frappée que le ton de sa voix. Elle était à la fois sûre d'elle et terrorisée, comme si les deux sentiments cohabitaient en elle. Eva se sécha, se changea et s'apprêtait à descendre dans la salle du restaurant lorsqu'elle aperçut le signal d'appel de son ordinateur qui clignotait. Elle avait reçu un message. Elle ouvrit la page.

Méfiez-vous ! Marie prétend qu'elle veut vous aider à retrouver Vénus, mais cette fillette est le diable en personne.

A bon entendeur, salut.

L'archange du Médoc

L'archange du Médoc ? Qui se cachait derrière ce pseudo ? L'origine du message était anonyme. Eva se demanda comment l'« archange du Médoc » avait fait pour avoir son adresse e-mail. Elle ne voyait qu'une possibilité : le type avait consulté le registre de l'hôtel. On demandait aux clients de donner un mail. Eva avait inscrit le sien.

Elle descendit dans la salle du restaurant et aperçut Mignoni, attablé devant une bouteille d'eau de Vichy. Il lui fit signe. Elle se dirigea vers lui.

— Bien dormi ? demanda-t-elle en s'asseyant.

— Je n'ai pas fermé l'œil… J'ai passé un dimanche épouvantable à tourner dans ma chambre, à penser à tout ça. Je n'ai rien pu manger. Et vous ?

— J'ai dormi.

— Vous avez l'estomac solide. Pensez-vous vraiment que nous avons mangé…

— N'y pensez plus ! coupa Eva.

— Tout de même !

— Avez-vous entendu parler de cette équipe de rugby argentine victime d'un crash dans la cordillère des Andes ?

— Je lis *L'Equipe* tous les jours.

— Alors vous savez ce qui s'est passé ?

— Oui. Les rescapés ont été obligés de manger les morts pour survivre.

— Eh bien, vous n'avez qu'à penser que vous étiez parmi eux.

— Mouais, marmonna Mignoni, pas convaincu.

Le maître d'hôtel vint s'incliner.

— Madame ?

— Mettez-moi une omelette. Quatre œufs ! Je meurs de faim. Et… un verre de rosé bien frais, je vous prie.

— Bien, madame. Monsieur ?

— Rien, merci.

Il s'éloigna.

— Que pensez-vous de toute cette affaire ? demanda Mignoni. La disparition de Vénus, le meurtre de Vermeulen...

— Rien.

— Ne pensez-vous pas que vous et moi nous aurions intérêt à échanger nos informations ? insista Mignoni. Il me semble que ce que nous avons man... vécu ensemble, ça crée des liens, non ?

Eva sourit.

— Cessons de parler de ça, vous voulez bien ?

Mignoni se rembrunit.

— De quoi voulez-vous que nous parlions, alors ?

— Je ne sais pas. Vous vous plaisez dans la police ?

— Et vous ? L'Œuvre, ça paye bien ?

— Vous êtes incorrigible !

— Pardonnez-moi.

— Cessez donc de vous excuser à tout bout de champ !

— On tourne en rond, là...

Eva mangea voracement son omelette en poursuivant son jeu du chat et de la souris avec Mignoni. Lorsqu'elle eut terminé, elle se leva.

— Je sors me promener un peu.

Mignoni ne proposa pas de l'accompagner. Madeleine avait donné des ordres pour qu'on prépare la palette des vins sélectionnés pour le sommet de Versailles. L'inspecteur voulait surveiller les opérations.

23

Eva parcourut le kilomètre qui la séparait de Cressac d'un pas tranquille. En passant devant la maison de Virgil, elle aperçut le vieil homme dans la cour. Il s'affairait à quelque vague besogne au milieu de ses frigidaires rouillés et de ses cuisinières hors d'usage. Les loups montaient la garde près de lui, oreilles dressées. Eva lui adressa un signe auquel le vieil homme ne répondit pas.

En arrivant au village, elle fut à nouveau frappée par les troncs noueux des arbres sur la place. Plus que jamais, ils ressemblaient à des petits lutteurs, courts sur pattes mais puissants, prêts à en découdre avec l'envahisseur. Derrière les vitres du bar, elle aperçut des silhouettes qui s'agitaient. Elle crut reconnaître celle de Gachassin. Les sangliers avaient-ils lancé un nouvel assaut contre le jardin d'Alphonsine ? Elle consulta sa montre. Trois heures et demie. Une demi-heure à tuer. Elle se laissa guider par ses pas, flânant dans les rues au gré de son humeur et de ses pensées. Elle entendit soudain un vague murmure, un bourdonnement, comme un essaim. Elle se rendit compte que ses pas l'avaient inconsciemment menée devant l'école. Elle avait hâte de se retrouver en face de la petite Marie. Dans le grand chambardement du château La Palombière, plus rien ne lui semblait surprenant, pas même qu'une enfant à la voix de cristal possède la clé de l'énigme de la disparition de Vénus. Elle songea également au mystérieux mail de l'« archange du Médoc » : « Cette fillette est le diable en personne. » Ange ou démon ?

A nouveau, elle consulta sa montre. Moins le quart. Les enfants allaient bientôt sortir en piaillant comme une armée de moineaux.

Elle décida de se rendre à l'église et d'attendre Marie sur place. Les portes de la maison de Dieu étaient grandes ouvertes, comme une invitation. Elle pénétra à l'intérieur. Depuis qu'elle avait suivi sa formation de coureur de nuits au monastère de Ganagobie, Eva adorait venir rôder dans les églises. Elle en aimait le calme, les odeurs, l'atmosphère. A l'intérieur d'une église, les sons parviennent toujours assourdis, ouatés, filtrés ; le moindre bruit, un pas, une toux, résonne sous la voûte et s'évanouit aussitôt. Les senteurs y sont toujours un peu rances, mélange d'encens, de poussière et de vieux bois. Parfois, il arrivait qu'Eva s'installe sur le banc d'une église et y demeure des heures. Elle laissait alors son esprit vagabonder à sa guise, libre de toute entrave.

Eva venait à peine de s'installer sur un des bancs du fond lorsque, brutalement, elle se figea. Elle venait d'apercevoir un tableau à la droite de la chaire. Il représentait un homme, ou une femme, Eva n'aurait su le dire, tant le sexe du personnage était difficile à déterminer. Des cheveux longs, des traits délicats, un torse puissant portant à la fois jupette et cuirasse. Mais ce qui frappa le plus la jeune femme, ce fut qu'il tenait une épée dans une main, levée haut dans le ciel, et dans l'autre une balance qu'il brandissait face à une sorte de diable aux doigts crochus affalé à ses pieds.

Eva se leva et s'approcha du tableau, fascinée. Le torse corseté de fer de l'androgyne était drapé dans une cape rouge et deux immenses ailes bleutées, presque discrètes, s'échappaient de son dos. Un ange !

— C'est l'archange Michel, souffla une voix dans le dos d'Eva.

Elle sursauta, d'autant plus surprise que, tout entière absorbée dans la contemplation du tableau, elle n'avait entendu venir personne.

— Pardonnez-moi, je vous ai fait peur.

C'était un curé, vêtu à l'ancienne, col blanc et longue soutane noire. Il avait un visage très doux malgré ses cheveux coiffés en brosse, des yeux bleus, pâles et un peu hallucinés, des dents larges, écartées, poussées en avant sur ses lèvres. Il zozotait légèrement.

— Vous aviez l'air complètement fascinée, poursuivit-il en désignant le tableau. Je vous comprends. Cette image est forte, n'est-ce pas ?

— Oui. Que représente-t-elle ?

— L'archange Michel en train de terrasser Satan.

— C'est étrange. On ne saurait dire si c'est un homme ou une femme.

— C'est le fameux mystère du sexe des anges, mademoiselle.

Tous deux parlaient à voix basse, visage tourné vers le tableau, comme aspirés par lui.

— Qui était l'archange Michel ? demanda Eva.

— Le chef de la milice céleste, répondit le curé d'une voix vibrante. Le défenseur de l'Eglise, patron des soldats, gardien des saints Evangiles. Il a vaincu les démons à plusieurs reprises. Il a combattu les anges félons et terrassé le dragon de l'apocalypse. Son nom, « Michel », signifie « Qui est semblable à Dieu » en araméen.

Eva sentit une vague pourpre envahir ses joues.

— Vous dites qu'il a combattu les anges félons ?

— Des anges rebelles s'étaient détournés de la lumière de Dieu et avaient rejoint le côté obscur pour servir Satan.

— Il leur a livré bataille seul ?

— Non. Saint Michel était appuyé par une colonne d'anges qui lui étaient demeurés fidèles. Mais ils étaient en infériorité numérique et risquaient d'être débordés par le nombre...

Alors qu'il parlait, la voix du curé était de plus en plus exaltée, et Eva songea que George Lucas, le réalisateur de *Star Wars*, n'avait rien inventé : le curé parlait de l'archange Michel comme s'il s'agissait de Luke Skywalker ! Il semblait revivre les événements...

— L'archange, en avant de ses troupes, faisait face aux légions ennemies qui s'apprêtaient à fondre sur eux. Soudain, il se dressa et s'écria : « Qui est semblable à Dieu ? » Ces simples paroles divines suffirent pour chasser les anges rebelles des sphères célestes.

— Ce fut une victoire importante ?

— O combien !

Le curé saisit brusquement le bras d'Eva et le serra. La jeune femme eut soudain l'impression qu'il était entré dans une sorte de transe.

— Regardez la croix ! ordonna-t-il. Elle surmonte encore le diadème des puissants. C'est elle qu'on accroche sur la poitrine des braves et qu'on dresse sur les tombes. C'est elle que l'on voit non seulement dans nos églises, mais également dans toutes les familles où luit encore le rayon de la foi du baptême et de la première communion...

Eva était frappée : le curé débitait ses phrases mécaniquement, comme s'il récitait un texte appris par cœur.

— Si la croix plane encore aujourd'hui sur nos villes et nos bourgades, dans nos plaines et au sommet de nos montagnes, poursuivit le curé, c'est grâce à l'archange Michel. Il en est le gardien !

Le curé tomba à genoux.

— *O crux, ave !* O croix, joie et consolation du chrétien, garde-nous et protège-nous toujours !

Il se signa hâtivement, se releva, tapota la poussière de sa soutane, adressa un sourire à Eva. Elle le lui rendit, comme si son brusque emportement mystique lui paraissait chose parfaitement naturelle.

— Pourquoi saint Michel porte-t-il une balance ? demanda-t-elle.

— Au moment de la mort, l'archange Michel se trouve entre l'homme et Dieu. Il pèse l'âme des défunts en regardant droit devant lui pour ne pas se laisser distraire par Satan, qui tente de faire pencher la balance de son côté.

— A-t-il d'autres missions sur terre ?

— Il a la garde spéciale du plus important des sept sacrements.

— Les saints sacrements sont tous aussi importants les uns que les autres, protesta Eva.

Le curé lui adressa un large sourire.

— Vous avez raison, mon enfant, mais l'Eucharistie est le sacrement par excellence. Celui par lequel Dieu nous convie à nous nourrir de son corps et de son sang pour nous communiquer la force divine et déposer dans notre être le germe de l'immortalité.

Eva songea immédiatement au foie de Vermeulen, et elle sentit un frisson courir dans son dos.

Soudain une clameur s'éleva au-dehors, des cris de joie, des rires d'enfants. C'était la sortie de l'école.

— Où allez-vous, mon enfant ? demanda le curé alors qu'Eva se précipitait vers la sortie de l'église.

— Je reviendrai ! cria-t-elle.

Elle se réfugia dans l'encoignure de la porte, près du bénitier, alors que le curé s'engouffrait dans la sacristie. Elle attendit cinq bonnes minutes, tapie dans l'ombre.

En se penchant, elle apercevait les enfants qui cavalaient en hurlant sur la place au milieu des arbres lutteurs ; ils jouaient à chat. Parmi eux, il y avait Nina, qui, comme les autres, riait, sautait, se faufilant entre les troncs, aussi insaisissable qu'une anguille. Eva songea qu'au cours de la nuit Nina avait assisté à un spectacle ignoble et qu'elle semblait avoir tout oublié. Mais Eva savait que ce n'était qu'une façade. Les mômes avalent tout, le meilleur comme le pire. Ils gardent tout à l'intérieur d'eux-mêmes, jusqu'à ce qu'un jour... Au bout de dix minutes, la place avait retrouvé toute sa tranquillité. Au bout d'un quart d'heure, Marie ne s'était toujours pas manifestée et Eva se décida à sortir de l'église. La place était totalement déserte. Elle resta un moment sur le parvis, guettant un signe, une présence.

— Eva ?

Elle se retourna.

Tristan Lacaze. Il sortait du cimetière. Il se dirigea vers elle.

— Bonjour, lança-t-il gaiement. Vous êtes allée vous recueillir après le spectacle d'hier soir ?

— De quel spectacle parlez-vous ? demanda Eva.

— Eh bien, ces femmes avides de sexe, ces hommes frappés par le péché de stupre et de fornication...

Eva sourit.

— Non. Je ne suis pas allée prier pour le salut des âmes dévoyées. J'ai simplement visité l'église. Elle est très belle. Il y a un tableau...

— L'archange Michel ?

— Oui.

— L'image est forte, n'est-ce pas ? Lorsque j'étais enfant, il me filait des cauchemars. J'avais toujours peur qu'il vienne me réveiller en pleine nuit avec son épée et sa balance pour me demander des comptes.

— Vous aviez des choses à vous reprocher ?

— Oh ! Des tas !

— Encore aujourd'hui ?

Une ombre voila sa face.

— Pourquoi me demandez-vous ça ?

— Vous sortez du cimetière, non ?

— Ah... Oui, je m'y rends parfois pour me recueillir sur la tombe de ma mère. Elle est morte il y a bien longtemps. J'étais très jeune. Je ne garde aucun souvenir d'elle et pourtant je prends plaisir à venir sur sa tombe. Je lui parle. Je lui raconte ma vie, mes joies, mes malheurs, mes amours. Vous trouvez ça ridicule, n'est-ce pas ?

— Pas du tout.

— Tiens ! s'exclama Lacaze, encouragé par l'attitude d'Eva. Aujourd'hui, je lui ai parlé de vous. Je lui ai dit que j'avais rencontré une jeune femme charmante, très belle, très... attirante.

Eva ne put s'empêcher de rire. C'était la première fois qu'un type se servait de la tombe de sa mère pour la draguer.

— Et que vous a-t-elle répondu ?

Lacaze baissa les yeux, faussement contrit.

— Si ça ne vous embête pas, je préfère le garder pour moi. Maman et moi avons nos petits secrets.

Eva sourit et consulta sa montre. Quatre heures et demie. Marie ne viendrait plus. Que s'était-il passé ?

— Vous regardez votre montre. Vous avez un rendez-vous ?

— Non, c'est machinal.

— Alors je vous propose de m'accompagner. Je vais vous faire visiter la propriété des Lacaze.

Ils se mirent en route. En quittant la place, Eva jeta un dernier coup d'œil vers l'église, mais nulle trace de Marie.

— Vous savez, je ne me suis pas contenté de parler de vous à ma mère, lança Lacaze qui marchait à ses côtés. J'ai également parlé de vous à mon père. Il a hâte de faire votre connaissance.

— Ouh la ! Rassurez-moi ! Nous ne sommes pas encore officiellement fiancés ?

— Hélas non, répondit Lacaze.

— A ce sujet, poursuivit Eva, on m'a dit que vous étiez très proche de Vénus, à une époque.

— C'est vrai.

— Et vous n'avez pas donné suite ?

— Vous êtes indiscrète, mais je vais tout de même vous répondre. Vénus était... enfin, est une femme charmante, très belle, mais...

— Mais ?

— Elle est très différente de moi. Ses origines, sa culture... Voyez sa mère ! Elle est déconcertante, non ?

— Elle est parfois étrange, c'est vrai.

— Vénus lui ressemble. La même volonté farouche, la même intransigeance, la même folie. Elle s'était mis en tête que je l'épouse. J'ai eu peur. J'ai reculé, d'autant plus que mon père ne voyait pas cette alliance d'un très bon œil.

— Pourquoi ?

— Disons que Vénus n'est pas assez... « traditionnelle » pour lui.

— Son avis a tant d'importance pour vous ?

Il lui lança un sourire désarmant.

— Je sais bien ce qu'on dit dans le village, allez !

— Et que dit-on ?

— Que je suis incapable de prendre la moindre décision sans mon père, qu'il me domine. C'est faux. Il a sa personnalité, j'ai la mienne. Mais c'est vrai que son avis a beaucoup d'importance pour moi.

Ils marchaient sur la petite route au milieu des vignes et Eva regardait les ceps torturés, noueux, qui plongeaient leurs souches dans la terre difficile, mélange aride de sable, de calcaires, d'argiles. Les pieds semblaient avoir souffert mille morts pour s'élever et se faire une place au soleil. Eva songea que le fils Lacaze semblait pareil à eux, torturé, fragile et à la fois plein de vie.

Ils parvinrent à un château dont la simplicité et le dénuement apparent cachaient mal l'arrogance. Il était bâti sur deux étages, en pierres de taille imposantes, ceint d'une paire de tourelles qui lançaient fièrement leurs toits d'ardoises luisantes à l'assaut du ciel. Les chais se trouvaient sur les côtés, dans les anciennes dépendances. Tristan Lacaze les fit visiter à Eva, qui y retrouva les mêmes odeurs de bois, de pulpes fermentées, de racines, de pierre, de terre humide qu'au château La Palombière. Le même sentiment de malaise également, au souvenir des images de la veille. Lacaze, qui faisait le guide, la surprit à frissonner.

— Vous êtes frigorifiée… Allons à l'intérieur de la maison, proposa-t-il. Mon père y conserve ses meilleurs crus dans la cave. Je vais vous faire déguster…

Ils traversèrent la cour et entrèrent dans le château. Lacaze poussa une porte et ils pénétrèrent dans une grande pièce haute de plafond. Les murs étaient constellés de tableaux anciens, des portraits d'ancêtres dont les regards fiers et altiers, rehaussés par des touches de lumière pâle, semblaient fixer l'éternité. Le salon était meublé avec goût et parcimonie. Un homme s'y trouvait, installé dans un fauteuil au pied d'une immense cheminée qui ronronnait. Il lança à Eva un regard pointu. Lacaze s'avança vers lui en désignant la jeune femme.

— Je te présente Eva, papa, la personne dont je t'ai parlé.

Le vieux empoigna les accoudoirs de son fauteuil et se dressa d'un coup. Il était grand, imposant malgré son âge. Son visage était long mais tout en rondeurs, nez un peu épaté, joues légèrement couperosées, lèvres fines. Il portait de petites lunettes cerclées qui accentuaient l'acuité de son regard. Il tendit la main à Eva en l'invitant à s'asseoir.

— Mon fils m'a parlé de vous. Vous l'avez impressionné. Alors, comme ça, vous séjournez à La Palombière ?

— C'est exact.

— Et vous vous y plaisez ?

Ce n'était pas tout à fait une question.

— Je ne devrais pas ? répliqua Eva.

Un mince sourire étira les lèvres du père Lacaze. Il se tourna vers son fils.

— Tristan, descends donc à la cave. Rapporte une bouteille de…

Il se retourna vers Eva.

— De 76, laissa-t-il tomber.

Eva se demanda s'il avait choisi du 76 parce que c'était un excellent millésime ou bien parce qu'il avait deviné son année de naissance. A moins qu'il ne la connût déjà ? Eva avait noté sa date de naissance sur le registre du château La Palombière...

— Voyez-vous, poursuivit-il alors que son fils venait de sortir de la pièce, je ne saisis pas très bien ce qu'une jeune femme comme vous, charmante et distinguée, fait dans une pétaudière comme La Palombière.

— Une pétaudière, comme vous y allez...

— Allons, je sais très bien, comme tout le monde à Cressac, ce qui s'y passe. Je sais également que mon fils fréquente beaucoup cet établissement, et je le regrette. Je ne verrais, d'ailleurs, aucun inconvénient à ce que Madeleine Lescarboura aille planter son chapiteau ailleurs. Au Liban, par exemple. Beyrouth regorge de bordels et de casinos. Madeleine serait plus à son aise là-bas.

— Elle n'a pas sa place dans le Médoc ?

Il approuva.

— Vous allez sans doute penser que je suis un vieux réactionnaire, passéiste et rétrograde, mais je pense que Madeleine Lescarboura n'a strictement rien à faire parmi nous. Elle a réussi à s'incruster, à force de ruses démoniaques et de manœuvres infernales, mais tôt ou tard elle devra partir.

— Vous en parlez comme de Satan.

— Mais Madeleine Lescarboura est Satan ! asséna le vieux Lacaze.

Il avait lancé sa phrase avec une telle conviction qu'Eva en resta sans voix.

— Je vous choque ? demanda le vieux Lacaze d'un ton amusé.

— Oui.

— Je comprends. Mais voyez-vous, je suis profondément chrétien et, comme tout bon chrétien, je considère que le diable existe. Il lui arrive parfois de prendre une enveloppe charnelle.

— Vous pensez réellement que le diable habite le corps de Madeleine ?

— Oui.

— Ah non, papa ! Tu ne vas pas remettre ça et rebattre les oreilles d'Eva avec toutes tes histoires ! protesta le fils Lacaze en faisant irruption dans le salon, des bouteilles à la main.

— Au contraire, protesta Eva, ça m'intéresse beaucoup.

24

Après le départ d'Eva, Mignoni s'était rendu dans le chai. Les préparatifs avaient commencé. Madeleine avait ordonné qu'on dépose une palette au pied du grand fût sur lequel, la veille encore, le corps de Vermeulen était punaisé comme un vulgaire papillon. Mignoni avait ressenti une impression étrange. Madeleine se conduisait exactement comme si tout cela n'avait jamais existé, comme s'il s'agissait d'un mauvais rêve. Elle donnait ses ordres avec autorité, sélectionnant les vins sans que nul, à aucun moment, songe à contester ses choix. Mignoni avait noté qu'avant que les bouteilles soient installées sur la palette Madeleine avait demandé à ce qu'elles soient décapsulées.

« Pourquoi enlever la capsule ? avait-il demandé.

— J'en ai commandé une spéciale pour marquer l'événement. Elle sera bleue, aux couleurs de l'Europe, constellée d'étoiles avec une inscription : « Sommet de Versailles 2008 »... J'ai demandé une dérogation, qui a été acceptée. Connaissez-vous la réglementation des CRD, inspecteur ?

— Les CRD ?

— Les capsules représentatives des droits.

— Euh... non.

— Eh bien, voilà une excellente occasion de vous instruire ! »

Elle était allée pêcher un énorme dossier et l'avait tendu à Mignoni.

« Tenez ! Lisez, si vous en avez le courage ! »

Le document des Contributions indirectes portait effectivement sur la réglementation des « Capsules Représentatives des Droits (CRD) », leurs conditions de fabrication et d'utilisation. Mignoni avait commencé à le lire : *Le terme « capsules » recouvre les marques fiscales imprimées directement sur celles-ci, qui se composent d'une jupe ou d'une coiffe et d'une tête. Il désigne également les marques fiscales imprimées en séries sur des feuilles métalliques ou en autres matières, ou à l'unité sur des vignettes ou timbres et destinées à être apposées soit sur les têtes ou les coiffes, soit directement sur les systèmes de fermeture des bouteilles et récipients sous réserve des règles relatives à leur non-réutilisation (art. 54 0 G)...*

Bon Dieu ! Il y en avait deux cents pages comme ça, qui décrivaient par le menu, dans un langage parfaitement ésotérique, lesdites capsules, leur composition, leur fabrication, l'agrément des machines, les compteurs, les scellements, la surveillance des usines, la responsabilité des fabricants, etc., etc., etc.

« Mes nouvelles capsules seront défiscalisées, avait précisé Madeleine en passant devant lui dans son tourbillon de voilettes. Pour un vin commandé au service de l'Etat, c'est bien le moins que Bercy me devait ! »

Mignoni avait hoché la tête en songeant que Madeleine ne semblait jamais perdre le nord. Sa nouvelle capsule en l'honneur du sommet de Versailles était également (surtout ?) l'occasion de faire des économies...

Il avait vite abandonné la lecture du dossier sur les capsules pour se plonger dans le livre de Sibelius, qu'il avait pris soin d'emporter. Dans les premières pages, l'auteur campait le décor de la « révolution » roumaine, ces milliers de personnes rassemblées sur la place centrale de Bucarest, le dictateur Ceauşescu en fuite, le siège de la télévision occupée, les tirs sporadiques dans les rues...

Comment, dans un pays où la moindre réunion était sous étroite surveillance, où chaque concierge d'immeuble était un agent de la « Securitate » (la sinistre police politique du pays), où chaque citoyen était observé, espionné, les opposants systématiquement éliminés, un tel mouvement a-t-il été possible ?

Et aussi :

La révolution roumaine n'a eu de révolution que le nom que lui ont donné les médias. En réalité, c'était un coup d'Etat, voulu, organisé et orchestré par le grand voisin soviétique. Premier rouage de la grande machine mise en marche : l'incroyable manipulation du « charnier » de Timişoara.

L'auteur racontait alors l'irruption soudaine d'un homme vêtu d'une chemise à carreaux rouges et noirs sur les écrans de télévision du monde entier. Il désignait aux caméras des corps nus qu'on venait de déterrer dans un terrain vague de Timişoara et accusait le dictateur Ceauşescu de s'être livré à un massacre. Tous les corps, ventres ouverts et recousus à la hâte, semblaient avoir été suppliciés. L'image du cadavre d'une jeune femme, son bébé, mort également, posé sur le ventre, fit le tour du monde, indignant l'opinion publique internationale. C'était une pure manipulation ! En réalité, ces corps avaient été récupérés à la morgue de la ville et enfouis dans le terrain vague.

Qui était cet homme à la chemise à carreaux qui avait rameuté les caméras ? demandait Sibelius.

Plus tard, les habitants de Timişoara avaient été interrogés. Certains prétendaient le connaître, et donnaient même son adresse (fantaisiste), d'autres se défendaient de l'avoir jamais vu. Pourquoi ce flou, ces imprécisions dans les témoignages ?

Sibelius fournissait la réponse : dans un pays qui avait vécu de longues années sous un joug implacable en proie aux délires d'un dictateur paranoïaque, un pays dans lequel la délation était constamment la règle, les habitants avaient pris l'habitude de mentir. Mieux valait dire n'importe quoi que ne rien dire du tout. *Sous le régime de Ceauşescu*, expliquait Sibelius, *le silence avait valeur de culpabilité !* Dans le grand chambardement de la « révolution » roumaine, les habitants de Timişoara avaient conservé ce réflexe. Lorsque, plus tard, on leur avait demandé qui était l'homme à la chemise à carreaux, ils avaient préféré répondre n'importe quoi que ne rien dire du tout.

Lorsqu'un Roumain te dit qu'il fait beau, s'était rappelé Mignoni alors que Madeleine passait et repassait devant lui en donnant ses ordres, mieux vaut vérifier !

A un moment, Madeleine s'était arrêtée devant lui.

« Qu'est-ce que vous lisez avec autant d'attention ? » avait-elle demandé.

Mignoni lui avait montré la couverture du livre.

« Vous connaissez ?

— Non ! » avait-elle répondu, visage fermé.

En réalité, l'homme à la chemise à carreaux s'appelait Miroslav Terzic, et c'était un Tsigane, membre d'un réseau dormant remis en activité au moment des événements.

Telle était la conclusion du passage sur la manipulation de Timişoara.

A huit heures du soir, alors que la nuit était tombée, Mignoni interrompit à regret sa passionnante lecture. La palette était constituée et, bien qu'il manquât les capsules, Mignoni demanda qu'elle soit bâchée.

— Vous êtes bien prudent, fit remarquer Madeleine. Vous redoutez quelque chose ?

— J'ai reçu des instructions !

Dix minutes plus tard, Madeleine fermait la porte du chai à l'aide d'un cadenas aux mâchoires énormes.

— Il n'y a aucune autre voie d'accès au chai, vous en êtes bien sûre ? demanda Mignoni.

— A moins que des terrassiers ne percent un tunnel au cours de la nuit, le seul moyen d'entrer dans le chai est de passer par la porte, répondit Madeleine avant de s'éloigner.

— Vous oubliez quelque chose ! s'exclama Mignoni.

Madeleine se retourna, sourcils froncés.

— Quoi ?

Mignoni tendit sa main.

— La clé.

— Oh, pardon ! s'excusa-t-elle.

Elle lui tendit la clé.

— J'ai fait changer la serrure, annonça-t-elle. Nous sommes seulement deux à avoir les clés : vous et moi !

Alors qu'elle parlait, son visage était tordu par un étrange sourire.

25

En regagnant le château La Palombière, Eva était encore tout étourdie. Tristan Lacaze avait insisté pour la raccompagner, mais elle avait refusé, tant elle éprouvait le besoin d'être seule pour repenser tranquillement à cette bouillie de phrases, d'imprécations péremptoires, parfois ahurissantes et souvent haineuses, que le vieux venait de lui livrer. Il avait commencé par un discours sur la culture du vin, laquelle selon lui était d'inspiration chrétienne, essentiellement catholique.

« Pourquoi dites-vous ça ? s'était étonnée Eva. Dans l'Antiquité, les Grecs et les Romains faisaient déjà du vin…

— Une piquette infâme, qu'ils gorgeaient de miel pour qu'elle râpe moins le gosier, avait répondu le vieux. Le vin, le vrai, est apparu avec Jésus. Rappelez-vous les paroles du Christ pour la parabole de la communion : "Buvez et mangez, ceci est mon corps, ceci est mon sang." »

Eva avait immédiatement songé au curé de Cressac. Assurément, lui et le vieux Lacaze fréquentaient les mêmes cierges rances.

« Jésus a sanctifié le vin, avait poursuivi le vieux Lacaze. Aucune autre religion ne l'a fait, bien au contraire. C'est avec les paroles divines de Jésus que le vin a pris sa véritable place dans l'histoire de notre civilisation chrétienne. Avec elles, il a acquis sa dimension mystique.

— Mystique ?

— Catholique, plus précisément ! Regardez d'où vient le bon vin, en Europe : de France, d'Italie, d'Espagne, du Portugal, tous pays essentiellement catholiques. Le vin est un don de Dieu ! Savez-vous pourquoi l'Angleterre, l'Allemagne, la Suisse ont épousé la Réforme et sont devenues protestantes ?

— Non.

— Mais parce qu'elles n'ont pas de bons vins ! s'était exclamé Lacaze. Luther et Calvin étaient des pisse-froid, voilà la vérité. Voilà pourquoi les protestants ont renié la Sainte Trinité et la virginité de Marie. Dis-moi quel vin tu bois, je te dirai quel Dieu tu pries ! »

Eva avait songé, effarée, qu'au nom du vin ce type semblait prêt à rallumer les bûchers de l'Inquisition. Alors que le vieux Lacaze parlait, elle observait discrètement Tristan, installé à ses côtés sur le canapé. Il paraissait gêné.

« Regardez l'Algérie ! s'était exclamé le vieux, gagné par la fièvre. Lorsque les colons se sont installés là-bas, ils ont voulu faire du vin. En terre musulmane ! Il fallait oser, non ? Pourquoi croyez-vous que les fellahs se sont révoltés dans les campagnes ? Parce qu'ils étaient opprimés ? Allons donc ! Des tas de peuples opprimés subissent le joug et ne se révoltent pas. Si les fellahs se sont dressés, c'est parce que les colons voulaient leur imposer leur vin, et donc leur dieu ! Aucun peuple ne se laisse jamais imposer le dieu d'un autre ! Laissez-moi vous le dire : le vin n'est pas l'ami d'Allah, ni de Bouddha, ni de Vishnou ! Le vin est l'essence de notre culture catholique et romaine. Il en est le symbole, autant que la Croix…

— Papa ! avait protesté Tristan.

— Laisse-moi parler, fils ! Savez-vous, à côté de la religion, quelle est la valeur essentielle que l'on retrouve partout où on fait du bon vin ?

— Le climat, le terroir ?

— Certes, mais plus essentiel encore… »

Eva avait fait une moue d'ignorance.

« La famille, mademoiselle. La famille ! Savez-vous qui domine le monde du vin en Californie ?

— La famille Mondavi.

— Bravo, vous êtes cultivée !

— Je suis abonnée à *Wine Spectator*.

— Alors vous n'ignorez pas que les Mondavi sont une famille. Il y a le patriarche, Bob, et puis ses fils, Tim et Michael, unis comme les doigts de la main. C'est comme cela qu'on fait du bon vin ! En Toscane, il y a le marquisat des Frescobaldi, avec Vittorio et son frère Dino. Juste à côté, le marquisat des Antinori, avec Piero, Domenico, tous remarquables. Tous catholiques ! Croyez-vous que ce soit un hasard ? Le bon vin est affaire de tradition et de famille, mademoiselle. Mieux qu'une règle, c'est une loi ! »

Eva avait hoché la tête.

« Vous insistez beaucoup sur la famille… Pardonnez ma curiosité, mais… »

Eva s'était retournée vers Tristan, qui se tenait, épaules voûtées, comme accablé par le discours de son père.

« Tristan m'a confié que sa mère était morte il y a longtemps. Vous-même, vous n'avez jamais songé à vous remarier ? »

Au moment où elle avait parlé de la mère de Tristan, les deux hommes avaient tressailli.

« La mort de la maman de Tristan a été le plus grand drame de ma vie, avait sifflé le vieux Lacaze. Jamais je n'ai cherché, ni même songé, à la remplacer. »

Il y avait eu un grand silence.

« Bon ! Assez de discussions ! avait lancé Tristan. Si on goûtait le vin au lieu d'en parler ? »

Il avait rempli les verres et tendu le sien à Eva. Elle avait regardé le liquide dans la lumière. Il était d'une belle couleur rubis mâtinée de nuances tuilées. Elle le goûta. Merveilleusement bien équilibré, la rigueur des tannins compensée par une structure moelleuse d'une rare élégance.

« Il est délicieux », avait-elle laissé tomber en reposant son verre.

A ce moment-là, le vieux Lacaze la regardait en souriant et ses yeux brillaient d'un éclat presque sauvage. La conversation s'était poursuivie, mais sans grand intérêt, comme si l'essentiel avait été dit. Eva s'était levée pour prendre congé. Le vieux Lacaze lui avait donné une poignée de main très appuyée.

« J'espère que nous nous reverrons, avait-il murmuré.

— Je l'espère également. »

Sur le perron, Tristan avait tenu à s'excuser pour les paroles prononcées par son père :

« Pardonnez-lui ! Il est vieux. Il ne voit plus grand monde. Ses délires tournent à l'obsession. »

Eva avait repris, seule, la route du château.

Alors qu'elle marchait, une question lui taraudait l'esprit : y avait-il un rapport entre les mutilations infligées à Vermeulen, l'ablation de son foie et de ses reins, et cette forme de cannibalisme religieux qui consistait à manger le corps du Christ et à boire son sang lors de la communion ?

Corps qui se transforme en pain.

Sang qui se transforme en vin.

En plaçant un couteau dans une main de Vermeulen, une balance dans l'autre, l'assassin avait incontestablement voulu symboliser l'archange Michel, dont une représentation se trouvait au sein de l'église de Cressac.

Pourquoi Marie, qui prétendait que Vénus se trouvait « dans les caves de l'enfer », lui avait-elle donné rendez-vous dans cette église précisément ?

Et pourquoi n'était-elle pas venue ?

En arrivant dans la cour du château La Palombière, Eva aperçut Nina penchée sur la porte du chai. Elle se dirigea vers elle.

— Bonsoir, Nina.

L'enfant sursauta.

— Ah ! Bonsoir. Vous m'avez fait peur.

— L'autre soir, quand tu m'as donné ma carte dans la salle de jeu, tu me tutoyais. Nous ne sommes plus amies ?

— Si, si…

— Que regardais-tu ?

— La serrure. Madeleine a fait mettre un nouveau cadenas. L'homme est toujours à l'intérieur ?

— Ne pense plus à ça, Nina. Quel âge as-tu ?

— Onze ans.

— Tu es en quelle classe ?

— CM2.

— Et tu travailles bien ?

— Bof...

— Qu'est-ce que tu veux faire, plus tard ?

— Voyante. Pourquoi tu ris ?

— Voyante, ce n'est pas un métier.

— Je sais. Maman dit que c'est un don. Elle dit aussi qu'on peut faire beaucoup d'argent avec. Tu veux que je te lise les lignes de la main ?

Eva lui tendit sa main.

— Dis-moi, poursuivit-elle alors que Nina saisissait sa main et commençait à l'examiner, tu connais une petite fille qui s'appelle Marie, dans ton école ?

— Marie ? Quel âge elle a ?

Eva hésita. Elle ne connaissait de Marie que sa voix.

— Huit, dix ans, peut-être plus...

— Non, je ne vois pas.

— Tu es sûre ?

— Certaine ! Je connais toutes les filles de mon école, même les plus petites. Elles veulent toutes que je lise les lignes dans leurs mains.

— Pour savoir quoi ?

— Si elles vont rencontrer l'amour.

— Et que leur dis-tu ? demanda Eva, amusée.

— Je leur mens.

— Pourquoi ?

— Pour qu'elles ne soient pas tristes.

— Et que vois-tu dans la mienne ?

Nina abandonna brusquement la main d'Eva.

— Je ne vois rien !

Eva fronça les sourcils. Nina conservait les yeux rivés obstinément par terre.

— Tu ne veux pas me dire ?

— Puisque je te dis que je ne vois rien !

Eva fut brusquement saisie par une sorte d'inspiration :

— Tu sais, moi aussi je sais lire dans les lignes de la main. Enfin, pas exactement. En réalité, je me sers de la main d'un autre pour écrire des lignes, mais le résultat est le même. Dans les lignes écrites, on peut lire l'avenir.

— Ça m'étonnerait, bougonna l'enfant qui se sentait brutalement mise en compétition avec la jeune femme.

— Je t'assure.

— Pfff... Seuls les gens du voyage peuvent lire l'avenir, dans les boules ou dans les lignes de la main. Les gadjos qui prétendent le faire, ce sont des arnaqueurs.

Eva eut un sourire.

— Tu veux qu'on essaye ?

— Pfff...

— Tu as peur ?

— Certainement pas.

— Alors, suis-moi !

Eva entraîna Nina dans sa chambre. Toutes deux s'installèrent devant son ordinateur. Eva saisit la main de l'enfant et lui demanda de fermer les yeux.

— Fais le vide dans ta tête. Ne pense à rien de précis. Nos deux inconscients...

— Nos deux quoi ?

— Nos deux esprits, si tu préfères, vont se rencontrer dans le cosmos. Ta main et la mienne, ensemble, nous allons écrire des lignes.

— On pourra lire l'avenir dedans ?

— Peut-être. Tu es prête ?

Nina hocha la tête et Eva commença à guider sa main sur le clavier. Elle-même s'efforçait de ne penser à rien, de se laisser guider par l'instant. Ecrire sur son clavier avec une enfant qui prétendait avoir le don de lire l'avenir dans les lignes de la main était une expérience pour le moins originale et amusante. Lorsqu'elles eurent terminé, Eva se pencha sur son écran. Son sourire disparut d'un coup.

Eva sac à vin !
Ses veines suent, mais Eva rit de vomir mou.
Ses veines s'usent à pisser dru sur la lande sèche.
Elle boit tant ! C'est triste.
Sac à soupir hélas, devenu sac à vin.

L'inconscient d'Eva avait pris le dessus sur celui de Nina. La jeune femme avait littéralement écrasé l'enfant sous le poids de ses propres obsessions. Eva reconnut certaines des expressions qui revenaient souvent dans les séances de psychophanie qu'elle menait. Ainsi, le « sac à soupir » n'était autre que l'expression de sa pensée. « Sac à soupir devenu sac à vin », voilà qui était on ne peut plus clair !

Les veines ! Eva repensa à son cauchemar avec le bourreau dans le chai, lorsque ses veines s'étaient transformées en ruisseaux de sang. « Ses veines suent », « Ses veines s'usent »... Il s'agissait de Vénus, évidemment. Ainsi, le texte, au milieu d'un foutoir vaguement scatologique, rassemblait ses deux obsessions du moment : retrouver Vénus et vaincre son propre alcoolisme ! Eva était bien avancée.

— C'est quoi, ça ? demanda Nina après avoir lu.

— Je ne sais pas trop, répondit Eva.

— C'est nul, ton truc !

— Dis donc ! s'exclama Eva, piquée au vif. Toi non plus tu n'as pas su lire dans les lignes de ma main !

— Si, j'ai lu. Je n'ai pas voulu te le dire, c'est différent.

— Qu'est-ce que tu as lu, alors ?

— Que tu es une femme méchante.

— Oh là ! Pourquoi ?

— Un homme t'aime. Toi tu ne l'aimes pas et tu vas lui faire du mal. C'est injuste !

L'enfant lui jeta un regard sombre, se leva, traversa la chambre et sortit sans refermer la porte. Eva haussa les épaules. Elle n'avait pas oublié la déclaration d'amour enflammée que Nina avait faite à « Papillon » dans la salle de jeu et elle eut un sourire. La gamine l'avait sans doute vue en compagnie du fils Lacaze dans l'après-midi, et elle était jalouse, tout bêtement.

Elle descendit à la réception.

— Quelqu'un a cherché à me joindre cet après-midi pendant mon absence ? Une petite fille...

— Non, madame. Vous dînez ici ce soir ?

— Oui, mais je suis trop fatiguée pour me rendre au restaurant. Vous pouvez me monter un plateau dans ma chambre ?

— Certainement, madame.

Il lui tendit la carte. Eva choisit le coquelet aux morilles accompagné par un château-gloria 95, une tarte aux pommes en dessert. Elle hésita, commanda un cognac trois étoiles. Elle regagna sa chambre. Toujours cette damnée odeur de colle... Elle avait à peine ouvert la fenêtre que son téléphone sonna.

— Allô, Eva ?

— C'est toi, Marie ?

— Oui, c'est moi.

— Pourquoi n'es-tu pas venue ? Je t'ai attendue.

— J'ai eu peur.

Toujours cette même voix, si claire, si pure, dépourvue de la moindre imperfection.

— Tu as eu peur de quoi ?

— De lui.

— Qui, « lui » ?

— Celui qui était avec toi.

— Le curé ?

— Non ! Le curé est gentil.

— Qui, alors ?

Silence à l'autre bout. Eva comprit que l'enfant était effrayée au point de ne pouvoir prononcer le nom.

— Tristan Lacaze ?
— Oui.
— Il te fait peur à ce point ?
— Oui.
— Pourquoi ?
Silence. Eva entendait le souffle oppressé de l'enfant.
— Tu ne veux pas le dire ?
— Non !
— Si j'étais avec toi, tu pourrais me le dire dans le creux de l'oreille ?
— Oui. Mais il ne faudrait pas qu'il soit là.
— D'accord. Comment peut-on faire pour se voir ? Il est tard.
— Je ne peux pas sortir. Mon père et ma mère sont là. Mais demain soir ils vont au restaurant. On pourra se voir.
— D'accord. A quelle heure et où ?
— Derrière l'église, au fond du cimetière, il y a un vieux couvent en ruine. A neuf heures. D'accord ?
— D'accord.
— Tu seras seule, hein ?
— Oui, rassure-toi !
— Bon, ben au rev...
— Dis-moi, Marie...
— Oui ?
— Tu connais Nina, la petite bohémienne ?
— Oui, je la connais très bien, pourquoi ?
— Rien, comme ça.
Clic.
Eva reposa le combiné sur son socle. Elle était intriguée. Son téléphone avait sonné alors qu'elle

venait juste d'entrer dans sa chambre. Marie la surveillait-elle ? Qui était cette enfant qui donnait ses rendez-vous dans des églises, dans des couvents en ruine ? Pourquoi Tristan Lacaze lui inspirait-il une telle terreur ? Dans son cabinet d'orthophoniste, Eva avait écouté des milliers de voix, particulièrement celles d'enfants. Jamais elle n'avait entendu une voix aussi pure, aussi claire. C'était exactement comme si les cordes vocales de Marie étaient parfaitement neuves, sans aucun défaut, et cela troublait profondément la jeune femme.

Ange ou démon ?

Elle s'approcha de la fenêtre restée ouverte et se pencha au balcon. Elle aperçut une lumière solitaire qui brillait dans le château des Lacaze. Papillon ? Les deux châteaux étaient distants d'à peine deux kilomètres. Depuis l'un on pouvait apercevoir les lumières de l'autre...

On frappa à sa porte. C'était le maître d'hôtel, qui lui apportait son plateau-repas.

— Madame est souffrante ? demanda-t-il en déposant le plateau sur la table.

— Non, juste un peu fatiguée.

— Monsieur Mignoni est en train de prendre l'apéritif au bar. Je pense qu'il attend Madame pour dîner.

Eva leva les yeux au ciel. Collant, le flic...

— Dites-lui que je ne descendrai pas ce soir.

— Bien, Madame.

Il attendit qu'Eva eût goûté le vin pour se retirer. Elle mangea d'un bon appétit, la tête pleine de pensées diffuses, termina la bouteille de gloria avant de faire tourner le cognac entre ses mains. Elle prit tout son temps pour siroter l'alcool, laissant l'ivresse pénétrer doucement son esprit. Lorsqu'elle se sentit les idées affûtées, coupantes comme des lames, elle s'installa devant son ordinateur.

Affaire transmise le 5 mars à Sydney (Australie)

Rédaction du second courrier, 11 mars, château La Palombière (Médoc)

Où est Vénus Lescarboura ?

Eva avait délibérément choisi de conserver le titre de son premier courrier pour bien signifier à Foch qu'elle restait sur ses positions. Qu'importe qu'il le prenne mal !

Un autre homme est mort. Il a été crucifié au sein même du château La Palombière sur un fût de chêne géant, un couteau dans une main, une balance dans l'autre, ventre ouvert, reins et foie amputés. Il s'agit d'un détective privé belge que Madeleine avait embauché pour qu'il retrouve sa fille. C'est un meurtre sacrificiel.

Jamais personne n'entendra parler de cela. Les services spéciaux français ont escamoté le corps afin de ne pas nuire au prochain sommet du G8 qui se tiendra à la fin de la semaine à Versailles (le vin de Madeleine Lescarboura a été sélectionné pour le banquet de clôture).

Vénus n'a toujours pas réapparu et je suis intimement convaincue qu'elle a été enlevée. Je pense que le meurtrier du détective et le ravisseur de Vénus sont un seul et même homme. En crucifiant Vermeulen, il a voulu symboliser l'archange saint Michel, patron de l'église locale, et chef guerrier des anges du ciel. J'ignore pourquoi il s'en est pris à Vénus, mais plus j'avance, plus je pense que cela n'a rien à voir avec le conseil d'administration. Il règne à Cressac une atmosphère oppressante. Le village baigne dans une sorte de brume lourde, une fumée épaisse à forte odeur d'encens. Les gens du village semblent tétanisés, comme si Dieu et le diable se livraient sous leur nez à une lutte sans merci, et qu'ils attendaient prudemment l'issue pour choisir leur camp.

Vous me dites que ma mission consiste à me débrouiller pour que Madeleine conserve la majorité au conseil d'administration. Dont acte ! Mais je persiste à penser que le meilleur moyen pour parvenir à ce résultat est de retrouver Vénus.

Je m'y emploie.

Je suis en contact téléphonique avec une fillette très mystérieuse qui prétend savoir où elle se trouve (« dans les caves de l'enfer », a-t-elle précisé). Je dois la retrouver demain soir dans un vieux couvent en ruine. Un mystérieux correspondant – il signe « l'archange du Médoc » – prétend que cette fillette est le diable personnifié.

Je ne manquerai pas de vous transmettre les résultats de cette rencontre lors de mon prochain courrier.

Rédigé au château La Palombière dans la nuit du 11 mars.

Eva avait écrit son texte d'une traite, comme emportée par son élan. Elle relut, signa, composa le numéro de Foch, appuya sur la touche « envoi » puis se coucha, vaguement nauséeuse.

Elle éteignit la lumière.

Vénus est toujours vivante. Je le sais, je le sens. Elle est là quelque part, tout près, en danger : telles furent ses dernières pensées avant de fermer les yeux.

26

Mignoni était en train de fumer une cigarette sur son balcon lorsqu'il vit la lumière de la chambre d'Eva s'évanouir. C'était la dernière. Le château La Palombière s'était éteint progressivement, chambre après chambre. Mignoni imaginait ses locataires, couchés dans leur lit, les yeux grands ouverts, guettant les bruits, brassant au fond de leur esprit des pensées secrètes. La pénombre régnait maintenant dans la cour et un rayon de lune blafard venait frapper la porte du chai, jetant sur elle une lumière pâle. Mignoni sentait peser sur lui le poids de l'ennui et de la solitude, mais également celui des responsabilités. Il ne parvenait pas à détacher ses yeux de la porte du chai. Sentait-il une menace ? Il ne pouvait tout de même pas passer la nuit à guetter ainsi. C'était ridicule. Il balança sa cigarette dans les airs, saisit une chaise, l'installa devant la fenêtre. Il s'apprêtait à ouvrir le livre de Sibelius lorsque son portable sonna. Le ministre ? Il se précipita.

— Allô ?

— C'est le brigadier Robineau. Je ne vous dérange pas ?

Le cœur de Mignoni se mit à pomper dans le vide.

— Bien sûr que non, Joëlle.

— Eh bien voilà, on ne vous a pas vu depuis deux ou trois jours, alors...

— Je vous manquais ?

— Euh... oui, non, enfin... je me demandais où vous étiez passé, et comme vous m'avez laissé votre numéro de portable, j'ai décidé de vous appeler.

— C'est très gentil.

Qu'est-ce qu'on peut balancer comme niaiseries quand on est amoureux ! songea Mignoni.

— Je suis au château La Palombière, dans le Médoc.

— En vacances ?

— Non, une mission pour le ministère. La routine...

— Un château, vous voulez dire un vrai château ? Avec des tours, des grandes cheminées, des hauts plafonds, des lits à baldaquin, des tableaux aux murs ?

— C'est à peu près ça, oui. Il y a également des chats, des singes, des serpents, une salle de jeu. L'endroit est très original.

Le cœur de Mignoni battait dans sa poitrine. Allait-il oser ?

— Vous avez beaucoup de chance. Moi j'ai passé la journée entre les quatre murs de mon bureau, se lamenta le brigadier Robineau.

— Vous aimeriez venir me rejoindre ?

Il avait osé.

— C'est-à-dire…

Il y eut un silence que Mignoni laissa durer juste le temps qu'il fallait, celui de la décence.

— J'aimerais tant que vous veniez, s'enflamma-t-il soudain. L'endroit est merveilleux, la nature très belle, le vin formidable, la nourriture excellente…

Il pensa au foie de Vermeulen et il réalisa soudain l'énormité de ce qu'il proposait au brigadier Robineau : le rejoindre dans un château où on venait tout juste de retrouver le corps d'un homme crucifié sur un fût de chêne… Mais il était trop tard :

— J'ai bien quelques jours de congé… venait de laisser tomber le brigadier Robineau d'une voix faussement timide.

Mignoni, tout en ayant le sentiment de faire une gigantesque connerie, incapable de résister, donna l'adresse du château La Palombière.

Puis il regagna son poste d'observation sur sa chaise et se plongea dans la lecture du livre de Sibelius. Evénement après événement, fait après fait, Sibelius décryptait la fameuse « révolution » roumaine. La fuite du dictateur, sa capture, son emprisonnement dans une caserne, la constitution d'une cour martiale (qui avait choisi les hommes qui la composaient ?), les images de son procès, son exécution enfin, tout avait été planifié et exécuté sans que jamais la main des organisateurs apparaisse. Sibelius apportait ses lumières : les Russes étaient derrière tout ça depuis le début. Pour mettre en œuvre une machine d'une telle complexité, Sibelius expliquait que les Russes s'étaient servis d'un réseau dormant implanté en Roumanie entre les deux guerres. La plupart des hommes qui le constituaient avaient été recrutés après les exactions des phalangistes fascistes de l'archange Michel, dont beaucoup avaient eu à subir les foudres, particulièrement les Tsiganes. Les Roumains en général, et Ceauşescu le premier, détestaient les Tsiganes, et ceux-ci continuaient à être opprimés dans leur pays. Les Russes n'avaient eu aucun mal à les convaincre de collaborer avec eux. D'après Sibelius, le réseau dormant des Tsiganes avait apporté un soutien indispensable aux hommes des services secrets soviétiques pour la réussite de leur entreprise : renverser le régime du dictateur roumain. D'après Sibelius toujours, les Tsiganes s'étaient montrés d'une très grande efficacité et avaient fortement impressionné les services soviétiques, bien décidés à les utiliser à nouveau si l'occasion s'en présentait.

Il était quatre heures du matin lorsque Mignoni referma le livre, et une angoisse sourde lui tenaillait les tripes.

27

Eva avait attendu dans l'obscurité que toutes les lumières du château s'éteignent. Mais l'une d'elles persistait à luire. Elle provenait de la chambre de l'inspecteur Mignoni. Montait-il la garde ? Lassée de patienter, Eva s'était levée, avait passé pull et jogging et discrètement poussé la porte de sa chambre. Elle avait décidé de visiter les caves du château. Marie prétendait que Vénus se trouvait dans les « caves de l'enfer ». Le mot « cave » n'était pas innocent. Il faisait référence au vin. Quant à l'enfer, le château La Palombière, sous ses dorures aristocratiques, en présentait toutes les caractéristiques. Il se pouvait bien que le diable se niche en son sein. N'y avait-on pas déjà retrouvé deux morts ? L'idée s'était imposée à Eva : Vénus était encore vivante et elle était là, tout près…

Et si elle se trouvait dans les caves du château, là, juste sous son nez ?

Et si Madeleine, persuadée que sa fille allait se dresser contre elle au prochain conseil d'administration, avait elle-même organisé l'enlèvement de Vénus ?

Eva descendit l'escalier en prenant soin de ne pas faire de bruit. Le château était plongé dans la pénombre, juste caressé par la lumière de la lune qui dessinait des ombres grises. On n'entendait aucun bruit, seulement un murmure continu, un ronronnement très léger, presque imperceptible, comme celui d'un feu qui couve.

Eva traversa le hall de réception, entra dans le restaurant, se dirigea vers les cuisines. Elle avait remarqué que le maître d'hôtel en rapportait les bouteilles qu'il servait aux clients. Elles étaient toujours à bonne température. Eva en avait conclu qu'il devait y avoir un accès aux caves depuis la cuisine. Elle le trouva rapidement et s'engouffra dans l'escalier.

Alors qu'elle descendait, la lumière de la lune s'estompa et elle se retrouva bientôt dans l'obscurité la plus totale. Elle avançait à tâtons, ses mains effleurant les murs.

Elle se sentit soudain oppressée. Elle avait le sentiment d'être suivie, qu'un souffle se mêlait au sien, qu'un glissement feutré accompagnait le bruit de ses pas. Elle se heurta bientôt à une porte en bois dont elle saisit la poignée, qu'elle tourna doucement. Elle allait ouvrir lorsqu'elle sentit, pétrifiée, un corps froid glisser le long de sa cheville, s'enrouler autour de sa jambe, se couler tout du long en une caresse lascive et morbide. Le temps lui parut soudain suspendu. Elle entendit un sifflement qu'elle connaissait : celui de Gélu, le crotale.

Elle se souvint de la bouche de Vermeulen déglutissant le serpent. Elle se rappela la tête hideuse de l'animal, ses yeux fendus, sa langue fourchue, ses crochets qu'elle imaginait pleins de venin. Son corps fut parcouru par un long frisson et elle ouvrit la bouche pour crier lorsque les anneaux de l'animal, qui enserraient sa jambe, se desserrèrent brusquement. En un éclair, il remonta le long de son corps et s'enroula langoureusement autour de sa gorge. Eva était tétanisée. La peau froide et calleuse de l'animal glissait autour de son cou. Elle ne pouvait plus qu'attendre, paralysée par la terreur, le moment où les anneaux se contracteraient brutalement et l'étrangleraient. Mais Gélu semblait se satisfaire de s'enrouler autour d'elle, frottant ses écailles à la peau soyeuse de la jeune femme. Il agita soudain son grelot sous son nez. Il avait fait plusieurs tours autour de son cou et Eva se sentit brusquement dans la peau d'une femme girafe. La tête du serpent était plaquée sur sa bouche, comme pour un baiser mortel. Eva serrait les dents, tant elle redoutait que l'animal ne cherche à pénétrer en elle comme il l'avait fait avec Vermeulen. Gélu se contenta de frotter sa tête contre la sienne, plusieurs fois, poussant des sifflements légers comme des soupirs. Puis, abandonnant son étreinte, il descendit le long de son bras et disparut dans les ténèbres.

Eva prit une profonde inspiration et attendit que les battements de son cœur se soient calmés. Elle imaginait Gélu, tapi dans la pénombre, l'observant. Elle croyait presque l'entendre ronronner, tant le serpent, prenant exemple sur les chats qui l'entouraient, se comportait comme eux.

Elle tourna la poignée de la porte et l'ouvrit doucement. Elle donnait sur une sorte d'allée bordée de casiers dans lesquels étaient rangées les bouteilles. Curieusement, l'odeur de colle, mélangée à celles du salpêtre et des bouchons vineux, et à des relents de bois calciné, était ici plus forte qu'ailleurs. Tout au fond de l'allée, dans une sorte de recoin, une lueur dansante, celle d'un feu, jetait des éclats, faisant danser les ombres sous la voûte. Eva entendit des voix qui chuchotaient. Elle s'approcha lentement, se pencha. Deux hommes se tenaient dans le recoin devant un brasero. Il s'agissait de Marino, le croupier, et de Virgil, le vieil homme qui vivait dans la fermette avec ses loups et que Madeleine avait présenté comme étant son oncle. Marino faisait aller et venir une latte de bois cintrée au-dessus du brasier, alors que Virgil tenait un marteau dans une main et un cercle de ferraille dans l'autre. Les deux hommes chuchotaient dans une langue qu'Eva ne connaissait pas. Elle vit Marino prendre un petit pinceau, le plonger dans un liquide blanchâtre et en déposer une fine couche sur les bords de la latte.

— Qu'est-ce que vous faites là ?

Eva sursauta et se retourna. Madeleine se tenait derrière elle, lampe électrique à la main, Gélu lové autour de son cou.

— Les caves sont privées, interdites à notre clientèle. Je vous prie de sortir immédiatement !

En entendant la voix de Madeleine, les deux hommes s'interrompirent, visages frappés de stupeur.

— Que font-ils ? demanda Eva en les désignant.

— Vous le voyez bien ! répliqua Madeleine d'une voix sèche. Ils assemblent une barrique.

— Ils la collent ?

— Ce n'est pas de la colle, mais un joint de colmatage. Le bois est ancien. Il a déjà servi. Il est imbibé. On assemble les lattes en les jointant pour qu'elles restent étanches, comme on le fait pour les vieilles pinasses sur le bassin d'Arcachon.

— J'ignorais qu'on colmatait les vieilles barriques...

— Maintenant vous le savez ! Allez, sortez !

Alors qu'Eva passait devant Madeleine, Gélu se mit à gronder et tira sa langue fourchue vers elle, comme s'il se moquait.

Eva remonta directement dans sa chambre.

Elle était déçue.

Lorsqu'elle avait aperçu la lueur des flammes sous la voûte, elle avait aussitôt songé aux « caves de l'enfer ».

C'était un simple atelier.

Avant de se coucher, elle nota que la lumière brillait toujours dans la chambre de Mignoni. L'inspecteur était-il frappé d'insomnie ?

Elle ferma les yeux et s'endormit sur-le-champ. Elle savait qu'une longue journée l'attendait le lendemain.

28

Eva se leva de bon matin, prit sa voiture et se rendit à Bordeaux. Sur les longues routes rectilignes bordées de pins, elle entrouvrit sa vitre pour humer les odeurs de la forêt. Elle repensait à la scène de la veille, dans la cave. De toute évidence, Madeleine ne l'aimait pas et se méfiait d'elle. Eva n'en avait cure. Au contraire, selon elle, c'était plutôt bon signe.

A Bordeaux, elle abandonna sa voiture dans un parking près de la place du Palais et gagna les quais. Elle resta longtemps, face au pont de pierre, à regarder la Garonne rouler tranquillement ses eaux.

Puis elle s'enfonça dans le vieux quartier Saint-Michel. C'était jour de marché et elle prit plaisir à se mêler aux badauds, imaginant les marins des gabarres déchargeant leurs cargaisons de bois pour alimenter les charpentiers et les tonneliers de la ville.

Eva aimait se rappeler ces images du passé. Autrefois, le quartier Saint-Michel était le cœur battant de Bordeaux, le rendez-vous de toute la populace. La présence des bourgeois attirait les coupe-bourses. Les marchandes des quatre-saisons, belles et exubérantes, faisaient feu de tout bois, poitrines et langues déliées, pour aguicher le chaland. Dans les cabarets, on chantait et on baratinait en buvant à pot et à pinte.

Comme s'il avait conservé les stigmates de cette effervescence, le quartier Saint-Michel était encore le plus animé de la ville et il y régnait un petit air de fête et d'aventure qui plaisait à Eva. Elle se retrouva bientôt au pied de la basilique, dont le clocher s'élevait à une hauteur qui lui parut vertigineuse. Ses pas ne l'avaient pas menée là par hasard : la basilique, bâtie dans un style gothique imposant et massif, était dédiée à l'archange Michel.

L'archange ! Plus Eva y réfléchissait, plus elle était persuadée que tout tournait autour de lui. Alors elle était venue lui rendre visite chez lui, à la basilique, l'air de rien, comme une voisine curieuse. En réalité, elle était là pour glaner des informations, savoir qui était vraiment l'archange Michel et ce qu'il représentait pour les dévots.

Elle pénétra dans la basilique.

L'intérieur était froid, caverneux. Elle fit le tour des allées, s'arrêtant longuement sur les tableaux, dont beaucoup représentaient l'archange aux prises avec le démon. A nouveau, Eva fut frappée par la façon dont les peintres aussi bien que les sculpteurs le représentaient : un androgyne, ni homme ni femme, mais les deux à la fois, sans que la balance penche d'un côté ou de l'autre. Alors qu'elle glissait le long des grilles, elle aperçut une vieille femme qui se tenait assise dans un renfoncement devant une table couverte de brochures.

Elle s'approcha. Les documents vantaient les trésors artistiques abrités par la basilique. Eva apprit ainsi qu'on venait de retrouver un albâtre du XVe siècle classé au titre des Monuments historiques et qui avait été volé en 1984, recelé par un antiquaire parisien indélicat et revendu à un diplomate suisse. On avait mis beaucoup de temps à s'apercevoir du vol, car l'original avait été remplacé par un moulage. Eva, amusée, songea à Foch et à sa fameuse formule : « Rien ne ressemble plus à la vérité que l'apparence de la vérité. »

Elle reposait la brochure lorsque son attention fut attirée par une photo montrant des visages décharnés, des corps qui paraissaient empaillés, disposés en une ronde macabre. Elle s'adressa à la vieille femme en désignant la photo :

— De quoi s'agit-il ?

— De momies. On les a retrouvées il y a quelques années dans une salle secrète dans les sous-sols de la basilique. Personne ne sait ce qu'elles représentent.

La vieille femme avait un visage étrange. Sa peau était fanée, ses dents légèrement gâtées, et pourtant elle ressemblait à une petite poupée. Peut-être à cause de la rondeur de ses joues et de cet éclair qui brillait au fond de ses yeux, lui donnant l'air d'une enfant espiègle.

Eva, complice, se pencha vers elle et chuchota :

— Je suis sûre que vous, vous avez votre petite idée...

La vieille femme sourit en opinant.

— C'étaient des exorcisés !

— Pardon ?

La vieille fit signe à Eva de s'approcher et lui parla à l'oreille :

— La basilique est dédiée à saint Michel Archange, confia-t-elle. Or, saint Michel a toujours été le patron des exorcismes. On en pratiquait beaucoup, dans le temps, pour chasser les démons du corps des possédés. Hélas, il arrivait que Satan triomphe et vole leur âme. On amenait alors les corps des défunts à l'archevêque, qui les faisait disposer en rond dans les catacombes de la basilique afin que Belzébuth se réjouisse de les voir ainsi réduits. Mais c'était un piège, car l'archevêque ordonnait qu'on referme vivement les portes derrière eux, et le Malin se retrouvait prisonnier du cercueil de pierres. Voilà ma petite idée : les momies étaient des exorcisés vaincus par le démon. L'archevêque s'en servait d'appâts. Ce que je dis a l'air de vous troubler, ajouta la vieille femme en plissant malicieusement les yeux.

— Beaucoup, oui, admit Eva. J'ignore pourquoi je suis entrée dans la basilique. J'ignore pourquoi je suis venue vous parler.

— Dieu vous aura guidée, chuchota la vieille femme.

— On pratique encore des exorcismes, aujourd'hui ? demanda Eva en baissant la voix.

— Hélas, pas assez. La terre n'est plus gouvernée par Dieu. Le Malin a pris le pouvoir, murmura la vieille femme en jetant autour d'elle des regards alarmés.

— Il m'arrive parfois de penser que je suis possédée, souffla Eva.

— Vous croyez en Dieu ? demanda la vieille femme, soudain tendue.

— Oui, et je le crains.

— C'est bien !

— L'autre jour, dans un petit village, je suis rentrée dans une église, comme je l'ai fait aujourd'hui, sans savoir pourquoi. C'est comme si mes pas étaient guidés. Je me suis retrouvée face à un tableau de saint Michel Archange terrassant le démon. J'ai été prise de tremblements. J'ai senti le Malin en moi qui ricanait. J'ai failli me mettre à pleurer. Heureusement, le curé était là. Il m'a aidée à me calmer.

— C'était où ?

— A Cressac.

La vieille femme eut un petit sourire.

— Alors, je comprends. Vous avez raison. Vos pas étaient guidés. Le curé de Cressac est un des meilleurs exorcistes de la région.

— J'avais bien la sensation que cet homme pouvait m'aider, mais j'ai eu peur. Je me suis enfuie de son église.

— Ce n'est pas vous qui avez eu peur, mais le succube.

— Le succube ?

— Le démon qui est en vous. Vous pouvez retourner voir le curé de Cressac et lui faire entière confiance. Il saura vous purifier et chasser le diable qui vous persécute.

La vieille femme plongea la main dans un sac qui se trouvait à ses pieds. Elle en sortit discrètement un petit fascicule et, telle une comploteuse, le fourra dans les mains d'Eva.

— Tenez ! Lisez ça avant de retourner le voir. Cela vous donnera du courage.

Eva remercia, prit une carte postale des momies, posa un euro sur la table et se retira. Avant de sortir de la basilique, elle se retourna et adressa un salut de remerciement à la vieille femme, qui répondit en dessinant dans l'air un signe de croix. Elle souriait.

Jamais Eva n'avait eu autant la sensation qu'un visage de vieille poupée pouvait à ce point ressembler à celui d'une sorcière.

Elle emprunta la rue des Faures jusqu'au cours Victor-Hugo, pénétra dans un bar, s'installa à une table, commanda un double scotch, ouvrit le fascicule et commença à lire. Les auteurs du document relataient la pensée d'un certain Don Amorth, présenté comme l'exorciste officiel de Rome. Ledit Amorth regrettait ouvertement qu'au fil des siècles l'Eglise catholique ait abandonné la pratique des exorcismes. Selon lui, on aurait beaucoup mieux fait d'exorciser les sorcières plutôt que de les brûler.

On aurait surtout mieux fait de leur foutre la paix, songea Eva.

Mais Don Amorth ne s'arrêtait pas là, et les lignes qui suivaient, extraites d'un de ses ouvrages, donnèrent à la jeune femme la chair de poule. « Il y a un fait bien établi, écrivait Don Amorth. Là où le diable n'est pas combattu par les exorcismes, les hommes sont diabolisés et tués. Là où on fait des exorcismes, il n'y a pas de persécutions. »

Eva songea immédiatement à la famille de Madeleine, à tous ces Tsiganes persécutés, et particulièrement son propre père, pendus à des crocs de boucher par les fascistes des légions de l'archange Michel. Elle songea également au corps supplicié de Vermeulen, cloué sur le bois comme un insecte, un couteau dans une main, une balance dans l'autre. Elle revit l'inscription tracée avec son propre sang : « Qui est semblable à Dieu ? »

L'archange Michel, toujours l'archange Michel !

Il était présent partout, dans la vie de Madeleine, dans l'église de Cressac, sur le fût géant où l'on avait supplicié le détective belge, partout ! Qui avait imaginé de se servir de l'ange androgyne pour assouvir on ne savait quelle vengeance ? Eva n'avait pas oublié les paroles du vieux Lacaze : « Madeleine Lescarboura est Satan ! »

Les auteurs du petit fascicule affirmaient pour finir que le pouvoir d'exorcisme avait été confié par le Christ lui-même à tous les croyants. « Et voici les miracles qui accompagneront ceux qui auront cru : par mon nom, ils chasseront les démons » : c'était la dernière phrase, signée Jésus.

Eva était stupéfaite : n'importe qui, donc, pouvait se proclamer exorciste !

Elle consulta sa montre, régla son addition et décida de rentrer à Cressac. Avant de se rendre à son rendez-vous avec Marie, elle voulait faire une petite visite au curé.

29

Toute la nuit, l'inspecteur Mignoni avait veillé sur la porte du chai. Il avait bien tenté de se coucher et de dormir, mais, chaque fois qu'il fermait les yeux, il avait l'impression d'entendre un bruit venu de l'extérieur, le léger glissement d'un pas, le grincement d'une serrure... Chaque fois, il s'était relevé pour observer la porte du chai.

Qui demeurait close, baignant, immuable et tranquille, dans la lumière laiteuse de la lune.

Mais était-ce bien la conscience professionnelle qui empêchait Mignoni de fermer les yeux... ou autre chose ?

En réalité, l'inspecteur Mignoni était rongé par la culpabilité. En venant au château La Palombière, il avait la volonté d'échapper au brigadier Robineau. Et voilà que la première chose qu'il faisait était de l'inviter à venir le rejoindre... Il se sentait à la fois coupable vis-à-vis de Martine et excité comme une puce.

Le matin venu, alors qu'il prenait son petit déjeuner, il avait aperçu Eva. Elle était montée dans sa voiture et avait disparu. Où était-elle allée ? Il aurait aimé la suivre, mais il y avait cette damnée palette de vin qu'il devait surveiller. Il n'allait tout de même pas passer sa journée à jouer les chiens de garde devant la porte du chai ! Il avait décidé d'aller faire un tour au village. Besoin d'échapper au château La Palombière, de prendre l'air, de se changer les idées.

Il avait pris la petite route qui menait à Cressac. Alors qu'il cheminait à pas lents, perdu dans ses songes, il avait été rejoint par Nina. La gamine, sac à dos sur les épaules, se rendait à l'école. Ils avaient fait un bout de chemin ensemble.

« Il est devenu quoi, l'homme qui était cloué dans le chai ? avait demandé Nina en s'efforçant à l'innocence.

— Il a rejoint les anges.

— En hélicoptère ?

— C'est ça.

— Vous me prenez pour une conne ?

— Tu en as parlé à quelqu'un ? avait demandé Mignoni, soudain inquiet.

— Non. Madeleine me l'a interdit.

— Et tu lui as obéi ?

— Bien sûr ! Celui qui n'obéit pas à Madeleine, il est mort ! » avait lancé la gamine en partant au pas de course.

Elle avait rejoint ses copines qui l'attendaient sur la place du village, et toutes s'étaient mises en route vers l'école en gazouillant gaiement.

Curieuse enfant, avait songé Mignoni en regardant Nina s'éloigner, à la fois femme et fillette.

Il était entré dans le bar de la place, s'était juché sur un tabouret au comptoir et avait commandé un café. Un groupe était réuni à une table. Un homme se tenait à l'écart, installé seul à une autre. Il lisait les pages régionales de *Sud-Ouest*, l'air sombre. En laissant traîner ses grandes oreilles, Mignoni ne tarda pas à apprendre qu'il s'agissait de Gachassin, le maire du village, celui que Madeleine suspectait d'avoir enlevé Vénus.

« Il fait la tête, monsieur le maire ? avait demandé un nouvel arrivant en s'installant avec les autres.

— Non. Il lit le journal, avait répondu un autre.

— La rubrique nécrologique ?

— Tu n'es pas au courant ? La Palombière est en première page. La mère maquerelle fait sa vedette ! Son vin a été sélectionné pour la grande sauterie de Versailles… Un comble, non ? »

Mignoni avait aperçu un journal qui traînait sur le comptoir. Il s'en était emparé. Une petite photo de Madeleine Lescarboura figurait en une, surmontée d'un titre qui annonçait : *LE CHÂTEAU LA PALOMBIÈRE À L'HONNEUR*.

Dessous, un texte expliquait que le vin de Madeleine Lescarboura venait d'être sélectionné pour le sommet de Versailles et renvoyait en pages régionales pour plus de détails. Mignoni avait cherché fébrilement les pages en question et était tombé en arrêt devant une autre photo de Madeleine, rayonnante.

Le cliché était accompagné d'un texte qu'il avait parcouru d'une traite, sans respirer : « Pour saluer l'événement comme il se doit, Madeleine Lescarboura a fait fabriquer un lot de capsules aux couleurs de l'Europe qui devraient être livrées aujourd'hui même et installées sur les flacons avant de partir pour Versailles. En attendant, prudence oblige, le lot de bouteilles sélectionnées fait l'objet d'une étroite surveillance. Un policier a même été dépêché sur les lieux par le ministère de l'Intérieur afin de faire bonne garde. N'oublions pas que le vin du château La Palombière sera servi aux hommes d'Etat les plus importants de la planète… »

Mignoni avait reposé le journal, atterré. Alors qu'il lui avait recommandé la plus grande discrétion, Madeleine n'avait rien trouvé de mieux à faire qu'alerter la presse, allant jusqu'à signaler sa présence sur les lieux. Qui d'autre qu'elle aurait pu donner cette information aux journalistes ? C'était stupide ! Cette publicité était le meilleur moyen d'attirer l'attention sur le château La Palombière, et donc les ennuis.

Mignoni avait balancé quelques pièces de monnaie sur le comptoir et il était reparti dare-dare vers le château. Plus que jamais, il était hors de question de laisser le vin sans surveillance.

30

En garant sa voiture sur le parking du château, Eva aperçut Mignoni qui fumait nerveusement en faisant les cent pas devant la porte du chai. Elle alla le saluer.

— Bonjour, inspecteur. Du neuf ?

— Vous avez lu le journal ?

— Non.

Mignoni sortit un exemplaire de *Sud-Ouest* de sa poche et le tendit à la jeune femme. Le journal était tout fripé. Combien de fois Mignoni l'avait-il ouvert et refermé ? Eva parcourut rapidement l'article et lui rendit le journal.

— Malin, n'est-ce pas ? grogna Mignoni. J'avais pourtant demandé à Madeleine de rester discrète ! Maintenant, le château La Palombière est sous les feux de la rampe, alors qu'il y a deux jours un cadavre gisait derrière cette porte... Tout ça pour se faire de la pub ! pesta Mignoni.

— Méfiez-vous, inspecteur. Madeleine est une femme très habile, une manœuvrière hors pair. Elle pouvait attendre que le vin soit parti pour faire son annonce. A mon avis, cet article n'est ni une maladresse de sa part, ni un hasard. Elle prépare quelque chose.

— Si vous savez quoi que ce soit, dites-le-moi. J'aurai l'air moins con.

Eva se contenta de sourire et Mignoni hocha la tête, excédé. La jeune femme s'éloigna. Au lieu de rentrer à l'hôtel, elle emprunta la route qui menait au village. Mignoni se demanda ce qu'elle allait y faire. Il jeta un œil noir vers la porte du chai, écrasa sa cigarette, en alluma immédiatement une autre. Le brigadier Robineau l'avait appelé. Elle arrivait le lendemain. L'inspecteur trouvait que le temps s'étirait lentement. Très lentement.

Il n'avait plus qu'une hâte : expédier le vin à Paris et réceptionner le brigadier Robineau à Cressac.

La vie peut être simple quand on y pense, non ?

En arrivant au village, Eva se rendit directement à l'église. La porte en était fermée. Elle fit le tour du bâtiment et aperçut une petite bicoque en bordure. Un écriteau posé sur la grille annonçait *Presbytère*. Elle tira sur la poignée d'une chaîne qui pendait près de l'écriteau. Les échos d'une cloche rouillée firent s'envoler les oiseaux.

Une vieille femme ouvrit une fenêtre au rez-de-chaussée de la maison. Eva fut frappée par son visage de poupée. En réalité, elle était la copie conforme de la femme rencontrée dans la matinée à la basilique. Sa sœur assurément, tant leurs traits et leur allure étaient semblables.

— C'est pour quoi ?

— Je voudrais voir monsieur le curé.

— Il est absent.

— Pour longtemps ?

— Il sera de retour vendredi, pour dire la messe de la Saint-Patrick.

— Pas avant ? s'exclama Eva. J'ai absolument besoin de lui parler.

— Désolée, répliqua la vieille femme. Il est parti faire retraite. On ne peut pas le déranger, sauf pour une urgence.

— C'est urgent !

La vieille femme referma brutalement la fenêtre. La seconde d'après, elle ouvrait la porte du presbytère, traversait vivement le jardin et se retrouvait face à Eva.

— Il y a une agonie ? Quelqu'un réclame les saints sacrements ? demanda-t-elle avec une moue gourmande.

— Euh... Non.

Son visage se ferma.

— Alors, de quelle urgence parlez-vous ?

— Je dois me confesser.

— Cela peut attendre, non ?

— Je crois que je suis possédée, lança Eva.

— C'est pour un exorcisme ?

— Je suis prête à tout pour chasser le diable !

La vieille femme la regarda des pieds à la tête et un étrange sourire apparut sur son visage.

— Vous n'avez pas l'air de si mal vous entendre avec le démon, laissa-t-elle tomber. Je suis certaine que vous pouvez encore cohabiter avec lui une petite semaine. Je ferai part à monsieur le curé de votre visite. Au revoir, madame.

Elle repartit dans le jardin, pénétra dans le presbytère et referma la porte derrière elle sans se retourner.

— Sale peste, murmura Eva entre ses dents.

Elle s'apprêtait à reprendre le chemin du château lorsqu'elle aperçut l'entrée du cimetière. Sans savoir au juste pourquoi, elle y pénétra. Elle longea lentement les tombes, lisant attentivement les plaques mortuaires, lorsqu'elle tomba en arrêt devant l'une d'elles. Une photo ovale en noir et blanc était scellée dans le marbre. Elle représentait une jeune et jolie femme, souriante, visage cerné par une épaisse chevelure brune. Dessous, une inscription en lettres d'or, gravée dans la pierre : *Ci-gît Marie Lacaze, morte en couches le 17 mars 1969. Paix à son âme.*

Eva ne parvenait pas à détacher son regard de la photo de la jeune femme.

Les mots qu'elle venait de lire s'agitaient dans son esprit. « Marie... » Le même prénom que l'enfant qui lui avait donné rendez-vous à l'église, puis, ce soir même, dans le couvent en ruine. Marie, qui prétendait que Vénus se trouvait dans les caves de l'enfer... « Morte en couches »... Les mots employés par Tristan Lacaze demeuraient gravés dans sa mémoire : « J'étais très jeune lorsque ma mère est morte. » Il n'avait pas précisé qu'elle était décédée en lui donnant la vie. « Morte en couches »... Pourquoi le vieux Lacaze avait-il tenu à ce que cette précision soit portée sur la pierre tombale ?

Pourquoi, sinon pour rappeler à Tristan, à chacune de ses visites au cimetière, qu'il était responsable de la mort de sa mère ?

Eva leva la tête. En haut, sur le sommet de la petite colline qui surplombait l'église, elle aperçut les ruines du couvent, ses murs de pierre mangés par les ronces et les broussailles. C'est là que Marie lui avait donné rendez-vous.

Le jour commençait à décliner. Elle décida de retourner au château La Palombière pour y attendre la tombée de la nuit. Le rendez-vous était à neuf heures.

Lorsqu'elle arriva dans la cour, elle aperçut un camion garé face à l'entrée du chai. Le chauffeur en avait sorti une petite caisse dont Madeleine et l'inspecteur Mignoni étaient en train d'examiner le contenu.

Les fameuses capsules, songea Eva.

Elle entendit la voix de Madeleine :

— Nous allons les mettre en sécurité à l'intérieur du chai. Je les ferai installer demain sur les bouteilles.

Eva vit Mignoni hocher la tête. Plus que jamais, elle avait le pressentiment que Madeleine mijotait quelque chose.

Mais quoi ?

Elle monta directement dans sa chambre et décida de faire une sieste en attendant l'heure du dîner.

31

La nuit était froide, glaciale, sans le moindre souffle de vent. L'air semblait figé. Eva grimpait la route qui menait au vieux couvent, les mains enfoncées dans les poches de son blouson. Elle s'était changée et avait troqué son tailleur et ses talons contre un jean, un pull-over et une paire de baskets. Alors qu'elle montait la côte en silence, des jets de vapeur épais et réguliers s'échappaient de sa bouche et de son nez, laissant penser que la promeneuse solitaire était en proie à quelque sombre colère.

Elle avait dîné en compagnie de l'inspecteur Mignoni, mais ils avaient échangé peu de mots. L'un et l'autre semblaient prisonniers de leurs pensées. Celles de l'inspecteur Mignoni étaient apparemment entièrement tournées vers le sommet de Versailles, celles d'Eva vers les caves de l'enfer.

Eva se demandait secrètement quel rôle jouait Marie dans cette histoire. Depuis sa visite au cimetière, elle avait acquis une conviction : Marie n'était pas qu'un témoin. Elle était également acteur. L'inspecteur Mignoni, pour sa part, n'avait pas caché ses sentiments.

« Vous avez raison, avait-il laissé tomber. Je pense que Madeleine mijote quelque chose. Cette nuit, je ne quitterai pas le chai des yeux. »

A la fin du repas, les deux enquêteurs avaient commandé chacun un double cognac, qu'ils avaient siroté en silence. Puis ils avaient regagné leur chambre.

L'inspecteur Mignoni avait repris son poste à la fenêtre.

Eva s'était changée, avait consulté sa montre et s'était mise en route.

Coudes posés sur le rebord de la fenêtre, cigarette à la main, l'inspecteur Mignoni avait vu la jeune femme traverser la cour, passer le portail et s'enfoncer dans la nuit en direction du village. Pour quel obscur rendez-vous ? Il enrageait de ne pas le savoir. Il était obligé de rester coincé à sa fenêtre, comme un guetteur accroché à son donjon scrute le désert des Tartares. Pourquoi éprouvait-il cette sensation qu'Eva était au cœur de l'intrigue et lui en bordure ?

Il regrettait amèrement de lui avoir transmis toutes les informations qu'il avait piochées dans le rapport de Vermeulen. A ce moment-là, il espérait qu'Eva lui en serait reconnaissante, et qu'ils pourraient, sans qu'elle accepte pour autant de collaborer ouvertement avec lui, faire un petit bout de route ensemble. Mais elle s'était dérobée, et Mignoni ressentait son attitude comme une forme de mépris. Il lui en voulait.

Il tira une dernière bouffée de sa cigarette, la balança dans les airs, observa la comète de braise dessiner une arabesque régulière avant de s'écraser sur le sol et d'exploser en étincelles éphémères. L'inspecteur Mignoni se sentit pareil au mégot dont la tête, encore rougeoyante, gisait sur le sol à ses pieds.

Une luciole ! C'était ça ! Installé à sa fenêtre, la seule encore éclairée sur toute la façade du château, il était comme une luciole, un ver à soie solitaire montant une garde dérisoire. Il savait que les lucioles émettent une lumière pour attirer un partenaire et il se mit à songer au brigadier Robineau, à son sourire, à sa peau, à son odeur.

Qui suis-je ? se demanda-t-il en allumant une autre cigarette. Une luciole ou un misérable ver de terre ?

Eva parvint au sommet de la côte, essoufflée. Alors que la pente, assez raide, et l'alcool qu'elle avait ingurgité auraient dû lui dicter de ralentir son pas et de ménager ses forces, elle avait accéléré, poussée par elle ne savait quelle impatience. La silhouette massive et noire du couvent se détachait dans la pénombre et Eva réalisa brusquement combien il était incongru qu'une enfant lui ait donné rendez-vous, à la nuit tombée, dans un endroit aussi macabre. Le ciel était d'un noir d'encre et la lune, obscurcie par des nuages roulés en boule, ne faisait que de brèves apparitions, jetant une sorte de bave blanchâtre sur les ténèbres. Eva sortit de sa poche la petite lampe électrique dont elle avait pris soin de se munir et, mains en avant pour écarter les ronces, elle entreprit de franchir la muraille d'épines qui la séparait de l'entrée du bâtiment. Une fois face à la porte, elle constata à la lueur du pinceau de lumière que celle-ci était légèrement entrouverte.

— Marie, appela-t-elle, tu es là ?

Elle entendit la voix cristalline de l'enfant :

— Oui. Je suis à l'intérieur. Entre. N'aie pas peur !

Eva commença à pousser la porte, qui grinça sinistrement. Brusquement, elle suspendit son geste. Le chat noir de Madeleine, celui qui faisait penser à un pharaon égyptien, venait de se glisser dans l'entrebâillement. Eva l'avait tout juste aperçu, mais elle aurait juré qu'il avait les babines couvertes de sang frais.

Les pensées de Mignoni étaient perdues dans les obscurités humides du brigadier Robineau lorsque, soudain, il sursauta. Un énorme nuage venait d'obturer totalement le ciel à la manière d'un diaphragme qui se referme, condamnant une chambre noire. A la faveur des ténèbres, il avait aperçu un rai de lumière, très fin, presque imperceptible, derrière la porte fermée du chai.

S'il y avait de la lumière, cela signifiait que quelqu'un était à l'intérieur.

Quelqu'un qui avait réussi à pénétrer dans le chai, bien que Madeleine ait affirmé qu'elle seule et Mignoni en détenaient la clé.

Madeleine avait fait une courte apparition au cours du dîner puis elle avait disparu. Etait-il possible qu'elle se soit enfermée dans le chai ? Pour mieux y monter la garde ? Pour s'y livrer clandestinement à quelque opération douteuse ? Il s'apprêtait à descendre pour en avoir le cœur net, lorsqu'il vit, très distinctement cette fois-ci, la porte du chai s'entrouvrir et un homme, dont il lui sembla reconnaître la silhouette, se glisser à l'intérieur.

Mignoni sauta sur sa veste, y puisa son arme de service et se précipita hors de sa chambre.

Eva dirigea le faisceau de sa lampe vers les broussailles derrière elle, mais le chat avait disparu. Elle retourna le faisceau vers la porte, aperçut une branche morte de bonne taille, s'en saisit, dissimula son corps à l'abri du chambranle de pierre, appuya le bout du bâton sur la porte et poussa d'un coup sec. Il y eut un miaulement, suivi d'un sifflement, un tourbillon dans l'air puis un bruit mat, comme un coup de hache dans un tronc. Eva dirigea sa lampe vers un gros arbre face à l'entrée. Une flèche était fichée au milieu du tronc. Elle vibrait encore. Si elle était restée face à la porte, cette flèche lui aurait percé la poitrine et troué le cœur. Elle entendit du bruit à l'intérieur du couvent, des bruits de pas feutrés et furtifs. Quelqu'un fuyait. Elle dirigea sa lampe vers l'entrée du bâtiment et y pénétra.

La première chose qu'elle vit, découpée dans le halo de sa torche, était une statuette. Celle d'un angelot aux cheveux bouclés et au sourire angélique, comme on en voit sur les peintures saintes des églises. Il tenait une arbalète à la main. Une vraie arbalète, en parfait état de marche. Mais ce n'était pas lui qui tétanisait Eva. Ce n'était pas lui qui faisait qu'elle se tenait bouche ouverte, incapable d'avancer, de crier, ni même de respirer. Ce qui la glaçait d'effroi se trouvait juste au-dessus de l'angelot, posé sur une sorte d'autel, exactement au centre du faisceau de sa lampe.

Madeleine était assise dans le chai près de la palette de vin. Elle semblait attendre. Gachassin, qui venait de se glisser à l'intérieur, s'avança vers elle.

— Tu as bien refermé la porte ? demanda Madeleine.

— Oui. Pourquoi m'as-tu demandé de venir ?

— Je voulais parler avec toi.

Gachassin eut un sourire triste.

— La dernière fois que tu as voulu me parler, c'était pour me demander de tirer un coup de fusil dans le dos de ton mari. Je t'aimais, Madeleine. Je l'ai fait et tu m'as laissé tomber comme une vieille chaussette.

— Je ne t'avais rien promis...

— Oh que si ! Nous devions nous marier, vivre ensemble. Tu t'es bien moquée de moi.

— C'est le passé ! Parlons d'aujourd'hui.

Gachassin poussa un profond soupir.

— Pourquoi m'as-tu demandé de venir te rejoindre ici ?

— Je veux savoir où est Vénus !

— Tu sais très bien que je ne suis pas responsable de la disparition de Vénus.

— Tu veux récupérer le château. Tu es prêt à tout pour ça !

— Ce n'est pas le château que je veux.

— Que veux-tu, alors ?

D'un coup, face à cette femme de fer, le maire du village, d'ordinaire si fier, se mit à ressembler à un enfant.

— Toi ! C'est toi que je veux. Je t'aime encore, Madeleine, avoua-t-il piteusement. Malgré tout le mal que tu m'as fait. Vois-tu, si tu voulais...

Gachassin resta suspendu, comme s'il hésitait à prononcer les mots qui lui rongeaient le cœur.

— Eh bien, lança Madeleine, continue !

— Si tu voulais de moi, j'oublierais tout. Je passerais l'éponge.

— Tu voterais pour moi au conseil d'administration ?

Gachassin eut à nouveau un pauvre sourire, une grimace triste, celle qu'un homme se fait face à une glace, toutes honte et lâcheté bues.

— Si tu veux bien de moi, alors oui, je voterai pour toi.

A ce moment-là, Madeleine regardait Gachassin qui regardait Madeleine. Si l'on pouvait lire toute la supplication et la tristesse d'un être fou d'amour dans le regard de l'homme, on ne pouvait rien lire dans celui de la femme qu'un abîme insondable, tant la vanité, l'orgueil et la fierté s'y entrelaçaient. Au même moment, Madeleine perçut un bruit. Quelqu'un venait de pousser la porte du chai et de pénétrer à l'intérieur. Son attitude changea brusquement :

— Tu mens ! cria-t-elle. C'est toi qui as enlevé Vénus et tu es venu ici pour saboter mon vin !

— Qu'est-ce que tu racontes ? protesta Gachassin, c'est toi qui m'as demandé de venir ! Qu'est-ce que tu as encore manigan...

Gachassin n'eut pas le temps de finir sa phrase. Un pistolet venu d'on ne sait où avait surgi dans la main de Madeleine et elle tira deux fois, visant la poitrine.

Mignoni, qui accourait, eut juste le temps de voir le corps du maire de Cressac s'écrouler aux pieds de Madeleine.

Installée sur l'autel, juste derrière l'archer angélique, il y avait une balance. Une vieille balance à deux plateaux. Posés sur chacun d'eux, des morceaux de chair baignaient dans un jus noirâtre. Ils semblaient agités par une vague intérieure, se mouvant sur les plateaux, produisant une sorte de bourdonnement sourd accompagné de bruits de flaques. Eva s'approcha. Elle prit soudain conscience de la puanteur et porta la main à sa bouche, au bord du malaise. Son esprit était paralysé, incapable de penser, d'analyser, et pourtant des mots déferlaient en elle en une cascade limpide. Des mots beaux et terribles. Eva vouait aux mots une telle passion que certains d'entre eux s'étaient à jamais gravés dans sa mémoire. Pour beaucoup de jeunes filles, c'étaient ceux de l'amour. Pour Eva, dont la jeunesse avait été broyée entre les murs d'un orphelinat, c'étaient ceux de l'horreur. Les mots qui déferlaient en elle, alors qu'elle se trouvait face à ce spectacle insoutenable, étaient ceux d'un poème de Baudelaire, « Une charogne » :

Rappelez-vous l'objet que nous vîmes, mon âme,
Ce beau matin d'été si doux :
Au détour d'un sentier une charogne infâme
Sur un lit semé de cailloux,

Les jambes en l'air, comme une femme lubrique,
Brûlante et suant les poisons,
Ouvrait d'une façon nonchalante et cynique
Son ventre plein d'exhalaisons...

Alors qu'elle continuait de s'approcher, il lui sembla que son cœur était en train de remonter dans sa bouche. Les mots continuaient de couler, inexorables :

Et le ciel regardait la carcasse superbe
Comme une fleur s'épanouir.
La puanteur était si forte, que sur l'herbe
Vous crûtes vous évanouir.

Maintenant, dans le halo de sa lampe, Eva distinguait bien les deux tas de bidoche suintants et elle comprit pourquoi ils s'agitaient ainsi, soulevés par une sorte de houle : asticots et vers grouillaient à l'intérieur.

Les mouches bourdonnaient sur ce ventre putride,
D'où sortaient de noirs bataillons
De larves, qui coulaient comme un épais liquide
Le long de ces vivants haillons.

Dans l'un des plateaux, les morceaux de viande étaient lisses, mousseux, dans l'autre, ils étaient ronds, pleins de circonvolutions.

Tout cela descendait, montait comme une vague,
Ou s'élançait en pétillant ;
On eût dit que le corps, enflé d'un souffle vague,
Vivait en se multipliant...

La cascade de mots se tarit brusquement. Eva venait de comprendre : face à elle, dans les plateaux de la balance, les morceaux de chair humaine étaient le foie et les reins de Vermeulen, emplis de vermine. Son estomac se souleva et un flot de bile s'échappa d'elle, giflant le sol du couvent.

Elle entendit un bruit de pas précipités derrière elle et braqua le faisceau de sa lampe dans l'encadrement de la porte. Un homme se tenait à l'entrée.

Mignoni se précipita sur le corps de Gachassin. Deux œillères rouges ornaient sa poitrine, d'où le sang s'échappait à gros bouillons.

— Qu'est-ce qui s'est passé ?

— Il s'est introduit dans le chai ! lança Madeleine. Il voulait saboter mon vin, c'est certain !

Elle tenait encore son petit pistolet à la main et semblait très calme.

— Que faisiez-vous dans le chai ?

— Eh bien… Je faisais ma ronde. Heureusement, d'ailleurs. Si j'avais dû compter sur vous…

Mignoni tenait le corps de Gachassin contre lui et s'efforçait maladroitement de comprimer les plaies.

Madeleine s'approcha et se pencha.

— Il n'est pas mort ?

Il y avait du regret dans sa voix. Gachassin se cabra. Son corps roula sur le côté. Il râla et un mince filet de sang s'échappa de sa bouche.

— J'ai entendu des coups de feu…

Marino venait à son tour d'entrer dans le chai.

— Appelez immédiatement une ambulance, ordonna Mignoni.

Marino consulta Madeleine du regard. Celle-ci hocha la tête et Marino repartit en courant.

— Qu'est-ce qui vous fait penser qu'il était venu pour saboter votre vin ? demanda Mignoni.

— Ce type me déteste ! Il veut ma perte ! D'ailleurs...

Avant que Mignoni ait pu esquisser le moindre geste, Madeleine avait enfoui sa main dans la poche de Gachassin. Elle farfouilla un instant, faisant jouer ses doigts à l'intérieur. Soudain, elle poussa un petit cri de triomphe.

— Tenez !

Madeleine extirpa sa main. Entre ses doigts, elle brandissait un flacon qui contenait un liquide jaunâtre. Elle eut un sourire de carnassier.

— Qu'est-ce que je vous disais ?

— C'est quoi ?

Madeleine leva le flacon et le fit tourner dans la lumière. La fiole portait une étiquette.

— Cyanure, laissa-t-elle tomber avec un ricanement. C'est clair, non ? Ce type voulait empoisonner le vin du sommet de Versailles.

Dans le faisceau de sa lampe, Eva reconnut les traits de Tristan Lacaze. Il paraissait affolé.

— C'est vous, Eva ?

Aveuglé par la lumière, il ne pouvait voir qu'une silhouette en face de lui.

— Oui, c'est moi ! lança Eva. Qu'est-ce que vous faites ici ?

— J'ai reçu un coup de téléphone. Une fillette. Elle m'a dit que vous étiez ici, en grand danger.

Lacaze voulut entrer dans le couvent, mais la voix d'Eva claqua comme un coup de fouet :

— Restez où vous êtes ! Quand avez-vous reçu ce coup de téléphone ?

— Il y a une dizaine de minutes à peine. J'étais sous la douche. Mon portable a sonné. Je me suis précipité. D'où vient cette odeur répugnante ?

Eva tourna le faisceau de sa torche vers la balance.

— Qu'est-ce que c'est ? demanda Lacaze, ahuri.

— Des organes humains. Un foie et deux reins.

— Mon Dieu. C'est horrible !

Eva s'approcha de la porte et tourna sa torche vers le sol. Une sorte de clapet était sommairement fixé à hauteur du montant. Lorsqu'on ouvrait la porte, le montant appuyait sur un petit levier libérant la mâchoire du clapet. Sur le sol, Eva aperçut le fil qui, brutalement libéré de son encoche, avait permis le déclenchement du tir. Le système fonctionnait comme celui d'une arbalète « à retardement », visant celui qui entrait. Simple, rudimentaire, mais efficace. Eva passa derrière l'angelot et vit une porte qui donnait sur une pièce tout en longueur. Elle s'y engagea, suivie par Lacaze, qui demeurait silencieux. Au fond de la pièce, il y avait une autre porte, qui ouvrait sur un patio intérieur mangé par les broussailles. Un chemin était tracé en son centre, ronces écrasées à terre, branchages foulés. Eva songea que c'était par là que Marie s'était enfuie. Elle traversa le patio en empruntant le chemin, tomba sur une grille ouverte. Elle donnait sur un sentier qui s'enfonçait au cœur de la forêt.

— Cet endroit est abandonné depuis des siècles, lança Lacaze, qui suivait toujours. Seuls les enfants du village y viennent encore parfois.

— Pour faire quoi ?

— Jouer, je suppose.

Eva se glissa le long des murs. Les ronces s'étaient jetées à l'assaut des pierres, mais un passage dégagé à mi-hauteur permettait de faire le tour du couvent. Un adulte devait s'accroupir pour progresser sous la voûte d'épines, pas un enfant. Eva se retrouva bientôt à son point de départ, devant la porte d'entrée du bâtiment.

— Il y avait quelqu'un à l'intérieur du couvent lorsque je suis arrivée, lança-t-elle. Une enfant.

— Vous l'avez vue ?

— Non, mais j'ai entendu sa voix.

La jeune femme braqua brusquement le faisceau de sa torche sur le visage de Lacaze.

— Connaissez-vous une certaine Marie ?

— Marie... Euh... non !

— C'était le prénom de votre mère, non ?

Lacaze regardait Eva, ahuri.

— Quel rapport ?

— Vous dites qu'une fillette vous a téléphoné...

— Oui, c'est exact.

— Et sur un simple coup de fil, vous vous êtes précipité ?

Lacaze semblait pétrifié, assommé par les questions qu'Eva posait sèchement.

— Il y avait une telle détresse dans sa voix, plaida-t-il. Elle paraissait paniquée. J'ai pensé que c'était sérieux.

— Comment était sa voix ?

Lacaze haussa les épaules.

— La voix d'une fillette.

— Si vous ne connaissez pas Marie, comment expliquez-vous qu'elle vous connaisse ? Et comment expliquez-vous qu'elle soit terrorisée par vous ?

— Moi ? Je la terrorise ? protesta Lacaze. Mais pourquoi... comment ?

— Je l'ignore. Mais il y a une chose que je trouve très étrange...

— Laquelle ?

— Marie m'a donné rendez-vous deux fois. Je ne l'ai pas vue, et les deux fois, c'est vous que j'ai vu à sa place. La première fois au cimetière, la seconde ici.

— Je ne comprends rien à cette histoire ! explosa soudain Lacaze. Rien de rien ! Vous dites que je terrorise cette enfant... Alors expliquez-moi une chose : pourquoi est-ce que c'est à moi qu'elle téléphone pour me dire que vous êtes en danger ?

— Bonne question ! laissa tomber Eva.

— Qu'est-ce qui se passe ? poursuivit Lacaze, dont les nerfs étaient visiblement en train de lâcher. A qui appartiennent le foie et les reins que nous avons vus dans le couvent ? Qu'est-ce que nous faisons ici, vous et moi ? Qu'est-ce que c'est que ce cauchemar ?

— Calmez-vous ! Je rentre à La Palombière. Vous m'accompagnez ?

Eva et Lacaze redescendirent le chemin qui menait au château sans prononcer un mot. Eva se demandait quel but poursuivait le ravisseur de Vénus. Marie et lui étaient visiblement de mèche. Cette nuit, ils avaient tenté de l'éliminer en utilisant une arbalète tenue par un angelot. Pourquoi cette mise en scène ? Et pour qui ce décorum ? Si Eva avait reçu la flèche en plein cœur, jamais elle n'aurait vu les organes humains déposés sur les plateaux de la balance. Pourquoi, alors, l'assassin les avait-il placés là ? Pour adresser un message à qui ?

Elle songea au mail que lui avait adressé l'archange du Médoc à propos de Marie : « Cette fillette est le diable ! » L'archange dénonçait son complice, comme pour se disculper à l'avance des crimes qu'ils allaient commettre ensemble.

Ce type se parle à lui-même, songea Eva. Il veut se persuader que ce n'est pas lui qui tue, mais un de ses angelots guerriers. Voilà pourquoi il « maquille » ses crimes : pour se disculper à ses propres yeux.

Les morceaux de chair humaine déposés dans les plateaux de la balance n'étaient pas à l'intention d'Eva, mais de Marie ! Comme si l'assassin ressentait le besoin de donner à l'enfant des gages de sa férocité…

En arrivant, ils aperçurent le phare d'une ambulance qui éclaboussait les murs de la cour d'éclats bleus et blancs. Elle était garée devant le chai, et les ambulanciers avaient sanglé un corps sur un brancard qu'ils étaient en train d'enfourner à l'arrière du véhicule. Madeleine se tenait à côté de Mignoni. Deux autres hommes étaient présents, un médecin et un policier. L'homme en blouse blanche était pessimiste : d'après lui, la vie de Gachassin ne tenait plus qu'à un fil. Bien heureux s'il arrivait à l'hôpital vivant. Le policier, pour sa part, tenait précieusement à la main un petit sachet de plastique qui contenait une fiole de liquide transparent.

Avant qu'il s'en aille, Madeleine insista pour que Mignoni témoigne qu'elle avait sorti le flacon de la poche de Gachassin.

— Ne soyez pas surpris si vous trouvez mes empreintes, précisa-t-elle en s'adressant au policier.

Le policier consulta Mignoni. L'inspecteur confirma que Madeleine était allée piocher le cyanure au fond de la poche de Gachassin. Il attira son confrère à l'écart et le pria de faire preuve de la plus extrême discrétion.

— C'est une affaire sensible, chuchota-t-il. Je suis ici incognito sur ordre du ministre de l'Intérieur.

— Je sais, répliqua le policier, un petit sourire aux lèvres. J'ai lu le journal, ce matin.

Lorsque Madeleine aperçut le fils Lacaze, elle s'approcha de lui.

— Mauvaise nouvelle pour votre père, Papillon, murmura-t-elle à son oreille. Maintenant je doute que Gachassin puisse assister au conseil d'administration, et avec ses 14,4 %, votre père restera le bec dans l'eau.

Elle poussa une sorte de gloussement satisfait, tournoya sur elle-même et s'éloigna dans un tourbillon de voilettes.

Ce fut comme un signal. Chacun regagna sa chambre.

32

L'inspecteur Mignoni ne parvenait pas à trouver le sommeil. Il n'arrêtait pas de se tourner et de se retourner dans son lit.

Sitôt l'ambulance repartie, il avait sauté sur son téléphone pour informer Rougerie. Il lui avait fait un récit aussi précis que possible, sans toutefois donner trop de détails. Des détails qui pourtant avaient toute leur importance, puisque, maintenant, ils l'empêchaient de dormir.

« Vous pensez vraiment que ce type voulait empoisonner le vin ? avait demandé Rougerie.

— Je l'ignore. Mais j'ai vu de mes propres yeux Madeleine Lescarboura le fouiller et sortir une fiole de cyanure de sa poche.

— Bon ! Tâchez d'étouffer le coup. Pas un mot à la presse ! J'envoie un hélicoptère demain pour récupérer la palette, qu'on en finisse ! »

Clic.

Mignoni était monté se coucher. Depuis, il n'arrêtait pas de se voir et de se revoir en train de passer la porte du chai, juste avant que les coups de feu n'éclatent. Alors qu'il courait, il avait entendu la voix de Gachassin : « C'est toi qui m'as demandé de venir ! Qu'est-ce que tu as encore manigan… » Pan ! Pan ! Exactement comme si Madeleine avait voulu lui couper le sifflet.

« C'est toi qui m'as demandé de venir ! » Et si Madeleine avait attiré Gachassin dans un piège, un guet-apens pour se débarrasser de lui ? Si l'article paru dans *Sud-Ouest* avait été une manœuvre pour préparer le terrain, pour accréditer l'idée qu'elle savait que quelqu'un chercherait à empoisonner son vin ? Que faisait-elle à une heure pareille dans son chai ? Pourquoi avait-elle un pistolet ? Plus il y pensait, plus Mignoni trouvait la thèse du guet-apens plausible. Il se souvenait des paroles d'Eva, affirmant que Madeleine était une redoutable manœuvrière. Pourtant... Mignoni avait vu Madeleine plonger sa main vide dans la poche de Gachassin. Lorsqu'elle l'en avait ressortie, elle brandissait une fiole. C'était bien la preuve que la fiole se trouvait dans la poche du maire de Cressac ! Et que faisait Gachassin avec une fiole de cyanure dans la poche, sinon se préparer à empoisonner le vin ?

C'était une histoire à dormir debout, et Mignoni avait la sensation de baigner dans une mélasse épaisse et insoluble.

Sitôt entrée dans sa chambre, Eva était allée pêcher une mignonnette dans le minibar et elle l'avait vidée d'un trait. Elle éprouvait une sensation étrange. Une phrase, un mot peut-être, que Tristan Lacaze avait prononcée l'avait frappée, mais elle était incapable de s'en souvenir. Les mots – ces fameux mots !... – dansaient la sarabande dans sa tête, mais elle était incapable de les ordonner, de les relier les uns aux autres. Tout allait trop vite. Eva se sentait comme une centrifugeuse. Il fallait qu'elle se calme, qu'elle laisse reposer tout ça...

Elle s'était couchée sur son lit, tout habillée, et contrairement à Mignoni elle s'était endormie très vite. Mais, très vite également, des cauchemars horribles étaient venus la visiter. Elle se voyait assise à la table du réfectoire de l'orphelinat devant une tranche de veau. Une surveillante voulait l'obliger à manger et elle refusait. La surveillante menaçait de la forcer. Eva hurlait et brandissait un couteau face au visage de la femme. Celle-ci disparaissait alors derrière un rideau transparent, vaguement opaque, derrière lequel on ne pouvait voir qu'une ombre. Le rideau s'ouvrait. C'était Tristan Lacaze qui se tenait derrière. Le rideau se refermait et s'ouvrait à nouveau. Cette fois-ci, c'était une petite fille au visage d'ange qui apparaissait. Elle souriait et ses traits rappelaient ceux de Marie, la maman de Lacaze. Chaque fois, Eva tentait de leur taillader le visage, mais, chaque fois qu'elle allait frapper, le rideau se refermait. Alors elle frappait au hasard, à travers le rideau. Elle eut la vision d'un siphon où l'eau s'écoulait, troublée par un filet de sang.

Elle s'éveilla dans un sursaut. Son corps était en nage, couvert de sueur.

Elle se déshabilla et sauta sous la douche. Elle était en train de se frictionner, lorsque soudain elle crut entendre son téléphone sonner. Elle interrompit le jet, prêta l'oreille, n'entendit aucun bruit.

Elle allait remettre la douche en marche lorsque la lumière vint, d'un coup, tel le trait lumineux d'une évidence : « J'étais sous la douche lorsque mon téléphone a sonné », avait dit Lacaze. C'est cette phrase-là, ce détail, qui l'avait frappée. Pour le retrouver, l'inconscient de la jeune femme avait remis en scène la situation : en la faisant transpirer sous l'assaut des cauchemars, il s'était assuré qu'elle allait courir prendre une douche. Sous le jet, elle avait cru entendre le téléphone. Eva ne connaissait que trop bien les signaux que lui adressait son inconscient, et leur importance, pour ne pas prendre celui-là au sérieux.

« J'étais sous la douche... »

Très vite, la jeune femme éprouva la sensation qu'une part de la vérité se trouvait dans ces mots, ou, tout du moins, une indication précieuse. Elle se souvint du visage de Lacaze dans le faisceau de sa lampe. Son front et ses joues étaient légèrement griffés, ses cheveux couverts de fines particules de végétaux, comme s'il avait traversé un taillis de ronces. Or il prétendait sortir de la douche... Mais cela ne prouvait rien. Eva se souvenait que pour parvenir à l'entrée du couvent elle avait dû traverser un buisson gorgé d'épines... Lacaze avait fait la même chose. Pourquoi alors cette simple phrase résonnait-elle ainsi en elle ? Elle acheva de se rincer, se sécha, s'enveloppa dans un peignoir et se recoucha. Progressivement, touche après touche, Eva avait la sensation que s'ébauchait sous ses yeux un tableau encore flou, mais dont les contours s'affinaient progressivement.

Il suffisait d'attendre, de laisser mariner encore un peu.

33

Au cœur de la nuit, Marino et Virgil s'activaient dans le chai. Ils avaient pris soin de ne pas allumer la lumière et travaillaient à la lueur d'une vieille lampe à pétrole. La flamme dansante projetait sur leurs visages des lueurs ocre, étirant leurs traits, accentuant l'orbite de leurs yeux. Plus que jamais, le vieux Virgil avait l'air d'un prophète halluciné.

Les gestes des deux hommes étaient précis. Ils ne prononçaient pas un mot, absorbés par leur tâche.

Entre ses longs doigts pointus, le vieux tenait une pipette qu'il plongeait dans un flacon de liquide jaunâtre. Puis il saisissait une capsule, déposait au fond avec précaution une goutte de liquide qui sitôt en contact avec le métal entrait en réaction. Le liquide se mettait à pétiller en produisant une sorte de mousse qui dégageait une forte odeur de colle. Le vieux attendait alors une quinzaine de secondes. La réaction cessait brusquement, laissant au fond de la capsule une fine pellicule translucide, une sorte de croûte écaillée. Il tendait alors la capsule à Marino, qui l'empilait méticuleusement sur les autres.

Le soleil commençait à pointer lorsqu'ils eurent terminé. Marino eut un sourire satisfait. Toutes les bouteilles étaient en place sur la palette, bouchonnées, prêtes à être capsulées. Il passa son bras autour des épaules du vieux et le serra contre lui en murmurant à son oreille. Les deux hommes communièrent un court instant dans les bras l'un de l'autre. Puis Marino ouvrit doucement la porte du chai, vérifia que Mignoni n'était pas en observation derrière sa fenêtre, se glissa à l'extérieur, fit signe au vieux de le suivre, referma le cadenas derrière eux.

Ils se fondirent dans les ombres blêmes du matin naissant.

34

Eva ouvrit brusquement les yeux. Elle avait la sensation d'une présence étrangère dans sa chambre. Elle se redressa d'un coup et poussa un soupir de soulagement en apercevant la tourterelle qui s'agitait sur son balcon, frappant la vitre avec ses ailes.

— Tu as raison, ma vieille... Debout !

Elle se leva d'un bond, se rendit à sa fenêtre, ouvrit largement les deux battants sans que la tourterelle s'en émeuve. Elles étaient devenues copines, toutes les deux... Le ciel était bleu, légèrement voilé, l'air pur. Le serpent de la Gironde déroulait lascivement ses anneaux au loin et Eva frissonna en songeant à Gélu. La tourterelle poussa un roucoulement enjoué.

— Oui, tu as raison, lança Eva. C'est une belle journée qui s'annonce.

Elle avait à peine terminé sa phrase que le téléphone sonnait. Instinctivement, Eva lança un regard vers le château des Lacaze. Elle aperçut ses tours au loin qui émergeaient du tapis de brume. Elle décrocha.

— Allô ?

C'était la voix cristalline de Marie.

— Bonjour, Marie.

Il y eut un silence.

— Pourquoi t'es-tu enfuie, hier soir ? demanda calmement Eva. Ne me dis pas que tu n'étais pas là, j'ai entendu ta voix ! Tu m'as dit de ne pas avoir peur et d'entrer.

— Je me suis enfuie parce que j'ai su qu'il allait arriver.

— Comment le savais-tu ?

— Je sens sa présence.

— Il m'a dit que tu lui avais téléphoné et que tu lui avais dit que j'étais en danger.

— C'est un menteur !

— Dis-moi, Marie, comment es-tu entrée dans le couvent ?

— Par la porte de derrière. Quand je vais au couvent, je rentre toujours par la porte de derrière. Devant, c'est plein de ronces. J'aurais dû te prévenir. Tu ne t'es pas fait mal, au moins ?

— Non. Tu y vas souvent, au couvent ?

— Parfois.

— Pourquoi ?

— Eh bien, pour jouer, avec mes copines.

— A l'intérieur, il y avait un angelot qui tenait une arbalète.

— Oui.

— Lorsque j'ai poussé la porte, l'arbalète s'est déclenchée et j'ai failli recevoir la flèche en plein cœur. Il y avait également une balance avec des morceaux de chair dans les plateaux. C'est toi qui les avais mis là ?

— Non ! Ce n'est pas moi, je te le jure. C'est lui. C'est un assassin, un meurtrier. Fais attention, Eva. Si tu tombes entre ses griffes, il t'emmènera dans les caves de l'enfer et il te tuera.

— C'est lui qui a emmené Vénus dans les caves de l'enfer ?

— Oui. C'est lui !

— Où sont-elles, ces caves de l'enfer, Marie ? Il faut que tu me le dises !

— Je ne peux pas.

— Pourquoi ?

— A cause de lui. C'est un monstre !

Il y eut un silence.

— Tu dis que tu ne lui as pas téléphoné, poursuivit Eva. Alors explique-moi une chose : comment pouvait-il savoir que nous avions rendez-vous toutes les deux à neuf heures au couvent ?

Clic.

Marie venait de raccrocher. Eva avait remarqué que l'enfant raccrochait toujours au moment où elle lui posait une question à laquelle elle était incapable de répondre. Ou, plus exactement, une question à laquelle elle *ne voulait pas* répondre !

Eva prit une douche et descendit dans la salle de restaurant. Mignoni était attablé devant un café, visage tiré, mine pâle. La jeune femme s'installa face à lui.

— Vous n'avez pas l'air dans votre assiette...

— Après ce qui s'est passé hier soir, ça se comprend, non ?

— Qu'est-ce qui s'est passé, exactement ?

Mignoni hésita. Il en avait assez de fournir des informations à Eva sans qu'elle lui donne rien en retour. Mais à quoi bon se taire ? Il lui fit un récit détaillé de ce qui s'était passé, sans rien omettre de ses doutes concernant Madeleine.

— J'ai entendu Gachassin dire : « C'est toi qui m'as demandé de venir », précisa-t-il. Si je n'avais pas vu Madeleine plonger sa main dans la poche de Gachassin et en ressortir cette fiole de cyanure, j'aurais été persuadé qu'elle lui avait tendu un piège. Mais là...

— Elle lui a tendu un piège !

— Puisque je vous dis que...

— Sa main était vide lorsqu'elle l'a plongée dans la poche de Gachassin, c'est bien ça ?

— Oui !

— Eh bien non !

Mignoni sursauta.

— Je vous assure ! protesta-t-il. Sa main était...

Eva secoua la tête.

— Je ne mets pas en doute votre bonne foi, monsieur Mignoni, mais un soir, Madeleine est venue me voir dans ma chambre. J'aurais juré également qu'elle avait les mains vides. A un moment, elle a détaché un morceau de voilette de sa robe et l'a enfoui dans son poing serré, comme ça...

Eva refit les gestes que Madeleine avait faits cette nuit-là.

— Lorsqu'elle a ouvert sa main, il y avait un œuf à l'intérieur. Puis elle a fait apparaître une tourterelle. Elle se trouve toujours sur mon balcon, d'ailleurs. Vous pouvez vérifier.

— Vous voulez dire que Madeleine…

— Est une prestidigitatrice très douée, exactement ! coupa Eva. N'oubliez pas qu'elle a passé toute sa jeunesse dans un cirque… Elle s'est servie de vous pour éliminer Gachassin. Elle savait que vous alliez surveiller le chai. Pendant que nous mangions, elle est allée s'y enfermer. Auparavant, elle avait donné rendez-vous à Gachassin. Il ne s'est pas méfié et s'y est rendu. Madeleine savait que vous le verriez entrer dans le chai. Elle a attendu que vous arriviez pour tirer sur lui. Puis elle lui a fait les poches et en a ressorti une fiole de cyanure. Elle vous a bien demandé de témoigner qu'elle avait sorti la fiole de la poche de Gachassin, n'est-ce pas ?

— Oui, convint piteusement Mignoni.

— A propos de Gachassin, vous avez de ses nouvelles ? demanda Eva.

— J'ai appelé l'hôpital ce matin. Il est dans le coma, entre la vie et la mort.

Eva claqua brusquement dans ses mains.

— Et voilà, le tour est joué ! Le conseil d'administration du château La Palombière doit impérativement se dérouler lundi prochain. Gachassin ne pourra pas s'y rendre. Il est célibataire, sans enfant, et il n'a évidemment laissé aucune procuration. Madeleine est certaine d'obtenir la majorité. Même plus besoin de retrouver Vénus. Bien joué, non ?

— Formidable, soupira Mignoni, plein d'amertume. Permettez ? Il faut que je téléphone.

Le maître d'hôtel vint s'incliner devant Eva au moment où Mignoni se retirait.

— Madame ?

— Jus d'orange, omelette, café ! Ah ! Mettez-moi des viennoiseries, aussi.

Le maître d'hôtel s'inclina.

— Madame Lescarboura souhaiterait vous dire un mot lorsque vous aurez terminé votre petit déjeuner, souffla-t-il.

Dans la cour, Mignoni faisait les cent pas, son portable à la main.

« Ne me dites pas qu'il y a encore un mort ! avait aboyé Rougerie lorsqu'il l'avait eu en ligne.

— Non, mais il y a un élément nouveau.

— Je vous écoute. »

Mignoni était en train de lui raconter comment Madeleine avait manœuvré pour éliminer Gachassin.

— Pour nous, qu'est-ce que ça change ? demanda Rougerie lorsqu'il eut terminé.

— Pardon ?

— Ecoutez, Mignoni ! Croyez-vous que les petits tripatouillages du conseil d'administration du château La Palombière nous intéressent ? Samedi soir, c'est la clôture du sommet de Versailles, et sur la table du banquet il y aura des bouteilles ! C'est ça qui nous intéresse. Vous saisissez ?

— Oui, mais...

Rougerie soupira profondément.

— Je n'ai pas de temps à perdre, Mignoni. On vous envoie un hélicoptère dans l'après-midi pour récupérer la marchandise. Tout est prêt ?

— On doit capsuler les bouteilles dans la matinée.

— Bien ! Ne les perdez pas de l'œil, Mignoni ! Et rassurez-vous : ce ne sera pas la première fois, ni la dernière, qu'un assassin sera laissé en liberté. Entre nous, votre Madeleine, elle a bien joué son coup, non ?

Clic.

Mignoni demeura longtemps le bras levé, à deux doigts de fracasser son téléphone sur le pavé. Au final, il se ravisa.

Eva toqua à la porte du bureau de Madeleine et celle-ci leva la tête.

— Entrez !

— Je croyais que nous ne devions nous rencontrer que discrètement, la nuit, dans ma chambre…

Madeleine eut une moue sarcastique.

— Vous n'ignorez pas que la situation a changé, n'est-ce pas ?

Elle souriait et Eva hocha la tête.

— Je voulais vous dire que je n'ai plus besoin de vos services, lança Madeleine. Toutefois, avant que vous partiez, je dois vous remettre ça, comme convenu avec votre patron. Vous n'y êtes pas pour grand-chose, mais une parole est une parole !

Elle tendit à Eva un papier sur lequel figurait le cachet d'un huissier. Eva prit le temps de le lire. C'était un acte de donation d'une parcelle de cinq hectares de château-margaux au profit d'une fondation dont le siège social se trouvait au Sri Lanka. Une des « couvertures » de Foch, sans doute. Eva fourra le papier dans sa poche.

— Si vous n'y voyez pas d'inconvénient, je vais rester trois ou quatre jours de plus, annonça-t-elle avec une désinvolture calculée. J'adore la région. Le vin y est si bon !

— A votre aise, répliqua Madeleine, pincée. Mais je n'assure plus vos frais de bouche.

— C'est évident.

Eva s'inclina et sortit du bureau.

Pas un instant il n'avait été question de Vénus, et Eva était maintenant persuadée que Madeleine ne tenait pas du tout à ce qu'on la retrouve.

L'avait-elle seulement voulu un jour ?

Les bouteilles furent capsulées en fin de matinée. Mignoni surveilla d'un air bougon les opérations. Marino avait délaissé la chaîne au profit du travail « à la main ». Il saisissait les bouteilles une à une, posait délicatement la capsule dessus, glissait le goulot dans une machine qui moulait le métal autour du manchon de verre en couinant. Puis il la rangeait avec les autres.

Dans l'après-midi, un hélicoptère dépêché par le ministère de l'Intérieur vint prendre livraison de la palette de vin.

A Versailles, un manifestant avait eu le visage brûlé par l'acide d'un cocktail Molotov. Un autre avait perdu une main en ramassant une grenade.

Le brigadier Robineau arriva en début de soirée et l'inspecteur eut un choc lorsqu'il la vit sortir de sa voiture. Il réalisa que c'était la première fois qu'il voyait le brigadier en civil. Joëlle portait une jupe noire, très courte malgré la température peu clémente, et un pull en mohair mauve. Elle était ravissante. Instantanément, Mignoni oublia tous ses soucis.

Le vin était expédié.

Il réceptionnait le brigadier.

Elle n'était pas belle, la vie ?

35

Pendant trois jours, le temps sembla suspendu. Comme s'il souhaitait se remettre du passage d'un cyclone qui l'aurait secoué jusque dans ses fondements, le château La Palombière offrait craintivement sa façade aux caresses du soleil qui, en ce début mars, faisait de timides apparitions. Chacun vaquait à ses occupations sans sembler se préoccuper des autres. Madeleine faisait de longues visites dans les vignes en compagnie de Virgil. On aurait dit deux généraux en campagne : lui pointait l'ennemi, elle ordonnait qu'on le passe à la « bouillie bordelaise ».

Elle y mettait tant de cœur qu'on avait parfois l'impression que le mildiou s'attaquait à sa propre chair.

A Versailles, pendant que les chefs d'Etat palabraient, les manifestants multipliaient les escarmouches, harcelant la police. Le château, en état de siège, était inabordable.

Mignoni et le brigadier Robineau, quant à eux, vivaient l'autarcie chère aux amants. Ils se couchaient tôt, se levaient tard, affichant cet œil torve qui donne si souvent aux amoureux l'air idiot des épagneuls. Ils se lançaient dans de grandes excursions dans la campagne médocaine, se plongeaient dans l'océan des champs de vigne, se plantaient face à l'Atlantique, laissant leur regard se perdre dans l'infini de l'horizon, visages giflés par les embruns qui donnaient du sel à leurs caresses. Le brigadier Robineau était gai, enthousiaste, telle une hirondelle insouciante, goûtant chaque chose sans jamais bouder son plaisir, et l'inspecteur Mignoni buvait à sa jouvence sans plus penser à rien.

Eva, quant à elle, semblait comme une fourmi laborieuse occupée à quelque tâche obscure, connue d'elle seule. Elle était allée à Bordeaux, y avait fait l'acquisition d'une longue-vue qu'elle avait installée derrière la fenêtre de sa chambre, objectif pointé vers le château des Lacaze. L'esprit en ébullition, les neurones aiguisés par les mignonnettes qu'elle puisait régulièrement dans le minibar de sa chambre, elle faisait de longues stations derrière sa lunette, à observer les allées et venues dans la cour et à l'intérieur du château.

Un soir, alors que la nuit tombait, elle n'avait pas été surprise de voir Tristan pointer lui-même une longue-vue en direction de sa chambre. Elle lui avait adressé un petit signe amusé auquel il n'avait pas répondu, fermant rageusement les volets.

Eva n'avait plus aucune nouvelle de Marie et elle le regrettait. Pour elle, l'existence de cette enfant était une énigme qui dressait un obstacle devant sa raison, sa compréhension, son entendement.

Souvent, durant la nuit, ses cauchemars revenaient la visiter, particulièrement celui du rideau derrière lequel elle n'apercevait que des ombres. Eva était persuadée que si elle parvenait à lever ce voile, à voir derrière ce rideau, comme vraisemblablement Vermeulen l'avait fait, alors la vérité lui apparaîtrait, nue, évidente, terrible.

En attendant, ses songes noirs se terminaient toujours de la même façon : de l'eau qui coule dans un siphon, troublée par un filet de sang.

Après avoir récupéré la donation de Madeleine, Eva avait redouté que Foch ne lui ordonne de quitter le château La Palombière, d'abandonner Vénus à son sort.

Elle ne le voulait à aucun prix. Alors, elle avait choisi la solution de facilité : elle n'avait pas prévenu le patron de l'Œuvre.

36

Ce jour-là était le 17 mars, jour de la Saint-Patrick. Eva n'avait pas oublié cette date sur son agenda. *Retour du curé à Cressac*, avait-elle noté. Elle était restée sans réaction lorsque la bonne lui avait annoncé que le prêtre donnait traditionnellement une messe ce jour-là. Ce n'est que plus tard qu'elle avait réalisé que saint Patrick était le patron des catholiques irlandais. Elle avait alors repensé au discours délirant du vieux Lacaze à propos des catholiques, des protestants et du vin d'essence divine.

Elle avait décidé d'assister à la messe.

En fin de matinée, elle avait plongé avec sa longue-vue dans les tours du château des Lacaze. Les volets de la chambre de Tristan étaient toujours fermés, mais, en promenant son objectif sur la façade, elle avait distingué le vieux dans sa chambre en train de se nouer une cravate autour du cou.

Elle avait passé son tailleur le plus strict, s'était maquillée avec discrétion et avait pris la route de Cressac. En passant devant la salle de restaurant, elle avait aperçu l'inspecteur Mignoni installé au bar en train de conter fleurette à une jeune femme très blonde, au demeurant très jolie.

Ainsi va la vie, avait songé Eva, amusée. Mignoni flirte et moi je vais à la messe...

Une bonne partie des habitants du village était rassemblée sur le parvis de l'église. Jamais Eva n'avait vu autant de monde et elle se demanda si les habitants de Cressac vouaient un culte particulier à saint Patrick. En se mêlant à la foule, elle ne tarda pas à comprendre que cette messe était une institution voulue et créée par le vieux Lacaze. Les habitants du village y venaient en masse pour montrer leur attachement – leur soumission ? – à celui qui était encore considéré comme le « patron ».

Certaines vieilles paysannes, parlant de Lacaze, l'appelaient encore « not' bon maître » et, prononçant son nom, ne pouvaient s'empêcher de courber l'échine. Le pouvoir de l'argent imprègne mieux les esprits, et plus durablement, qu'une marque au fer rouge un bagnard.

Il y eut une sorte de murmure lorsque le vieux Lacaze apparut, en compagnie de son fils. La foule sembla s'ouvrir sur leur passage. Alors qu'il passait près d'Eva, le père inclina légèrement la tête. Eva lui répondit de la même façon. Tristan se contenta de lui adresser un sourire crispé. A la suite des deux hommes, tout le monde entra dans l'église.

Eva s'installa au fond, dans un coin discret, près du bénitier. Elle remarqua que Tristan et son père avaient pris place au premier rang, juste en face du curé, comme deux hôtes de marque.

La messe se déroula sans que rien de particulier la différencie d'une autre messe, pas même le sermon du curé. Eva s'attendait à ce qu'il lance une attaque en règle contre les orangistes coupables de préférer la Guinness au saint-estèphe et de persécuter les bons et loyaux catholiques irlandais. Ou bien qu'il fustige Madeleine et son château, devenu un lupanar. Il n'en fit rien, se contentant d'adresser une supplique à l'assistance pour que chacun ait une pensée en direction de « ceux qui souffrent ».

Chacun pensait, bien sûr, à Gachassin...

Et Vénus, qui pensait à elle ?

Deux épisodes, pourtant, marquèrent Eva. Le premier fut celui de la communion. Tristan Lacaze s'avança vers l'autel en compagnie de son père. Le curé tendit l'hostie au vieux Lacaze pour qu'il la saisisse avec ses doigts et l'enfourne lui-même dans sa bouche, comme il est d'usage dans la nouvelle liturgie. Mais, d'un signe de tête impérieux, le vieux Lacaze refusa. Il ouvrit sa bouche et tendit sa langue. Le curé y déposa alors l'hostie avec un large sourire. Tristan imita son père en tout point, et Eva put voir combien son visage semblait bouleversé alors qu'il venait de recevoir le corps du Christ. Et de le manger…

Le second épisode se déroula au moment de la quête. Le vieux Lacaze fut le premier à être sollicité et il déposa cérémonieusement son obole dans la corbeille. Un chèque. Une sorte de frisson parcourut alors l'assistance, courant comme une vague du premier jusqu'au dernier rang : « Dix mille », murmuraient les villageois, ébaubis.

Eva fut l'une des premières à sortir de l'église. Des groupes se formèrent très vite sur le parvis et les langues s'agitèrent en grappe à propos du montant du chèque remis par le vieux Lacaze.

— Belle messe, n'est-ce pas ?

Tristan faisait face à Eva. Il souriait, comme soulagé.

— Une messe ou une tombola ? demanda la jeune femme en riant.

— Chaque année, mon père fait une donation pour la Saint-Patrick, protesta Lacaze. C'est devenu une tradition au village.

— C'est ce que j'ai cru comprendre. Dix mille euros ! Pour le curé, c'est jour de fête. En parlant d'argent… On vous verra demain, au cercle ?

— Vous-même, vous y serez ?

— Oui. Ce sera mon dernier jour au château La Palombière.

— Vous nous quittez déjà ?

A cet instant, Eva n'aurait su dire ce qui l'emportait, chez le fils Lacaze, de la tristesse ou du soulagement.

— Je serais ravie de passer cette dernière soirée avec vous, lança-t-elle avec un rien de minauderie charmeuse.

— Volontiers.

— Me voilà rassurée. J'ai cru que vous me faisiez la tête.

— Moi ? Vous faire la tête ? Mais pourquoi ?

— L'autre fois, je vous avais au bout de ma lunette alors que vous-même utilisiez la vôtre. Je vous ai fait signe et vous ne m'avez pas répondu.

— Oh ! J'avais ressorti une longue-vue que mon père m'avait offerte quand j'étais gosse. Je voulais voir si elle fonctionnait encore, mais l'objectif est désaxé et on n'y voit plus rien.

Le visage de Tristan changea soudain d'expression.

— Si je comprends bien, vous m'espionnez ?

— Exact.

Il leva son doigt.

— Ce n'est pas bien de fouiller dans la vie des gens comme ça. Quels mystères cherchez-vous à percer ?

— Celui de Marie !

Le doigt de Lacaze resta suspendu et son visage se ferma.

— Elle traîne toujours dans votre sillage, expliqua Eva. J'espérais l'apercevoir.

— Et vous l'avez vue ?

— Hélas non ! Pour moi, Marie reste une énigme. La disparition de Vénus également.

Eva tendit sa main.

— Demain, vers vingt heures ?

Tristan Lacaze saisit la main de la jeune femme et y déposa un baiser acide.

37

Eva quitta le parvis de l'église et partit se promener dans le village. Elle semblait perdue dans ses pensées, marchant au beau milieu de la route, indifférente aux rideaux qui, derrière les fenêtres closes, s'écartaient régulièrement sur son passage. Comme si ses pas obéissaient à quelque géométrie connue d'eux seuls, elle fut bientôt revenue à son point de départ.

Le jour s'éteignait doucement et maintenant la place de l'église était déserte. Eva passa devant les arbres lutteurs, contourna l'église et vint tirer la petite clochette du presbytère. Elle aperçut le visage poupin de la bonne derrière le carreau, vit ses lèvres bouger. L'instant d'après, la porte s'ouvrait et le curé s'avança vers elle. Il souriait et ses dents de devant, appuyées sur ses lèvres, lui donnaient un air de furet gourmand.

— Vous vous souvenez de moi ? demanda Eva lorsqu'il fut près d'elle.

— Très bien. Vous êtes venue dans mon église et nous avons parlé de l'archange Michel.

Il se retourna vers le presbytère en désignant la fenêtre derrière laquelle on devinait une silhouette.

— Madame Lecœur m'a dit que vous étiez venue au presbytère demander audience. Mille excuses. Je faisais retraite. Je fais toujours retraite avant la Saint-Patrick. Que puis-je pour vous, mon enfant ?

— C'est un peu délicat...

— Souhaitez-vous entrer ? Nous serons plus tranquilles à l'intérieur et, surtout, nous serons au chaud.

Eva opina et suivit le curé à l'intérieur de la maison. Il la fit pénétrer dans un salon au parquet ciré qui sentait l'encaustique et la suie de cheminée. L'endroit, éclairé par des ampoules poussives, était vieillot mais confortable. Dans la cheminée, des flammes rageuses étaient à l'ouvrage, rongeant des bûches soigneusement disposées en triangle. Sur le mur d'en face, un Christ en croix, corps en albâtre luisant, occupait tout l'espace. Le curé désigna un grand fauteuil en cuir à Eva et il prit place en face d'elle.

— Avant que nous allions plus loin, j'aimerais savoir ce qui vous a guidée vers moi, lança-t-il.

— L'archange Michel, répliqua Eva. Lorsque je suis entrée dans votre église, c'était à son appel, j'en suis sûre. Après, je suis allée à Bordeaux, à la basilique. Mes pas étaient comme guidés. Je suis entrée et j'ai parlé avec une femme qui vend des dépliants. La sœur de madame Lecœur, n'est-ce pas ?

— C'est exact.

— Je lui ai ouvert mon cœur. Elle m'a renvoyée vers vous en me disant que vous étiez un excellent exorciste.

En l'écoutant, le curé souriait, satisfait sans doute que sa réputation ait suivi le cours de la Gironde pour atteindre le cœur de la basilique Saint-Michel de Bordeaux.

— C'est notre devoir à nous autres prêtres de lutter contre le démon, où qu'il se trouve et quelle que soit la façon dont il se manifeste.

— Même si c'est une enfant ? demanda Eva avec candeur.

Le curé fronça les sourcils.

— Racontez-moi ça !

Eva marqua une pause avant de commencer à parler :

— Voilà. J'aime un homme. Je pense sans cesse à lui. Cela devient une obsession. Il est là, sans arrêt, dans mes pensées, toujours présent. Il habite mon corps aussi bien que mon âme. Il est à la fois homme de chair et fantôme.

— Pardonnez mon indiscrétion, mais... avez-vous avec lui... ?

— Commis le péché de chair ? Non, c'est impossible. Il n'est jamais seul. Il y a toujours une enfant avec lui. Elle doit avoir une dizaine d'années. Elle s'appelle Marie. Chaque fois que je suis en présence de cet homme, elle apparaît. Chaque fois que je pense à lui, elle surgit. Chaque fois que je rêve à lui, elle est là, elle me parle. Elle a une voix très pure.

Alors qu'elle parlait, le curé s'était levé. Son visage était devenu blême, sa respiration oppressée, et il paraissait recevoir chaque mot prononcé par Eva comme un coup de poing à l'estomac.

— L'homme dont je vous parle, c'est...

— Taisez-vous ! hurla le curé. Ne prononcez pas son nom. Je ne veux pas que vous m'en disiez plus !

Il tendit sa main vers la porte d'entrée.

— Je vous ordonne de quitter immédiatement cette maison.

Eva, faussement impressionnée, se leva.

— Qu'ai-je dit de si terrible ?

— Sortez de mon presbytère !

— J'attendais votre aide...

— Vous ne l'obtiendrez pas.

— Mais enfin, pourquoi ?

— Je ne veux plus rien entendre.

— Pas même le nom de cet homme ?

— Surtout pas !

Elle fit face, défiant le curé.

— L'homme dont je vous parle s'appelle...

Le curé se rua sur le crucifix qui ornait le mur, l'arracha d'un coup et le brandit à la face d'Eva.

— Tristan Lacaze, laissa tomber Eva.

— *Vade retro, Satanas !* vociféra le curé alors que madame Lecœur, affolée, surgissait dans la pièce.

— Sortez ! hurla-t-elle en regardant Eva comme s'il s'agissait du diable en personne.

Elle tenait une petite fiole à la main qu'elle brandissait face à Eva. De l'eau bénite, ou des huiles saintes, sans doute. A moins qu'il ne s'agisse de cyanure. Du polonium ?

Eva sortit de la maison et décida d'aller faire un tour au cimetière. Ses pas la menèrent tout naturellement sur la tombe de Marie Lacaze. Elle resta un moment à méditer devant la photo de la jeune femme. Une part du mystère reposait là, dans ce visage d'ange, ce sourire angélique. Le regard d'Eva fut soudain attiré par la date inscrite sur la tombe et elle éprouva un choc : *17 mars 1969*. Marie Lacaze était morte le jour de la Saint-Patrick !

Ainsi donc, chaque 17 mars, le père Lacaze faisait donner une cérémonie, officiellement en l'honneur de la Saint-Patrick, alors qu'en réalité il s'agissait de commémorer la mort de sa femme. D'honorer la mémoire d'un fantôme. En repensant à la messe, Eva eut brutalement la sensation d'avoir assisté à une représentation macabre et truquée. En effet, à aucun moment le curé n'avait fait allusion à la mère de Tristan. Alors qu'Eva se promenait parmi les habitants du village, elle n'avait jamais entendu prononcer son nom. Le simple nom de Marie Lacaze semblait tabou, comme si, tout en la célébrant, chacun s'efforçait de gommer jusqu'à son souvenir. Pourquoi ?

Eva songea qu'en déposant un chèque de dix mille euros dans la corbeille du curé le vieux Lacaze ne faisait qu'acheter du silence. Celui du curé et celui de la population du village.

Elle passa le reste de la journée à se promener, perdue dans ses pensées.

38

Lorsque Eva arriva au château La Palombière, la nuit était tombée. Elle aperçut Mignoni, installé au bar en compagnie de son amie, et se dirigea vers eux.

— Bonsoir.

— Bonsoir, Eva. Je vous présente Joëlle, une collègue, une amie, enfin…

Eva et le brigadier Robineau se serrèrent la main comme le font deux jolies femmes lorsqu'elles se retrouvent face à face : en souriant, prêtes à mordre.

— Du neuf ? demanda Mignoni sans illusions.

— Je reviens du village, répondit Eva. J'ai croisé Tristan Lacaze. Nous devons dîner ensemble ici demain soir. Ce sera mon dernier jour au château. J'ai pensé que vous pourriez vous joindre à nous.

— Volontiers ! s'exclama Mignoni. Des nouvelles de Vénus ?

— Aucune. Et vous ?

— Le vin a été expédié. Pour moi, cette affaire est terminée.

Eva hocha la tête.

— Eh bien, à demain alors.

En pénétrant dans sa chambre, Eva se rendit compte que les rideaux étaient ouverts. Elle apercevait au loin les lumières du château des Lacaze. Elle se planta devant la fenêtre et, un léger sourire aux lèvres, elle commença à se déshabiller avec des gestes lascifs et une lenteur calculée. Elle dégrafa son soutien-gorge en tournant sur elle-même, fit glisser son string le long de ses jambes en cambrant ses reins. Lorsqu'elle fut entièrement nue, elle adressa un sourire en direction du château des Lacaze et ferma brusquement les rideaux.

A la sortie de la messe, Tristan Lacaze avait affirmé que sa longue-vue était cassée. Eva n'en croyait rien. Entre elle et Tristan Lacaze, le jeu était devenu pervers, cruel même, Eva en était consciente. Mais elle savait également qu'il fallait qu'elle le provoque pour qu'il se découvre.

Elle éteignit la lumière, se glissa sous les draps, ferma les yeux. Soudain, elle se redressa d'un coup, écarta les draps, se précipita sur son ordinateur. Elle tapa fébrilement sur les touches jusqu'à ce que le texte qu'elle cherchait apparaisse :

Eva sac à vin !
Ses veines suent, mais Eva rit de vomir mou.
Ses veines s'usent à pisser dru sur la lande sèche.
Elle boit tant ! C'est triste.
Sac à soupir hélas, devenu sac à vin.

Le regard d'Eva était accroché aux lignes comme si elle se trouvait au bord d'un précipice. Ses doigts tapotaient nerveusement le bois de la table, sa respiration était haletante. Ses lèvres formaient des mots qu'elle murmurait pour elle-même, les répétant sans cesse, de plus en plus rapidement :

— « Ses veines suent mais Eva rit de vomir mou »... C'est Vénus et Eva rit de vomir mou... C'est Vénus et elle va mourir ! s'exclama-t-elle soudain.

Elle prit une profonde inspiration, tâchant de se calmer, passa à la ligne suivante :

— « Ses veines s'usent à pisser dru sur la lande sèche »... Vénus a pissé dru sur la lande sèche... Vénus a pissé dru... disparu ! Vénus a disparu sur la lande sèche... lande sèche... Lande sèche, bon Dieu !... Dans le chai ! Vénus a disparu dans le chai !

Eva passa sa main sur son front devenu moite.

— « Elle boit tant, c'est triste »... C'est Tristan ! Vénus va mourir. Elle a disparu dans le chai chez Tristan !

La petite Nina, tout comme Madeleine, le curé et beaucoup de monde au village, maintenant Eva en était certaine, savait que Vénus était entre les mains de Tristan Lacaze ! En écrivant ces phrases avec Eva, elle avait tenté de dissimuler ses pensées en tordant les mots, en les inversant, en les tronquant. Mais elle n'avait pu bâillonner son inconscient.

Eva se leva, alla pêcher une mignonnette dans le frigo, la décapsula, la vida cul sec. Puis elle s'allongea sur son lit, bouleversée. Elle avait à peine fermé les yeux que les images du cauchemar qui l'assaillait sans cesse revinrent la visiter.

Elle voyait une ombre derrière un rideau. Elle s'approchait, menaçante. Elle voyait une femme nue sous la douche, inconsciente du danger. L'ombre brandissait un couteau. Elle voyait l'ombre frapper, en transe, frapper et frapper encore sous la stridence des violons. Puis un filet de sang se mélangeait à l'eau qui tourbillonnait autour de la bonde. *Psychose*, le film de Hitchcock.

Norman Bates venait de tuer Marion Crane, une femme égarée dans son motel. Norman Bates, schizophrène, refusait la mort de sa mère et la faisait revivre en lui empruntant jusqu'à sa voix. Au milieu de l'orage qui grondait dans la tête d'Eva, la vérité venait d'éclater en un éclair. Maintenant, elle savait qui était Marie, puisque Marie et Tristan Lacaze ne faisaient qu'un. Eva comprenait à présent pourquoi Marie demeurait toujours invisible. Elle n'existait que dans l'esprit de Tristan.

En réalité, à travers elle, Tristan faisait revivre sa mère !

Eva alluma une cigarette et recracha la fumée à longs jets. Progressivement, les éléments d'un puzzle monstrueux, disparates et éclatés l'instant d'avant, se mettaient en place dans son esprit. Eva eut le sentiment d'avoir rassemblé toutes les pièces.

Elle décida de rédiger sur-le-champ son troisième courrier. Elle éprouvait le besoin de raconter l'histoire de Tristan Lacaze comme on dévide une pelote. Pour suivre le fil. Le voir se dérouler devant elle.

Affaire transmise le 5 mars à Sydney (Australie)

Rédaction du troisième courrier,
nuit du 17 mars (jour de la Saint-Patrick),
château La Palombière (Médoc)

Elle hésita un instant avant d'inscrire le titre, puis ses doigts recommencèrent à s'agiter sur le clavier.

Le mystère de Marie

Tristan Lacaze est né le 17 mars 1969, jour de la Saint-Patrick. Sa mère, Marie Lacaze, est morte le même jour, en couches. Le père de Tristan insiste pour que cette précision soit portée sur la pierre tombale de son épouse, comme s'il souhaitait désigner son meurtrier. Inconscience de sa part ? Morbidité ? Volonté de nuire à son fils, de se venger de lui ? Toujours est-il que, depuis tout petit, Tristan Lacaze se considère comme l'assassin de sa mère. Chaque visite au cimetière le lui rappelle. Chaque fois qu'il pénètre dans l'église du village, il est terrorisé par un tableau qui orne un des murs de l'église : celui de l'archange Michel. La nuit, il est en proie à d'affreux cauchemars. L'archange Michel est penché sur lui, son épée à la main. « Tu as tué ta mère, lui dit l'archange. Tu dois expier ta faute ! » Progressivement, l'esprit de l'enfant chavire. Il lui arrive de plus en plus fréquemment d'avoir des trous, des absences. Il est alors en proie à des crises que son instituteur finit par remarquer. Celui-ci en parle au père de Tristan et lui conseille d'aller consulter un psychiatre. Le vieux Lacaze est un catholique fervent, proche de l'intégrisme. Pour cet homme, qui considère qu'il n'est de bon vin que catholique, il ne peut être de bon psychiatre qu'au service de Dieu. Si son fils est « dérangé », ça ne peut être que par le démon. Il va en discuter avec le curé du village et le verdict tombe très vite : l'âme de Tristan est habitée par le Malin ! Tous deux décident d'exorciser l'enfant (le curé est considéré dans la région comme un champion de l'exorcisme).

Eva ne réfléchissait pas. Elle écrivait mécaniquement ses phrases, sans se donner la peine de les relire, emportée elle-même dans une sorte de tourmente frénétique.

La cérémonie d'exorcisme commence, avec son cortège effrayant de croix, d'eau bénite, de prières, de psaumes incantatoires. L'enfant est littéralement terrorisé, d'autant plus que le patron des exorcistes n'est autre que saint Michel Archange lui-même. Le curé s'efforce d'extirper le diable qui est en Tristan. A force, après des jours et des jours d'acharnement (une ou deux séances chez un bon psychiatre auraient certainement suffi), il finit par l'identifier : l'âme de Tristan est possédée par une enfant, une fillette qu'il appelle Marie, comme sa mère. Pour se pardonner de l'avoir tuée, Tristan a fait revivre sa maman en lui, comme Norman Bates, le héros de Psychose, *faisait revivre sa propre mère, imitant sa voix et ses colères. Mais Tristan n'a jamais connu la sienne. Alors, il lui a donné l'image et la pureté angélique d'une enfant. Il l'a prénommée Marie, comme sa maman et comme la*

Vierge. Il lui a inventé une voix pure, sans aucun défaut. Face à ce dédoublement de personnalité (un cas classique de schizophrénie), le curé redouble d'énergie. Mais le père Lacaze est troublé. Pour lui, l'image de sa propre femme ne peut être celle du démon. Il prie le curé de cesser l'exorcisme. Si Tristan vit avec le corps et la voix de sa mère en lui, c'est que Dieu l'a voulu ainsi ! Est-il conscient que Tristan est atteint d'une maladie mentale très grave ? J'en doute, tant le bonhomme est fier de lui et de sa lignée. Le sang de son sang, comme le vin de sa vigne, ne saurait être impur.

Toutefois, il ordonne au curé de garder le silence. Nul ne doit savoir que Tristan possède une double personnalité. Nul ne doit prononcer le nom de sa mère devant Tristan, de peur de réveiller le fantôme qui dort en lui. Le curé obéit scrupuleusement. Lors de la traditionnelle messe en souvenir de Marie Lacaze, chaque 17 mars, seul saint Patrick est invoqué...

Mais un village reste un village : la rumeur de la « possession » de Tristan s'est rapidement propagée. Peur ? Superstition ? Crainte de représailles de la part du père Lacaze, toujours très puissant et redouté ? Les habitants se taisent, laissant un fou vivre au milieu d'eux.

Tristan est donc abandonné des hommes, livré à lui-même et aux deux personnages qui vivent en lui. La cohabitation est difficile : Marie est terrorisée par Tristan, qu'elle considère comme son meurtrier. Tristan est encombré par Marie : elle *est envahissante, autoritaire, et lui rappelle sans cesse sa faute originelle.*

Eva fit une pause et relut le texte qu'elle avait écrit fiévreusement. Elle avait conscience de tirer un à un les fils d'une trame incertaine, et pourtant, mot après mot, elle avait la sensation de tisser la vérité. Elle avait rencontré tous les acteurs du drame, le père Lacaze, le curé, les habitants du village, l'archange Michel... Il n'y avait que Vénus qu'elle n'avait jamais vue.

Vénus...

Eva se remit à taper.

En grandissant, Tristan fait la découverte des femmes. Il est attiré par elles, mais Marie les rejette. Elle est affreusement jalouse, possessive, moraliste, comme peuvent l'être les enfants. Elle a souffert à cause de lui, il doit souffrir à cause d'elle : elle lui interdit toute jouissance. Lorsqu'il joue aux jeux de hasard, il ne prend du plaisir qu'en faisant gagner les autres, pas lui. Marie veille !

Survient Vénus, une femme belle, intelligente, au caractère bien trempé. Tristan tombe follement amoureux d'elle. Pour lui, Vénus est un astre magique. Elle éclipse Marie. Les deux jeunes gens parlent mariage. Mais c'est compter sans Madeleine, la propre mère de Vénus. Madeleine a fait ses calculs : elle sait que l'alliance de Vénus (20 %) et de Tristan, futur héritier des parts de son père dans le château La Palombière

(14,4 %), représenterait 34,4 %. Soit 0,3 % de plus qu'elle (Madeleine possède 34,1 %). Si Vénus épouse Tristan, Madeleine perd le contrôle du château. Inacceptable pour elle !

Eva eut un sourire triste. Elle venait de songer à Vermeulen et à son histoire belge. Vénus était descendue du camion et avait dit à sa mère : « Vas-y ! Fonce ! Y a pas de flics ! » Il avait compris, lui, que Vénus avait décidé de lâcher sa mère et de faire alliance avec Tristan. Si Madeleine persistait à vouloir conduire seule le camion du château La Palombière, elle allait droit « dans le mur ». Voilà ce qu'il avait voulu lui signifier en lui racontant cette histoire baroque. Tout en frissonnant au souvenir du détective belge sauvagement punaisé dans le chai, elle reprit son texte :

Madeleine veut absolument conserver les rênes du château.

La vieille femme est une princesse de l'illusion et du faux-semblant. Dans ce domaine, difficile de lui en remontrer. Depuis longtemps, elle s'est rendu compte de la double personnalité de Tristan. En reine de la manipulation, des choses comme des êtres, elle décide alors d'utiliser Tristan, ou plutôt Marie, à son profit.

Sa manœuvre est un pur chef-d'œuvre de machiavélisme. Elle réussit parfaitement. Peu de temps après, Vénus disparaît. Voilà comment les choses se sont passées…

Eva continua ainsi à taper frénétiquement sur le clavier de sa machine une bonne partie de la nuit. Elle avait conscience de n'avoir pas la moindre preuve de ce qu'elle écrivait, d'avancer à tâtons. Mais Foch ne prétendait-il pas qu'il fallait toujours devancer la vérité pour parvenir à l'atteindre un jour ?

Cette nuit-là, elle coucha sur son ordinateur un récit complet.

Lorsqu'elle eut terminé, elle relut l'ensemble, le trouva fiévreux, passionné, confus, mais n'en changea pas un mot. Elle tapa le numéro du fax de Foch, l'expédia, se coula dans les draps et s'endormit pour une nuit sans rêves.

39

Ce ne fut pas la sonnerie stridente du téléphone ni les coups d'ailes de la tourterelle sur le carreau de sa fenêtre qui réveillèrent Eva le lendemain matin, mais le signal d'appel de son ordinateur.

Elle ouvrit la page « message ».

Un fax manuscrit. Deux phrases sèches, sibyllines : *Madeleine DOIT conserver la présidence du conseil d'administration. T'y emploies-tu ?* Pas un mot de plus. Eva avait beau être habituée à la rigueur de Foch, elle ne put s'empêcher de frissonner.

Il y avait plus que de la sécheresse dans la phrase écrite par le patron de l'Œuvre. Il y avait du reproche et même un soupçon de menace.

Eva se demanda s'il avait pris contact avec Madeleine. Si oui, Madeleine l'avait-elle informé qu'elle avait d'ores et déjà remis à Eva l'acte de donation ? (Eva avait noté que l'acte contenait une condition suspensive : il était automatiquement annulé au cas où Madeleine perdait la direction du château La Palombière...)

Elle haussa les épaules, sauta sous la douche et descendit prendre son petit déjeuner. La salle était déserte, pourtant il y régnait une certaine effervescence. Eva comprit vite de quoi il s'agissait : Bianca, sa fille Nina, Esmeralda et Marino avaient disparu. Toute l'ossature des croupiers du château La Palombière s'était volatilisée, et Madeleine s'agitait pour leur trouver des remplaçants afin de pouvoir ouvrir le « cercle » le soir même. Eva entendait sa voix chantante derrière la porte de son bureau. Elle devait être au téléphone.

— Vous avez travaillé au casino de Lacanau, dites-vous ?... Alors vous savez tenir une table de roulette... Je peux vous proposer deux cents euros pour la soirée et un intéressement aux gains... 2 % !... Eh bien, c'est parfait. Présentez-vous au château La Palombière à dix-neuf heures pour essayer votre tenue. Il y a deux ou trois choses que je dois vous expliquer avant le début de la soirée...

De nouveau, Eva eut l'impression de se trouver au beau milieu d'une pièce de théâtre. Elle savait trop les liens de soumission (de terreur ?) qui unissaient Marino, le fidèle serviteur, la belle Bianca, la vieille Esmeralda et Nina, la petite bohémienne diseuse de bonne aventure, à Madeleine pour imaginer une seule seconde qu'ils aient pu quitter le château sans son consentement. Mieux : sans en avoir reçu l'ordre. Madeleine jouait la comédie de la tenancière débordée par cette soudaine désertion. Mais Eva était persuadée qu'elle l'avait elle-même organisée. Dans quel but ?

Elle commanda un solide petit déjeuner qu'elle dévora en écoutant les flashs qui se succédaient à la radio. Les reporters étaient sur les dents. Les Russes persistaient à refuser de venir siéger au sommet de Versailles et la tension à la frontière ukrainienne était à son comble. Il y avait eu des échanges de coups de feu, et beaucoup redoutaient que la guerre n'éclate. En Tchétchénie, les opérations de « nettoyage » se poursuivaient, entraînant leur concert de massacres et de protestations internationales.

A Versailles même, des heurts très violents avaient opposé flics et manifestants durant la nuit.

Bref, la planète semblait au bord de l'abîme.

Le ciel était d'un gris bleuté, le fond de l'air un peu frais, mais Eva décida d'aller se promener à pied jusqu'au bord de la Gironde. Elle avait besoin de réfléchir, de se sentir au calme, afin de peaufiner les derniers détails du scénario qu'elle avait imaginé pour sortir Vénus des « caves de l'enfer ». Elle avait conscience d'enfreindre les ordres de Foch, pour qui, visiblement, la seule chose qui importait était que Madeleine conserve la présidence du conseil d'administration. Si l'opération d'Eva réussissait, le patron de l'Œuvre risquait de perdre cinq hectares de margaux. Eva assumait !

En traversant la cour du château, elle remarqua que la voiture de Mignoni avait disparu.

Les deux tourtereaux ont quitté le nid de bonne heure, songea-t-elle en se rappelant que, la veille, elle les avait entendus parler d'une excursion à Blaye.

Elle passa le portail du château et se dirigea vers la fermette de Virgil, perdue dans l'océan de vignes. Alors qu'elle approchait, elle s'attendait à tout moment à voir les loups surgir pour la repousser. Mais rien de tel ne se produisit. Dans la cour, le feu n'était plus qu'un tas de braises mortes. La maison, dont la porte était grande ouverte, semblait déserte. Eva s'avança sur le perron.

— Il y a quelqu'un ?

Pas de réponse. La fermette était vide. Eva songea que le vieil homme avait filé avec les croupiers du château. Madeleine avait-elle décidé de faire le vide ?

Elle entra. Au beau milieu du tapis de paille, elle aperçut une photo. Elle était disposée au centre de la pièce, comme si Virgil avait voulu qu'on la remarque.

Eva se pencha. Le cliché en noir et blanc représentait un homme pendu par la gorge à un croc de boucher. Malgré la déformation des traits, le supplicié ressemblait étrangement à l'oncle de Madeleine, en plus jeune. Les mêmes yeux hagards, le même visage émacié, le même nez long et fin. Son frère ! Donc le père de Madeleine !

Pourquoi le vieux Virgil avait-il laissé cette photo ? Il l'avait déposée au beau milieu de son tas de paille, comme on laisse un message avant de disparaître. Comme pour un suicide, ou pour un meurtre, lorsqu'on veut expliquer son geste.

Elle saisit la photo, la retourna. Il y avait un nom, *Nicolae Murcianu* (c'était bien le nom de famille de Madeleine), suivi d'un texte très court, écrit dans une langue étrangère, du roumain probablement, qui se terminait par un point d'interrogation.

Eva saisit son portable, composa le numéro des renseignements, demanda qu'on lui passe l'ambassade de Roumanie à Paris. Elle se fit passer pour une historienne en panne de traducteur, lut le texte à la standardiste en s'efforçant d'imiter la musique de la langue roumaine, roulant ses « r » à la manière de Madeleine. La standardiste, surprise et vaguement intriguée, traduisit : « Qui est pareil à Dieu, lorsque Dieu abandonne les hommes ? » Eva remercia et raccrocha.

« Qui est pareil à Dieu... ? » La fameuse phrase de l'archange Michel que l'assassin de Vermeulen avait tracée sur le bois du tonneau avec le sang de sa victime. L'archange Michel, partout présent, jusqu'à l'obsession.

Eva était perplexe. « Qui est pareil à Dieu lorsque Dieu abandonne les hommes ? » C'était une question toute simple, toute bête, et à la fois c'était un abîme. Qui est pareil à Dieu, sinon ceux qui détiennent le pouvoir de l'apocalypse ? Ceux qui peuvent exercer leur puissance, déchaîner les tempêtes, massacrer en toute impunité, éliminer les hommes qui leur déplaisent, qui les effraient ou, tout simplement, s'opposent à eux. Ceux-là ne se prennent-ils pas pour Dieu ? Les phalangistes de l'archange Michel, en Roumanie, qui pendaient les corps des Tsiganes à des crocs de boucher, ne se sentaient-ils pas pareils à des anges de l'apocalypse ?

Pourquoi l'oncle de Madeleine avait-il laissé cette photo, ce message, en évidence ? La question obsédait Eva.

Elle passa une bonne partie de la journée à y réfléchir, laissant ses pas et ses pensées glisser sur les bords de la Gironde, comme portés par le courant.

Le soir tombait lorsqu'elle regagna le château La Palombière. Elle monta dans sa chambre, tira les rideaux, alluma la lumière, prépara une paire de baskets, un jean et un pull, déposa le tout sur son lit. Elle passa un justaucorps, une sorte de « body » dans lequel elle se sentait à l'aise, revêtit une robe en soie noire qui moulait ses formes, chaussa une paire de hauts talons, se maquilla en insistant sur le rimmel.

Il était près de vingt heures lorsqu'elle descendit dans la salle de restaurant.

40

Le brigadier Robineau, Mignoni et Tristan Lacaze étaient déjà attablés lorsque Eva fit son entrée. Les hommes se levèrent à son arrivée, ne cherchant pas à cacher leur admiration.

— Nous avons de la chance ! s'exclama Lacaze.

— De quelle chance parlez-vous ? demanda Eva.

— Celle de passer la soirée avec les deux plus belles femmes du Médoc.

— Du Médoc seulement ? s'offusqua le brigadier Robineau.

Ils commandèrent leur repas, arrosé de château-la-palombière.

— Ce même vin que les chefs d'Etat boiront ce soir au sommet de Versailles, fit remarquer Mignoni.

La conversation était agréable, badine. Eva ne manquait pas une occasion de resservir du vin et il fallut bientôt commander une nouvelle bouteille.

— Oh là ! Je vais être complètement pompette, moi, soupira le brigadier Robineau, dont les joues s'étaient teintées de rose.

— C'est ma dernière soirée au château, répliqua Eva. Je veux qu'elle soit gaie.

Au milieu du repas, Madeleine fit une apparition, son ouistiti sur l'épaule. De nombreux clients la félicitèrent pour la sélection de son vin au sommet de Versailles. Madeleine semblait gaie, enjouée, parfaitement décontractée, mais Eva n'était pas dupe. Elle avait compris que nul mieux qu'elle ne savait dissimuler ses sentiments et ses émotions. Lorsqu'ils étaient réels, elle les déguisait. Lorsqu'ils étaient factices, elle savait leur donner l'apparence de la sincérité. A un moment, leurs regards se croisèrent. Les deux femmes se sourirent, définitivement ennemies. Puis, dans un papillonnement de voilettes gracile, Madeleine sortit de la salle.

— Marino et toutes ses bohémiennes ont décidé de prendre la poudre d'escampette ! s'exclama Lacaze. Madeleine ne comprend pas ce qui s'est passé. Par bonheur, elle leur a trouvé des remplaçants, et ce soir le cercle sera ouvert. J'espère que nous vous porterons chance, mesdames.

— C'est quoi, ce « cercle » ? demanda le brigadier Robineau.

Elle était en train de dévorer des ortolans, le visage caché sous sa serviette.

— Un tripot clandestin, totalement illégal, laissa tomber Mignoni.

Le brigadier se redressa.

— Tu plaisantes ?

— Pas du tout. Tu verras. C'est étonnant.

— Des ortolans, un tripot... Ils proposent de la cocaïne au dessert ? demanda le brigadier Robineau, vaguement ahurie.

— Madeleine en serait bien capable ! pouffa Eva. Cette femme est capable de tout.

— Elle n'est pas si mauvaise, protesta Lacaze. Avec le château La Palombière, elle a réalisé son rêve. Il ne faut pas lui en vouloir.

Le maître d'hôtel cogna une cuillère contre une carafe de cristal.

— Mesdames, messieurs, le cercle est ouvert !

Il y eut un murmure de joie dans la salle, et ceux qui avaient terminé leur repas se précipitèrent. Dès lors, le brigadier Robineau n'eut plus qu'une hâte : découvrir ce fameux cercle, qui semblait si attrayant. Elle sonna la charge pour que chacun avale son dessert au galop et, bientôt, tous se retrouvèrent dans la salle de jeu, une coupe de champagne à la main. Le brigadier Robineau ouvrait des yeux ronds. La salle baignant dans sa lumière orangée, les figures ésotériques du décor, les tables de jeu, les croupiers déguisés en bohémiens, tout cela lui paraissait incroyable.

— On joue vraiment de l'argent ? demanda-t-elle.

— Bien sûr, répondit Lacaze en invitant le brigadier à s'asseoir à ses côtés.

Il désigna l'autre fauteuil à Eva.

— Ce soir, mesdames, vous êtes mes invitées. Je jouerai pour vous !

Une fillette déguisée en bohémienne s'avança vers eux. Madeleine avait poussé le souci de la perfection jusqu'à remplacer Nina par une petite consœur aux yeux de charbon.

— Tu es l'inspecteur de police ? demanda-t-elle à Mignoni.

— Oui.

— Voilà ta carte.

Elle lui tendit sa carte astrologique.

— Tu es Joëlle ? Tu es Papillon ? Tu es Eva ?

A chacun, elle tendait sa carte. Les caractéristiques astrologiques y figuraient, ainsi qu'une phrase et un numéro de chance. Le brigadier Robineau, enthousiaste et passablement éméchée, lut la sienne à haute voix, faisant participer toute l'assistance :

— « Maison II, 23°18, Taureau. Ascendant 09°. Lune blanche, 03°30, maison V. Vous allez passer une soirée de rêve dont vous vous souviendrez toute votre vie. Organe fragile : aucun ! Vos numéros du soir : le 6 et le 9 »...

Eva lut la phrase et le numéro qui la concernaient. Elle ne fut pas surprise. *Ne vous lancez pas dans des aventures intrépides. Vous pourriez le regretter amèrement. Organes fragiles : tous ! Numéro de chance : aucun !* Elle glissa le bristol dans son sac à main et se pencha discrètement sur l'épaule de Lacaze. *Vous êtes à l'aube d'une vie nouvelle. Après tant d'épreuves, vous entrevoyez la lumière. Organe fragile : le cœur. Vos numéros de chance : les couples 11, 22, 33 !*

Mignoni vint auprès d'elle. Son visage était sombre. Il tendit son bristol.

— Lisez !

N'oubliez pas : après le calme, la tempête ! Après le sommet, le gouffre ! Organes fragiles : les yeux. Votre numéro : le 8.

— Qu'est-ce que ça signifie, à votre avis ? demanda Mignoni.

— Je l'ignore, répondit Eva.

— Bon Dieu ! explosa Mignoni. La dernière fois, mon organe fragile était le rein et j'ai cru pendant trois jours que j'avais mangé les rognons de Vermeulen ! Pourquoi parle-t-elle de gouffre après le sommet ? C'est du sommet de Versailles qu'elle parle, j'en suis certain.

— C'est possible...

— « Après le calme, la tempête ! » Qu'est-ce qu'elle veut insinuer ? Et mon numéro, le 8... Comme le sommet du G8 ! « Organes fragiles, les yeux » ! Comme si je n'avais rien vu, que j'étais aveugle ! Vous croyez que c'est un simple hasard ?

— Calmez-vous ! Elle nous observe !

Alors que Mignoni vitupérait à côté d'elle, Eva venait d'apercevoir Madeleine, dissimulée dans l'ombre des arches de l'entrée. Elle les regardait, un mince sourire aux lèvres. Eva, qui avait pris connaissance de chacune des cartes astrologiques de leur petit groupe, songea que Madeleine avait parfaitement mesuré les enjeux de chacun. Elle avait rédigé ses petits textes en y mettant, comme d'habitude, toute la dose de cynisme, de cruauté et... d'humour dont elle était capable.

41

Le brigadier Robineau jouait systématiquement le 6 et le 9, et comme par magie, ce soir-là, ces deux numéros semblaient bénis des dieux. Ils sortaient avec une régularité métronomique. Chaque fois que la petite bille d'ivoire s'immobilisait sur l'un d'eux, le brigadier Robineau poussait un cri de joie, « Yeesss !!! », en serrant les poings. A sa gauche, Tristan Lacaze semblait comblé par tant d'enthousiasme. A sa droite, Mignoni, préoccupé, faisait grise mine. Un homme vint soudainement s'installer à ses côtés et se pencha à son oreille.

— Vous êtes l'inspecteur Mignoni ?

— Oui. Comment savez-vous mon nom ?

L'homme tendit sa main.

— Romain Teuler. C'est moi qui vous ai appelé l'autre fois à propos d'un flacon. Je travaille à l'institut de médecine légale de Bordeaux, au labo de toxicologie.

— Ah oui, je me souviens.

Un homme avait bien appelé Mignoni dans la semaine pour lui confirmer que le flacon contenait du cyanure.

— J'ai deviné qui vous étiez car vous avez l'air préoccupé. Je comprends, remarquez ! Nous sommes passés à côté d'une sacrée catastrophe. Un truc purement diabolique.

— C'est-à-dire ? demanda Mignoni dont le visage avait pris la couleur de la craie.

— Vous avez un instant, que je vous explique ? fit l'homme.

Mignoni quitta la table. Teuler et lui s'installèrent à une table en retrait, à l'abri des oreilles indiscrètes.

— Le cyanure contenu dans le flacon que j'ai analysé n'est pas n'importe quel cyanure, expliqua Teuler. C'est une composition : du cyanure de cadmium, $CdCN_2$...

— Laissez tomber les chiffres, s'il vous plaît, plaida Mignoni. Ce soir, ils me donnent la migraine.

— OK ! Du cyanure de cadmium, donc, combiné avec du cyanure d'argent et un précipité de zinc. Un mélange très subtil... Je me suis demandé d'où il venait, et j'ai fini par retrouver sa trace dans mes archives. C'était un poison très utilisé, autrefois. Un truc redoutable !

Mignoni se figea.

— Savez-vous de quel alliage sont constituées les capsules pour les bouteilles de vin ? demanda Teuler.

— Non.

— Plomb, étain.

— Et alors ?

— Alors… Lorsque vous mettez une goutte d'un tel cyanure sur de l'alliage plomb-étain, il se produit une réaction instantanée. Le plomb est immédiatement extrait du métal. Il fusionne avec le cyanure en une quinzaine de secondes et se solidifie en une espèce de croûte blanchâtre. Mais ce n'est que le début du processus. Au bout de deux ou trois heures, en l'absence d'oxygène et au contact d'une surface dure, la croûte connaît une nouvelle mutation et se vitrifie. Vous saisissez ? Elle se transforme en verre. J'ai moi-même fait l'expérience avec l'échantillon que vous m'avez remis. Vous comprenez ce que cela signifie ?

— Non.

— Eh bien, si vous capsulez une bouteille de cette façon, vous allez produire une sorte de couche de verre supplémentaire au bout du goulot, qui sera parfaitement invisible. Elle ne se fixe pas sur le bouchon, dont la texture est poreuse, mais au bout du goulot. Lorsque vous débouchez la bouteille et versez le vin, la pellicule fond progressivement au contact du liquide et se mélange avec le vin au fond du verre sans que vous vous en rendiez compte. Un cocktail épouvantable si, par malheur, vous l'avalez.

— Pourquoi ?

— L'effet n'est pas immédiat. Le cocktail n'agit que trois à six semaines après ingestion, le temps que le plomb, combiné avec le cyanure, fasse son effet, empoisonne le sang, ronge la moelle épinière, bouleverse complètement le système nerveux. En langage courant, cette maladie porte un nom : le saturnisme, la maladie des pauvres. En réalité, un quidam qui avale une telle mixture a toutes les chances de se retrouver comme un légume. Quelqu'un était un spécialiste de ce genre de plaisanterie...

— Qui ?

— Ceauşescu, le dictateur roumain ! Il avait coutume d'inviter ses meilleurs ennemis à venir boire un coup chez lui. Trois semaines après...

— Pourquoi vous me racontez ça ? s'alarma Mignoni.

— Parce que j'ai vu que vous étiez inquiet, et je le suis aussi. Le château-la-palombière a été sélectionné pour le sommet de Versailles, j'ai lu ça dans la presse. Sur la fiole que vous m'avez remise, il y a une petite inscription : « Lot A ». Or, dans tous les labos du monde, lorsqu'il y a un lot A, il y a un lot B. Vous savez où se trouve le lot B ?

Mignoni bondit d'un coup de son fauteuil.

Il sortit en courant de la salle, se précipita dans sa chambre, empoigna son portable, composa un numéro.

— Ministère de l'Intérieur, j'écoute.

— Ici l'inspecteur Mignoni. Passez-moi immédiatement Damien Rougerie !

— C'est impossible, monsieur l'inspecteur.

— Pourquoi ?

— Mais parce qu'il assiste à la soirée de clôture du sommet de Versailles ! On ne peut le déranger sous aucun prétexte.

A la table de roulette, le tas de jetons devant le brigadier Robineau était impressionnant. La jeune femme vivait la fièvre des soirs de chance. D'autant plus que Tristan Lacaze jouait pour elle et lui donnait tous ses gains. A chaque fois que le 9 ou le 6 ou bien le 11, le 22 ou le 33 sortait, le brigadier poussait des exclamations triomphales. Le croupier poussait son râteau vers elle avec un petit sourire. Elle ne s'était même pas rendu compte de la soudaine disparition de Mignoni. Eva, si !

Elle participait à la fête mais restait un peu en retrait, complimentant Joëlle pour sa bonne fortune, l'encourageant à ne pas lâcher la main de la chance. En réalité, elle observait Tristan Lacaze. A chaque coup gagnant, son visage reflétait une jouissance profonde, une joie intérieure qui illuminait ses traits. Ce n'était pas lui qui jouissait, mais Marie, à l'intérieur de lui. Alors que le brigadier Robineau venait de remporter un nouveau triomphe, Eva se pencha à l'oreille de Tristan.

Elle désigna le brigadier Robineau.

— Elle est folle de joie ! C'est bien !

— Oui, souffla fiévreusement Lacaze.

— Je vous laisse une seconde. Un coup de téléphone à passer...

Sitôt qu'elle fut sortie de la salle du cercle, Eva se mit à courir. Elle escalada quatre à quatre les escaliers qui menaient à sa chambre, poussa la porte en même temps qu'elle faisait passer sa robe par-dessus sa tête, se débarrassa de ses hauts talons. Elle enfila son jean, son pull, chaussa sa paire de baskets. L'instant d'après, elle traversait la cour du château au sprint. Elle avait choisi de ne pas prendre sa voiture afin de ne pas donner l'alarme.

Elle gagna la route, ombre silencieuse et furtive, et s'engouffra dans la nuit noire en direction du château des Lacaze.

Mignoni était en train d'arpenter le pavé de la cour, étreignant furieusement son portable en priant pour qu'il sonne. La réalité, dramatique, lui était apparue d'un coup. Le lot de bouteilles qu'il avait fait expédier à Versailles était empoisonné ! Il avait surveillé le vin, pas les capsules. Les bohémiens du château La Palombière, Marino en particulier, avaient fait le coup en utilisant le lot B. C'est pour cette raison qu'ils avaient pris la fuite. Madeleine était-elle complice ? Une seule chose semblait la préoccuper : conserver la direction du château. Alors ? Mignoni avait repensé à ce mystérieux réseau dormant de Tsiganes utilisé par les Russes en Roumanie. A tous les coups, Marino et ses femmes en faisaient partie. Ils étaient repassés à l'action, ici, au château La Palombière. Pourquoi ? Qui leur en avait donné l'ordre ? La réalité, horrible, abyssale, lui était soudain apparue : les Russes avaient obstinément refusé de se rendre au sommet de Versailles... Et pour cause : ils savaient, pour avoir eux-mêmes organisé le coup, que tous les chefs d'Etat présents allaient être empoisonnés. Bon Dieu ! On courait droit vers la Troisième Guerre mondiale, et lui, Mignoni, petit inspecteur de police spécialisé dans la surveillance des coureurs de nuits, allait en porter la responsabilité devant l'Histoire...

Il priait pour que son téléphone sonne lorsqu'il vit une ombre noire passer non loin de lui. Il reconnut la silhouette d'Eva. Elle s'était changée. Elle avait mis un pantalon.

— Qu'est-ce qui se passe encore ? murmura-t-il pour lui-même. Où est-ce qu'elle court comme ça ?

Eva venait de disparaître lorsque son portable se mit à vibrer. Mignoni, fébrile, prit immédiatement la ligne.

— Allô ? Qui est à l'appareil ?... Le concierge de la galerie des Glaces ? Ecoutez-moi bien, mon vieux...

Madeleine fit une entrée théâtrale dans la salle du cercle, enroulée dans son habituel tourbillon de voilettes. Son visage se figea brutalement lorsqu'elle aperçut le brigadier Robineau face à son énorme tas de jetons. Tristan Lacaze était installé à ses côtés et les places d'Eva et Mignoni étaient vides. Elle s'approcha de la table, adressa un sourire crispé au brigadier Robineau...

— Tout va bien ?

— Super bien !

... et prit place à côté de Tristan.

— Eva n'est pas là ? demanda-t-elle à voix basse, sèchement.

— Elle est partie téléphoner, chuchota Tristan.

— Et l'inspecteur ?

— J'ignore où il est.

Madeleine plongea les yeux dans ceux du garçon. Son regard, habituellement si difficile à décrypter, était, cette fois-ci, parfaitement lisible. C'était le regard d'une femme dominatrice face à son « élève ». On pouvait y lire un mélange de reproche, de colère et de sévérité.

— Ne vous faites pas de souci, Madeleine, murmura Tristan d'une voix qui se voulait rassurante.

— Je ne me fais pas de souci, Papillon, siffla Madeleine. Simplement, je n'aime pas savoir ces deux-là dans la nature.

— Ne vous inquiétez pas. Ils vont revenir.

Le brigadier Robineau se mit brusquement à battre des mains. Le 11 venait de sortir. Madeleine se leva vivement et adressa un signe discret, mais péremptoire, au croupier déguisé en Gitan. Un signe qui voulait dire : « Basta ! Ça suffit maintenant ! »

Le croupier hocha légèrement la tête.

— Faites vos jeux ! lança-t-il d'une voix puissante.

Eva glissait le long du mur du chai. Tout en progressant, elle observait la façade du château des Lacaze. Une lumière brillait encore dans la grande salle du bas, et des reflets dansaient dans les ténèbres environnantes. Le vieux Lacaze devait être assoupi devant sa cheminée. En observant le château avec sa lunette, Eva avait remarqué que le vieux montait régulièrement se coucher à onze heures du soir. Il était très ponctuel, comme le sont souvent les vieux. Eva consulta sa montre : onze heures moins dix. Il fallait faire vite. Avant de gagner sa chambre, le père Lacaze lâchait dans la cour deux énormes molosses, des rottweilers, des égorgeurs aux mâchoires puissantes prêts à broyer le cou du moindre rôdeur égaré.

Au cours de ses longues séances d'espionnage, Eva avait également repéré l'endroit où Tristan cachait la clé du chai. Une pierre était descellée, juste à droite de la porte, à hauteur d'homme. Elle n'eut aucune peine à la trouver et à l'extraire du mur. Elle plongea la main dans le trou, poussa un soupir de satisfaction en sentant le morceau de ferraille sous ses doigts. Elle enfonça la clé dans la serrure, ouvrit doucement la porte, se glissa à l'intérieur, referma derrière elle.

Elle saisit la petite lampe torche qu'elle avait déjà utilisée dans le vieux couvent en ruine, l'alluma et se dirigea immédiatement vers la trappe. Lors de sa première visite au chai, elle avait interrogé Tristan.

« Qu'est-ce que c'est ? avait-elle demandé en désignant le panneau en chêne posé à même le sol.

— Une trappe. Elle donne dans les caves du chai. Aucun intérêt », avait-il ajouté.

La trappe était munie à son extrémité d'un gros anneau en acier. Eva le saisit et dut bander toutes ses forces pour la soulever. Elle y parvint, poussa le panneau jusqu'à son point d'équilibre, mais ne put l'empêcher de basculer de l'autre côté. La trappe retomba lourdement dans un bruit de tonnerre dont les ondes coururent longtemps sous la voûte. En même temps, une vague de chaleur s'était élevée du trou béant, enveloppant Eva.

« Les caves de l'enfer »...

Elle resta immobile un instant, tous ses sens aux aguets.

Elle braqua le faisceau de sa lampe vers l'escalier qui s'enfonçait dans le ventre du chai, une sorte de boyau taillé à même la roche. Elle s'y engagea. En bas, le boyau donnait sur des voûtes elles-mêmes taillées dans la roche. Alors que la fraîcheur aurait dû y régner, c'était tout le contraire : une étuve ! L'air était balayé par un souffle chaud qui traînait dans ses volutes des odeurs de bois brûlé. Eva n'était pas surprise. Au cours de ses observations, elle avait noté qu'une fumée, une sorte de buée épaisse, s'élevait d'un vieux puits abandonné dont la margelle se dressait au fond de la cour. Il n'y avait aucune raison rationnelle pour que de la fumée s'élève ainsi du col d'un puits.

Elle se servit du courant de chaleur pour se diriger, s'engagea dans un long couloir au bout duquel elle aperçut une porte.

Dès lors, Eva sut qu'elle arrivait devant les « caves de l'enfer ».

— Mignoni ? Qu'est-ce qui vous arrive ?

C'était la voix de Rougerie, cassante, comme d'habitude.

Mignoni eut une pensée émue pour le concierge de la galerie des Glaces. Le bonhomme l'avait pris au sérieux. Il méritait une statue.

— Vous savez où je suis, au moins ?

— Oui, à Versailles, c'est pour ça que…

— En compagnie des huit chefs d'Etat les plus importants de la planète, l'interrompit rageusement Rougerie. Vous vous rendez compte ? Vous ne pensez pas que j'ai mieux à faire que discuter le bout de gras avec vous ?

Mignoni soupira. Rougerie côtoyait le gratin des dirigeants du monde. Il était avec eux, à leurs côtés.

Il pouvait les toucher, les sentir. Avec un peu de chance, il serait sur la photo. Le rêve de sa vie. Alors qu'on était au bord de l'abîme...

— Je n'ai pas le temps de vous expliquer, Rougerie, mais il ne faut pas que les chefs d'Etat touchent à une seule des bouteilles du château La Palombière, sous peine de se retrouver transformés en légumes. Vous m'avez compris ?

Mignoni faillit s'étrangler lorsqu'il entendit Rougerie ricaner.

— Mais ils sont à table depuis longtemps, mon vieux !

Le brigadier Robineau faisait grise mine. Ses traits s'étaient tendus et son visage s'allongeait en même temps que son tas de jetons fondait dramatiquement devant elle. L'ivresse avait fait place à la gueule de bois. A ses côtés, Tristan Lacaze semblait absent, ailleurs, perdu dans une sorte de rêverie solitaire. Depuis que Madeleine avait discrètement échangé quelques mots avec lui, il semblait frappé de torpeur. Il lançait mécaniquement ses jetons sur le tapis, jouant toujours les mêmes numéros, le 6, le 9, le 11, le 22, le 33, mais la chance semblait avoir tourné. Plus aucun d'eux ne sortait, et le croupier tirait malicieusement son râteau vers lui, récupérant coup après coup la petite fortune que le brigadier Robineau avait amassée.

Soudain, Tristan Lacaze s'ébroua, semblant sortir de sa prostration. Il tourna la tête vers le brigadier, lui adressa un sourire froid, comme s'il ne semblait pas vraiment la reconnaître.

— Où est Eva ? demanda-t-il.

Le brigadier Robineau éclata d'un petit rire nerveux.

— Qu'est-ce qui vous arrive ?

Tristan Lacaze fronça les sourcils.

— Comment ça, qu'est-ce qui m'arrive ? Pourquoi riez-vous ?

— Pourquoi est-ce que vous vous adressez à moi en prenant cette voix de petite fille ? demanda à son tour le brigadier.

Tristan Lacaze la regarda longuement. Ses yeux étaient agités de petits tics nerveux, son visage figé, blanc comme un bloc de marbre.

— Quelque chose ne va pas ? demanda le brigadier, soudain alarmée.

Tristan ne semblait même plus l'entendre. Il laissa son regard glisser sur le tapis, frappa du poing sur la table, se leva et se précipita hors de la salle.

Sur le côté de la porte, Eva aperçut un compteur électrique dont la manette était en position « fermé ». Elle fut tentée de la basculer, mais s'abstint. Près du compteur était accrochée une perruque. Eva songea que Tristan devait en recouvrir son crâne avant d'entrer...

Elle poussa doucement la porte, suffoqua un instant tant la chaleur était intense. Elle s'avança dans la cave. Elle s'efforçait de respirer lentement, laissant les gouttes de sueur perler sur son front et ruisseler sur son visage sans chercher à les essuyer. Au fond, il y avait un vieux four de boulanger dont l'ouverture en ogive n'était pas fermée. Le mastodonte semblait ronronner comme un gros chat tranquille. Son ventre était bourré jusqu'à la gueule de braises vives. En face, une jeune femme nue, les bras en croix, mains retenues en l'air par des anneaux reliés à des chaînes. Son visage était incliné sur le côté et elle semblait dormir. Sa peau cuivrée, couverte de sueur, paraissait entièrement huilée, prête à cuire. Une sorte d'ondée perlait entre ses seins, s'écoulant dans le sillon en un filet luisant. Eva avait déjà vu ce genre d'images dans les saunas, où certaines femmes tyrannisent leurs corps des heures entières dans l'espoir de le faire fondre. Elle savait également que la sudation à haute dose est une des techniques pratiquées par les exorcistes pour chasser le démon du corps des possédés. En regardant de l'autre côté, elle ne fut pas surprise de voir une statue de l'archange Michel. Près d'elle, une haie de projecteurs éteints...

Eva s'approcha. La jeune femme semblait n'avoir subi aucun mauvais traitement, pas de coups de fouet, pas de brûlures, aucun hématome. Son visage était paisible. Un court instant, Eva détailla ses traits. Sa bouche était charnue, admirablement bien dessinée, son nez fin, ses yeux en amande balayés par des cils si longs qu'ils paraissaient interminables. Sa chevelure brune, lourde, épaisse, s'échappait de son visage en vagues ourlées. Eva se pencha à son oreille.

— Vénus...

Le corps de la jeune femme fut parcouru par une sorte de frisson et elle ouvrit les yeux. Eva fut frappée par son regard. Deux grands yeux noirs, furieux et vifs, dans lesquels le feu des braises se reflétait.

— Qui êtes-vous ?

— Eva. Une amie. Je suis venue vous délivrer.

— Vous êtes la femme détective que ma mère a engagée ?

— Oui.

— Détachez-moi !

Eva fit jouer les molettes qui tenaient les bracelets fermés. L'ouverture en était simple, mais impossible à actionner lorsque les deux mains étaient prisonnières.

— Les pieds ! indiqua Vénus. Le loquet, vite !

Contrairement à Vermeulen, Eva trouva rapidement le loquet et libéra les pieds de Vénus.

— Où sont-ils ? demanda la jeune femme.

— Qui ?

— Mon geôlier et la petite fille.

— Il n'y a pas de petite fille.

— Quoi ? s'exclama Vénus. Je vous assure que...

— Non. Votre geôlier est Tristan Lacaze. Lui seul !

Eva vit le visage de Vénus blêmir.

— Tristan, mais c'est impossible, il...

— Je n'ai pas le temps de vous expliquer. Il est au cercle, chez votre mère. Il ne va pas tarder à se rendre compte de mon absence.

— Comment m'avez-vous retrouvée ?

— Je vous le dirai plus tard. Il faut filer. Habillez-vous !

— Avec quoi ?

Elle désigna le four.

— Il a jeté tous mes habits au feu.

— Sortons d'ici ! lança Eva.

— C'est une catastrophe ! s'exclama l'inspecteur Mignoni. Le vin est empoisonné !

— Aucune importance ! fit Rougerie.

— Vous plaisantez ? s'étrangla l'inspecteur. Vous me dites que les chefs d'Etat sont à table et moi je vous affirme que le vin qu'ils sont en train de boire est mortel ! Ils vont tous y passer dans les trois semaines...

— Calmez-vous, Mignoni ! Ils ne boivent pas de vin, mais du champagne.

— Quoi ?

— A la dernière minute, les Russes se sont décidés à nous rejoindre...

Alors que Rougerie parlait, l'inspecteur vit Tristan Lacaze sortir du château comme une bombe. Le jeune homme s'engouffra dans sa voiture et démarra en faisant crisser ses pneus.

— ... pour saluer l'événement, et la présidente a décrété un repas au champagne. Les bouteilles du château La Palombière sont restées sur leur palette !

La voix de Rougerie se fit soudain sifflante :

— Mais cela ne doit pas vous empêcher d'adresser vos rapports à Vidocq ! J'espère que vous mettrez en avant le rôle particulier que j'ai joué dans cette affaire et les responsabilités que je n'ai pas hésité à prendre. Si une catastrophe était arrivée, elle n'eût pas été de mon fait, Mignoni, mais du vôtre.

Clic.

— Suivez-moi ! ordonna Eva en se dirigeant vers l'escalier.

Elle entendit un cri étouffé derrière elle. Vénus venait de tomber. Elle se précipita vers la jeune femme.

— Je n'arrive pas à marcher, soupira Vénus. Mes jambes ne me portent plus.

Eva se mordit les lèvres. Vénus était restée plusieurs semaines enchaînée, les bras en l'air. Les muscles de ses jambes étaient ankylosés.

— Il faut absolument sortir d'ici, dit Eva en passant son bras sous les épaules de la jeune femme pour l'aider à se redresser. Ça va aller ?

Vénus hocha doucement la tête. Son visage était soudain devenu livide et Eva songea qu'elle était à deux doigts de s'évanouir. Mais les deux femmes n'avaient pas le choix. Il fallait sortir des caves de l'enfer et se mettre à l'abri. Enlacées, elles remontèrent l'escalier marche à marche, Eva soutenant le corps flageolant de la jeune femme. Elles se retrouvèrent devant la porte du chai et firent une pause.

— Attendez ! intima Vénus alors qu'Eva s'apprêtait à pousser la porte.

— Quoi ?

— Chut !

Vénus avait posé son doigt sur ses lèvres et le silence se fit. Derrière la porte, elles entendirent des halètements et des grognements sourds.

— Les chiens ! souffla Eva.

— Je m'en occupe, lâcha Vénus, qui avait récupéré un peu d'énergie. Cachez-vous derrière la porte et surtout ne bougez pas !

Eva obéit, tout en se demandant comment la jeune femme, incapable de marcher seule, nue de surcroît, allait bien pouvoir s'y prendre pour amadouer les deux molosses. Elle les entendait qui piétinaient dehors, griffant le pavé, lançant des jappements sourds, grondant. Elle imaginait la bave coulant de leurs museaux.

— Romulus, Brutus, c'est moi, Vénus... murmura la jeune femme.

Elle chancelait et Eva vit qu'elle faisait des efforts surhumains pour se tenir debout. Elle ouvrit doucement la porte, et les chiens la bousculèrent, s'engouffrant à l'intérieur comme une bourrasque de vent mauvais. Les molosses tournoyèrent un instant sur eux-mêmes et se précipitèrent sur la jeune femme, sautant comme des cabris, griffes et dents rentrées, lapant à grands coups de langue sa peau encore salée.

— Oui, les chiens, c'est moi, haleta Vénus, qui, déséquilibrée, s'agrippait au mur pour ne pas tomber. Oui, moi aussi je suis contente de vous voir.

Les chiens faisaient la fête à Vénus... Ils n'avaient pas encore reniflé Eva.

— Je vais les attirer au fond du chai, lança Vénus. A mon signal, vous sortirez ! Oui, Brutus, t'es un beau chien !

En titubant, elle se dirigea vers le fond de la cave, attirant les chiens.

— Couchés, maintenant ! Couché, Brutus. Oui, c'est bien ! On ne bouge plus ! Romulus ! Au pied ! Sage ! Là, parfait... Maintenant, sortez, Eva !

Eva se glissa le plus rapidement possible à l'extérieur. Alors qu'elle passait la porte, elle entendit des aboiements rauques.

— Couchés ! ordonna Vénus.

Les chiens avaient aperçu l'ombre d'Eva. Ils grondaient sourdement, torturés par l'envie de mordre mais cloués sur place par les ordres de Vénus.

— Pas bouger ! fit à nouveau Vénus en s'approchant de la porte, longeant le mur, prenant appui sur lui.

La jeune femme se faufila dehors, se précipitant dans les bras d'Eva, s'accrochant à elle. Eva poussa la porte d'un coup de pied. Le battant était à peine refermé que le bois tremblait sous les assauts des chiens.

— Qu'est-ce qui se passe ? cria une voix qui provenait du château.

C'était la voix du père Lacaze. Eva aperçut sa silhouette penchée à la fenêtre de sa chambre. Elle vit qu'il tenait un fusil dans ses mains. Le passage par la cour leur était désormais interdit.

— Au sang ! Brutus, Romulus ! Au sang ! cria le vieux Lacaze alors que les deux chiens, rendus ivres de rage, se lançaient à la volée contre la porte du chai.

Au même moment, Eva aperçut deux phares qui trouaient la nuit. La voiture se dirigeait vers le château.

— C'est Tristan ! lança-t-elle.

Un coup de feu retentit soudain et une gerbe de plombs vint crépiter sur le mur, juste au-dessus de leurs têtes.

— Les vignes, indiqua Eva en tendant sa main vers les rangées à l'orée du chai.

Elle enserra fermement la taille de Vénus et toutes deux se mirent à cahoter vers les jalles.

Les mots se bousculaient dans la bouche de Tristan alors qu'il appuyait rageusement sur l'accélérateur. Les deux personnages qui cohabitaient en lui se disputaient pour prendre les commandes de son esprit. Parfois, il s'exprimait avec la voix de Marie, parfois avec celle de Tristan.

— Il faut éliminer cette garce ! rugissait Marie.

— Elle veut aider Vénus, protestait Tristan. Ça ne mérite pas la mort...

— Une catin dégénérée, une alcoolique ! hurlait Marie. Le diable incarné ! Ce n'est pas un hasard si elle veut aider Vénus. Il faut la châtier !

Il pila dans la cour du château, se précipita hors de la voiture, entendit les chiens qui hurlaient à la mort en se lançant comme des béliers furieux contre la porte du chai pour la défoncer. Son père était à la fenêtre. Il criait :

— Libère les chiens, vite ! Deux femmes ! Elles ont filé dans les vignes !

Tristan se rendit sous la fenêtre.

— Calme-toi, papa ! Je m'en occupe. Elles n'iront pas loin. Donne-moi le fusil.

— Libère les chiens ! tonna le vieux Lacaze. Ils n'en feront qu'une bouchée !

— J'en fais mon affaire ! Donne-moi le fusil et va te coucher !

Le vieux laissa tomber le fusil. Tristan le rattrapa au vol, courut chercher une lampe torche dans l'entrée du salon, libéra les chiens, se lança avec eux dans les coteaux à la poursuite des deux femmes.

Eva progressait dans les rangées de vignes, soutenant Vénus. La nuit était noire, obscure, et elles avançaient à tâtons, se prenant les pieds dans les bois, se griffant le visage sur les sarments. A tout moment, Eva redoutait de voir surgir des ténèbres les crocs blancs des deux molosses. Soudain, elle crut entendre un bruit de course et se redressa, figée. Mais elle n'aperçut rien qu'une série de jalles à ses pieds, qui semblaient se perdre à l'infini dans une mer étale et sombre.

— Par là ! souffla Vénus.

Eva s'engagea dans la direction qu'elle indiquait. Progressivement, les jambes de Vénus semblaient retrouver de la vigueur et elle se faisait moins pesante. Elles aperçurent bientôt le toit de la fermette de Virgil. Sans hésitation, Eva traversa la cour, et les deux femmes pénétrèrent dans la maison. La pièce était vide. Vénus se laissa tomber sur le tapis de paille, souffle court, à bout de forces. Mais elle était consciente du danger et se mit à ramper jusqu'à la porte de la maison. Elle se tenait accroupie près du chambranle, observant la nuit noire face à elle.

Dans un froissement de feuilles et de bois cassé, les deux chiens surgirent soudain du champ de vignes, se plantèrent face à la baraque et se mirent à gronder. Au loin, un trait de lumière déchirait la nuit, fouillant les ténèbres.

— Il arrive, murmura Vénus. Il a lâché les chiens. Ils me connaissent et ne me toucheront pas. Mais vous...

Les deux molosses se tenaient immobiles, grattant furieusement le sol.

— Pourquoi est-ce qu'ils n'attaquent pas ? demanda Eva.

— Je n'en sais rien.

Elle avait à peine terminé sa phrase lorsqu'elle vit deux ombres surgir sur le côté, comme des flèches de chair. Les loups de Virgil !

L'un d'eux fondit sur la gorge du premier rottweiler, dans laquelle il planta ses crocs. L'autre ne put saisir sa proie et c'est lui qui se retrouva prisonnier des mâchoires du second molosse. La lutte fut courte, accompagnée de grognements et de râles. Les tueurs ayant assuré leur prise dès le début, les jeux étaient faits : le rottweiler mourut égorgé ; le loup, cou broyé. Les deux vainqueurs se retrouvèrent face à face et se ruèrent l'un sur l'autre, crocs en avant. Le loup avait visé la tête, et ses canines s'étaient enfoncées dans l'œil du chien, le crevant dans un geyser de sang. Il allait saisir la gorge lorsqu'une détonation éclata, projetant son corps en l'air.

Tristan se tenait à l'orée de la vigne, fusil à l'épaule.

Le loup mourut dans un dernier jappement, alors que le chien, perdant abondamment son sang, flageolait en gémissant. Tristan s'approcha de lui et l'acheva d'un nouveau coup de carabine.

Il s'approcha de la maison et une voix de petite fille, pure et fluette, s'échappa de ses lèvres :

— Eva, c'est moi. C'est Marie. Sors ! Ça fait longtemps que tu veux faire ma connaissance, non ?

— Mon Dieu, murmura Vénus. La petite fille, c'était lui.

Vénus réalisa alors qu'elle n'avait jamais vu l'enfant, qui restait toujours cachée derrière le mur de lumières. Elle avait seulement entendu sa voix. Elle se retourna vers Eva.

— Cache-toi. Il ne faut pas qu'il te voie.

Puis elle s'adressa à Tristan :

— Eva n'est pas avec moi, Tristan. Elle a pu s'échapper. Elle est retournée au château La Palombière prévenir la police…

— Menteuse ! s'écria Tristan avec la voix de Marie. Les chiens ne l'auraient pas laissée s'échapper. Elle est encore avec toi. Elle est cachée dans la maison.

Depuis le fond de la pièce, Eva apercevait la silhouette de Vénus qui se découpait dans la porte d'entrée, cadrée par la lumière bleutée de la lampe. Elle se rendit compte que le faisceau dansait autour d'elle, cherchant à percer l'obscurité de la pièce afin de voir si quelqu'un se trouvait à l'intérieur. Elle rampa pour se nicher derrière le mur.

— Toi, je ne veux pas parler avec toi ! s'écria soudain Vénus. Tu n'es qu'une petite salope. C'est à Tristan que je veux parler !

— Si la police arrive, alors je serai découverte, tonna Marie. Ils m'arrêteront. Ils m'enfermeront.

La petite voix de Marie semblait soudain terrorisée.

— C'est tout ce que tu mérites, petite pute ! lança Vénus.

Eva ne put s'empêcher d'éprouver de l'admiration pour Vénus. Malgré son épuisement physique, elle avait conservé toutes ses capacités mentales. La jeune femme faisait preuve d'une grande habileté en s'adressant à l'enfant, en la défiant, en la provoquant. En faisant cela, elle cherchait à déculpabiliser Tristan, à le rassurer, à lui redonner confiance en lui afin qu'il reprenne le dessus sur la fillette.

Avec Tristan, les deux femmes avaient une chance de s'en sortir. Avec Marie, aucune !

— Depuis combien de temps as-tu compris, Eva ? demanda soudain Tristan avec sa voix d'homme.

Eva resta silencieuse.

Comme si elle avait senti le danger, la voix de Marie éclata, pleine de rage :

— Je sais que tu es à l'intérieur, Eva. Je sens ta présence. Si tu ne sors pas, je vais abattre Vénus et je te tuerai après.

Tristan s'avança vers la maison en brandissant son arme.

— Maintenant ! hurla soudain Vénus.

Une ombre surgit soudain des ténèbres et Eva entendit un coup sourd. Elle vit le faisceau de la lampe de Tristan basculer violemment, comme sous l'effet d'un choc. Elle se précipita hors de la maison. Tristan gisait à terre, inconscient. Derrière lui se tenait le vieux Virgil, une hache à la main. Il la souleva, s'apprêtant à frapper une seconde fois.

— Non ! cria Vénus.

Le vieux suspendit son geste et se retourna vers la maison, visage dépité. Il rejoignit Vénus à l'intérieur de la cabane, l'enlaça et la serra longuement contre lui. Ils se mirent tous deux à parler en roumain. Le vieux hocha la tête et disparut dans la pénombre. Vénus sortit à son tour de la cabane. Sa démarche était heurtée, mécanique comme celle d'un automate, mais elle n'avait plus besoin qu'on la soutienne. Elle se pencha vers Tristan et posa doucement ses mains sur son front comme on le fait avec un enfant malade.

— Il en sera quitte pour une bonne bosse.

Elle se tourna vers Eva. Un sourire radieux éclairait son visage.

Virgil revint avec de vieux fils d'alimentation électriques. Il fit passer les bras de Tristan derrière son dos et lui ligota les poignets. Puis il fit de même avec ses pieds. Lorsqu'il eut terminé, il échangea quelques mots, toujours en roumain, avec Vénus. Eva comprit que le vieux lui proposait sa veste pour qu'elle se couvre, ce qu'elle fit. Ils rentrèrent à l'intérieur de la maison. Vénus désigna la photo de l'homme supplicié qui reposait toujours au milieu du tapis de paille. Elle posa des questions auxquelles le vieux répondit sans hésiter d'une voix sèche, en roumain. Jugeant sans doute qu'il avait dit ce qu'il avait à dire, il s'avança vers Vénus, l'enlaça et l'embrassa longuement, comme pour un adieu. Puis il adressa un vague salut à Eva et disparut au cœur de la nuit.

— Virgil a empoisonné les bouteilles de château-la-palombière servies au sommet de Versailles, lança Vénus.

— Quoi ? s'exclama Eva.

— Pour se venger des dirigeants de tous ces pays qui n'ont pas bougé le petit doigt lorsqu'on pendait les Tsiganes aux crocs des bouchers, comme de vulgaires cochons, expliqua-t-elle.

Mignoni faisait les cent pas dans la cour lorsque la sonnerie de son portable le fit sursauter. Il prit fébrilement la ligne. C'était Vidocq.

— Bonsoir, monsieur le ministre.

— On vient de faire analyser le vin. Une saloperie collée au goulot. Du cyanure. On l'a échappé belle. Qui a fait ça ?

— Je pense qu'il s'agit de l'homme qui a capsulé les bouteilles. Un certain Marino, un Tsigane membre d'un réseau dormant. Il a pris la fuite.

— Bon, on va tâcher de lui mettre la main au collet.

Soudain, la voix de Vidocq s'adoucit :

— Dites-moi, mon petit, n'oubliez pas de m'envoyer votre rapport. Donnez tous les détails, mettez-y de la couleur, de l'atmosphère, de l'ambiance. Vous savez que je raffole des histoires des coureurs de nuits.

— Comptez sur moi, monsieur le ministre.

Mignoni raccrocha en pestant. Il réalisa soudain qu'il était plus de deux heures du matin. Le brigadier Robineau allait lui sonner les cloches ! Il l'avait laissée seule toute la soirée.

Il rentra au château. La salle de jeu était déserte. Quelques clients prenaient un dernier verre sous les lumières tamisées du bar. Ambiance lascive. Mignoni chercha Joëlle des yeux mais ne la vit pas. Il allait remonter dans sa chambre lorsqu'il aperçut deux corps enlacés tout au fond de la pièce, fondus dans l'obscurité. Il lui semblait apercevoir les jambes d'une femme. Il s'approcha. Le brigadier Robineau, moitié nue, cheveux en bataille, visiblement ivre morte, se trouvait tête-bêche avec un homme.

Alors l'inspecteur se souvint, comme d'une fatalité, que ce soir-là les deux numéros de chance de sa compagne étaient le 6 et le 9.

42

Eva ne regagna le château La Palombière qu'au petit matin. Elle monta directement dans sa chambre, prépara des habits pour Vénus, récupéra les clés de sa voiture et redescendit aussitôt. Elle se rendit jusqu'au bord des jalles, emprunta le petit chemin semé de roses qui menait à la maison de Virgil, gara la voiture dans la cour. Elle remit les vêtements à Vénus, qui les passa immédiatement. Tristan était assis dans un coin de la pièce, mains liées derrière le dos, pieds attachés. Il ne protestait pas.

— Bonjour, Tristan.

— Bonjour, Eva, répondit-il avec sa voix d'homme.

A son réveil, Vénus lui avait expliqué qu'elle allait l'emmener dans un institut spécialisé pour qu'il se fasse soigner.

« Tu vas prévenir la police ? avait-il demandé.

— Non. Tu es malade. C'est ma mère qui devrait aller en prison. Mais ça, je ne peux pas. Je suis tsigane et une Tsigane ne trahit jamais sa famille. »

Il s'était contenté de hocher tristement la tête. Lorsqu'elle fut habillée, Vénus détacha ses pieds et l'aida à se mettre debout. Tristan, mains toujours liées derrière le dos, s'installa dans la voiture. Vénus lança le moteur et s'adressa à Eva :

— Ce soir, c'est le conseil d'administration. Vous viendrez ?

— Madeleine ne m'a pas invitée.

— Moi, je vous invite.

— Alors je serai là.

— Merci. Merci pour tout.

Vénus s'approcha d'elle et déposa un baiser appuyé sur ses lèvres. Eva ne chercha pas à se dérober. Vénus monta dans la voiture et démarra. Eva la regarda s'éloigner jusqu'à ce qu'elle ait disparu au fond de l'océan des vignes, puis elle regagna le château. Elle songeait à ce que Vénus lui avait raconté durant la nuit.

Au moment de la « révolution » roumaine, elle s'était rendue à Bucarest avec Sibelius. Le vieil historien s'intéressait à un réseau constitué de Tsiganes, qui, selon lui, avait été très actif pendant les événements. Ensemble, ils s'étaient rendus au musée d'Histoire contemporaine, et Vénus avait découvert les photos des pogroms, particulièrement celle de son grand-père. Sibelius lui avait alors expliqué qu'il pensait que Virgil faisait partie de ce fameux réseau avec Marino et d'autres, tous extrémistes. Ils rêvaient de faire expier au monde entier les crimes contre leurs frères tsiganes.

A cette époque, Vénus était très proche de Tristan. Elle ignorait qu'il avait subi un exorcisme raté et qu'il était traumatisé par l'archange Michel. Madeleine, elle, le savait et redoutait par-dessus tout qu'une éventuelle alliance entre Vénus et Tristan lui fasse perdre le château.

En fouillant dans la chambre de Vénus, elle était tombée sur le jeu de photos et avait décidé de l'utiliser dans un exercice de manipulation mentale d'une rare cruauté.

Jour après jour, elle avait expliqué à la petite fille qui vivait en Tristan que Vénus était possédée par le démon du plaisir et du sexe et qu'il convenait de l'exorciser afin de lui rendre sa pureté originelle. Elle lui avait affirmé que seul l'archange Michel était capable d'un tel exploit. Le cerveau, déjà très fragile, de Tristan n'avait pas résisté à un tel assaut. Il avait basculé et Marie avait pris le pouvoir en lui. Une Marie nourrie aux flammes de l'enfer attisées par Madeleine.

Vénus s'était rendu compte de l'influence néfaste que Madeleine exerçait sur Tristan. La mère et la fille avaient eu une explication orageuse, et Vénus, qui exigeait que sa mère cesse de tourmenter son ami, avait clairement menacé de voter contre elle au prochain conseil d'administration. Madeleine s'était vue perdue. Elle avait persuadé Marie d'enlever Vénus afin d'extirper le diable en elle. Ce que Marie avait fait !

Ensuite, pour donner le change, elle avait fait appel à un détective.

Mais Vermeulen était beaucoup plus malin et compétent que Madeleine ne le pensait. Il avait découvert la vérité. Madeleine, pressentant le danger, avait alors ordonné à Marie, dont la volonté exterminatrice se confondait avec celle de l'archange Michel, d'éliminer le gêneur. Marie avait immédiatement obéi. Inspirée par les photos que Madeleine lui avait montrées, mélangeant dans un élan de folie morbide les symboles de l'archange Michel et le sort subi par les Tsiganes, Marie s'était livrée sur Vermeulen à un véritable massacre.

« C'est également Marie qui a tué Sibelius ? avait demandé Eva.

— Non, avait répondu Vénus. C'est Virgil et Marino. Sibelius était devenu trop dangereux pour eux alors même qu'ils allaient atteindre leur but.

— Empoisonner les principaux dirigeants de la planète pour venger les Tsiganes massacrés ?

— Hélas, oui.

— Madeleine était au courant de leur projet ?

— Je pense que oui, mais elle fermait les yeux. Une seule chose compte, pour elle : conserver le château La Palombière.

— Si Marino et Virgil avaient réussi…

— Et alors ? Un bon vin, empoisonné ou non, reste un bon vin. Madeleine aurait simplement réussi le plus formidable coup de pub mondial qu'on puisse imaginer ! »

Cette femme est le diable ! songea Eva en pénétrant dans le château.

Comme si le « diable » en question était pourvu d'un sixième sens, la porte du bureau s'ouvrit brusquement. Madeleine se tenait dans l'encadrement, souriante.

— Bonjour, Eva. Des nouvelles ?

— Des nouvelles de qui ? demanda Eva innocemment.

— Eh bien... de Tristan. Il a mystérieusement disparu hier soir, peu après vous d'ailleurs. Depuis, j'essaie de le joindre, mais il semble s'être évaporé. Son père est très inquiet. Une histoire de rôdeurs dans son chai, à ce qu'il paraît.

Eva haussa les épaules comme si tout cela ne la concernait pas. A l'intérieur, elle jubilait. Madeleine ignorait que Vénus était libre. Le soir même, lors du conseil d'administration, elle allait avoir une sacrée surprise...

Elle allait attaquer l'escalier lorsqu'elle aperçut Mignoni, seul au bar. Elle se dirigea vers lui.

— Joëlle n'est pas avec vous ?

— Elle est repartie tôt ce matin à Angoulême.

— Chamaillerie d'amoureux ?

— On peut appeler ça comme ça. Vous êtes au courant pour le sommet de Versailles ?

— Le vin empoisonné ?

Mignoni tressaillit.

— Comment le savez-vous ?

Eva conserva le silence et Mignoni leva les yeux au ciel.

— Je suis sûr que Madeleine est complice, laissa-t-il tomber.

— Vous ne le prouverez jamais.

— Vous croyez ça ? s'insurgea Mignoni.

— Oui. On n'attrape pas le diable par la queue !

Eva grimpa dans sa chambre, s'allongea sur son lit et s'endormit presque immédiatement. Sur son balcon, la tourterelle avait disparu.

L'inspecteur Mignoni resta longtemps au bar, planté devant sa bouteille d'eau minérale. Il se torturait les méninges, mais toutes les pistes qu'il suivait menaient à des impasses.

Madeleine semblait avoir tout prévu, jusqu'au moindre détail.

La fiole de cyanure ? Mignoni avait personnellement témoigné que Madeleine l'avait trouvée dans la poche de Gachassin.

Les capsules piégées ? Madeleine prétendrait qu'elle était absente lors des dernières opérations de capsulage, ce qui était vrai. Elle affirmerait que les deux hommes avaient agi seuls. D'ailleurs, n'avaient-ils pas pris la fuite ?

Soudain, il se figea. Il venait de réaliser que Madeleine était intouchable. Après le « placardage » de Vermeulen sur le tonneau géant du chai, les hommes du ministère de l'Intérieur étaient intervenus et avaient escamoté le corps. Madeleine en avait été témoin. Si jamais elle était inquiétée, elle balancerait toute l'affaire et mettrait Vidocq en difficulté ! Voilà pourquoi le ministre de l'Intérieur mettait si peu de zèle à diligenter une enquête contre elle, préférant lire la prose de Mignoni.

Madeleine Lescarboura était la criminelle la plus cynique qu'il eût jamais croisée, et elle allait rester en liberté !

Mignoni abandonna son eau minérale et commanda un cognac.

43

La salle de réunion de la mairie de Cressac baignait dans une lumière pâle et tristounette. Tout le centre était occupé par une série de tables en Formica emboîtées les unes dans les autres pour former un grand plateau. Madeleine était assise au bout, à la place de la présidente. Elle était arrivée en avance, vêtue, comme toujours, d'une robe multicolore parée de ses immuables voilettes. Elle attendait patiemment les autres participants. Ou plutôt le participant, car le vieux Lacaze restait seul à pouvoir voter, parmi tous ceux qui détenaient des parts dans la société du château La Palombière. Gachassin était à l'hôpital, entre la vie et la mort, et Vénus demeurait introuvable…

Madeleine était bien un peu inquiète de ne pas avoir de nouvelles de Tristan, mais sans plus. Son emprise sur lui était totale.

Comme s'il ne se faisait aucune illusion sur l'issue des débats, le vieux Lacaze avait demandé que le conseil se tienne à vingt heures précises, de façon à pouvoir se coucher à vingt-trois heures, comme il en avait l'habitude.

Mignoni se tenait dans un coin de la pièce, en retrait, le visage fermé. Il n'avait pas demandé la permission à Madeleine pour assister au conseil. Il s'était contenté de montrer sa carte de police en entrant dans la pièce.

A vingt heures précises, le vieux Lacaze fit son entrée.

Madeleine lui jeta un regard hautain. L'heure de son triomphe avait sonné et elle tenait à en savourer chaque instant. Le vieux ne lui jeta pas un regard et s'installa le plus loin possible d'elle. L'adjoint au maire déclara la séance ouverte, fit l'appel, pointa les absences et proposa de passer immédiatement au vote. Le vieux Lacaze inclina la tête pour signifier qu'il était d'accord lorsque la porte de la salle s'ouvrit. Vénus, accompagnée d'Eva, entra. Elle n'avait pas encore retrouvé sa démarche normale et s'appuyait sur l'épaule d'Eva.

Le visage de Madeleine devint d'un seul coup livide. Ses yeux, perdus derrière leurs globules de verre, parurent soudain exorbités.

— Bonjour, maman, lança sobrement Vénus.

— Vénus ! D'où sors-tu ? Où étais-tu ?

Comme s'il s'agissait d'une dernière tentative d'intimidation, la voix de Madeleine avait claqué, sèche, autoritaire.

— J'ai fait un voyage, ou, plutôt, une sorte de retraite initiatique, répondit Vénus avec une insouciance affectée.

— Menteuse ! cracha Madeleine. Où est Tristan ?

Pour la première fois, on entendit la voix du vieux Lacaze s'élever :

— Je vous prie de laisser mon fils hors de tout ça, madame Lescarboura !

— Ah, parlons-en, de votre fils ! C'est un dingue, un malade. C'est lui qui a enlevé Vénus.

— Mais enfin, maman, qu'est-ce que tu racontes ? Personne ne m'a jamais enlevée.

Madeleine, affolée, jetait des regards en tous sens.

— Tristan est un assassin !

— Tiens donc ! Et qui a-t-il tué ? demanda Vénus.

Madeleine resta comme suspendue, bouche ouverte. Elle avait conscience qu'elle avait plus à perdre qu'à gagner à parler publiquement du corps de Vermeulen cloué et éviscéré dans son chai. Le détective belge était son meilleur rempart face au ministère de l'Intérieur et à son armée de flics, qui ne manqueraient pas de lui faire les pires ennuis si elle parlait. Elle se tourna vers Mignoni, qui la regardait, vaguement goguenard. Elle choisit de se taire.

— Si nous passions au vote, proposa Vénus en tendant sa carte d'identité à l'adjoint au maire. Je détiens 20 % des parts…

— Je sais, lança l'adjoint. Madame Lescarboura détient 34,1 %, monsieur Lacaze 14,4 %, monsieur le mai… euh… monsieur Gachassin 31,5 % ! Monsieur Gachassin n'ayant laissé aucune procuration, ses voix sont nulles.

— Je joins mes parts à celles de monsieur Lacaze ! lança Vénus.

— 20 % et 14,4 %, cela fait 34,4 % contre 34,1 % à madame Lescarboura. Vous êtes majoritaires !

— Ne fais pas ça, Vénus ! hurla Madeleine.

— Je maintiens mon vote ! Il est définitif et...

— Attendez ! cria l'adjoint.

La porte de la salle venait de s'ouvrir.

Gachassin, assis dans un fauteuil roulant, fit son entrée. Sa face était couleur de cendres, ses traits émaciés, immobiles, comme figés, son regard d'une étrange fixité. Eva ne put s'empêcher de sursauter en apercevant l'homme qui le poussait. Frère Jean, le père supérieur du monastère de Ganagobie, le refuge de Foch ! Eva le regardait pétrifiée, comme s'il s'agissait d'un fantôme. Que venait faire frère Jean, dont la vie entière était vouée à Dieu et à la prière contemplative, au milieu de toute cette histoire ? Elle comprit immédiatement que frère Jean avait été dépêché par Foch pour combler les manques de son coureur de nuits.

Elle sentit une colère froide, mais intense, monter en elle.

— Monsieur Gachassin détient 31,5 % des actions du château La Palombière, annonça frère Jean. Malgré son état, il souhaite participer au vote.

L'adjoint au maire se précipita.

— Monsieur le maire, comment allez-vous ?

Gachassin n'eut pas un regard pour son adjoint.

— Monsieur Gachassin est paralysé, expliqua frère Jean. Il ne peut plus parler. Mais il peut écrire. Ce qu'il a fait devant huissier, ajouta-t-il en tendant un document à l'adjoint.

Celui-ci le saisit et en prit connaissance. Eva ne lâchait pas frère Jean du regard, mais le moine prenait soin de ne pas croiser ses yeux. Pourquoi fuyait-il ainsi ? Parce qu'il craignait la colère de la jeune femme ? Parce qu'il avait honte ? Ou bien les deux à la fois ? Lorsqu'elle avait effectué sa formation de coureur de nuits au monastère de Ganagobie, Eva avait beaucoup fréquenté le père supérieur du couvent. Elle ne connaissait pas d'homme plus éclairé, plus juste, incapable de la moindre bassesse. Qu'est-ce qui l'avait décidé à participer à cette farce macabre ?

— Il faut procéder à un autre tour de scrutin, annonça brusquement l'adjoint. Mais il faut auparavant que je vous donne lecture de la présente…

Il se gratta la gorge et commença à lire :

— « Moi, André Gachassin, né le… »

— Passez-nous les préliminaires ! explosa Madeleine.

— Bien ! Monsieur Gachassin déclare donc accorder ses voix à Madeleine Lescarboura, aux conditions suivantes…

Il reprit sa lecture :

— « Madeleine Lescarboura accueillera monsieur Gachassin au château La Palombière, lui fournira le gîte et le couvert, et s'occupera de le faire vivre bourgeoisement. Par cette expression, il faut entendre que Madeleine Lescarboura s'occupera de la toilette de monsieur Gachassin, de son hygiène quotidienne, de sa locomotion à l'intérieur du château en chaise roulante et de répondre à toutes demandes qui seront formulées par l'intéressé dans la mesure où elles paraîtront raisonnables et accessibles. Interdiction formelle est faite à madame Lescarboura d'utiliser à cette fin des gens de maison. Elle devra s'en occuper personnellement. En outre, les activités d'hôtellerie ayant cours au château seront interrompues, ainsi que toute pratique faisant appel à une clientèle en dehors de la production purement viticole. Tous les animaux, chats, singe, pigeons, serpent, devront disparaître des lieux. Si l'une de ces conditions, quelle qu'elle soit, n'était pas respectée, monsieur Gachassin se réserve le droit d'annuler son vote au profit de Vénus Lescarboura. Toutes ces dispositions prendront fin au décès de monsieur Gachassin. A cette date, les parts de l'intéressé dans le château La Palombière reviendront de droit à Vénus Lescarboura… Fait et signé devant huissier, le 21 mars 2008 à Bordeaux. »

L'adjoint interrompit sa lecture et se gratta la gorge. Puis :

— Madame Lescarboura, acceptez-vous ces conditions ?

Un grand silence se fit dans la salle. La voix de Madeleine résonna alors, tranchante :

— J'accepte !

— Le résultat est entériné ! lança l'adjoint. Madame Lescarboura conserve la présidence.

Frère Jean s'était approché d'Eva.

— Bonjour, Eva.

— Bonjour, frère Jean. Je suis très surprise de vous voir ici.

— Foch m'a dit que tu détenais un document qui lui est destiné.

Il tendait la main et Eva hocha tristement la tête. Elle avait toujours aimé frère Jean, son visage si doux, ses yeux pleins de bonté. Foch avait-il tant d'emprise sur les êtres qu'il puisse amener un homme aussi bon que frère Jean à se livrer à ce genre de pantomime odieuse ? Tout ça pour cinq hectares de vignes ? Elle plongea la main dans sa poche et tendit à frère Jean la donation que lui avait remise Madeleine.

— Vous avez vendu votre âme au diable pour quelques hectares de vignes... C'est indigne de vous, lança-t-elle d'un ton dédaigneux.

— Le crois-tu vraiment ? répliqua frère Jean en souriant.

Au même moment, Madeleine les regardait en hochant la tête, un petit sourire aux lèvres.

— Vous avez été l'instrument de Foch ! explosa soudain Eva au comble de l'indignation. C'est lui qui a été dénicher Gachassin dans son hôpital. C'est lui qui l'a traîné chez un huissier et qui lui a fait rédiger ce texte abject. Et c'est vous qu'il a envoyé ici pour ne pas avoir à apparaître ! Tout ça pour que Madeleine conserve la présidence et qu'il puisse récupérer cinq hectares de château-margaux ! C'est dégueulasse ! Savez-vous qui est cette femme ?

— Oui, je le sais. Foch me l'a expliqué, répliqua frère Jean, imperturbable.

Il tapota la poche de sa veste dans laquelle il avait glissé la donation.

— Mais cela n'a pas d'importance. L'essentiel était qu'elle conserve la présidence.

— C'est vous qui dites ça ? s'écria Eva au comble de l'indignation. Un homme de Dieu ?

— C'est moi.

Les lumières de la salle de réunion jetaient sur la petite rue des lueurs pâles. Eva, toujours furibarde, se tenait aux côtés de frère Jean sur le perron de la mairie. Ils observaient Madeleine Lescarboura qui poussait le fauteuil roulant de Gachassin. Tous deux se dirigeaient vers le château La Palombière.

— Tu as l'air en colère alors que tu devrais être satisfaite, murmura frère Jean.

— Ah oui, vraiment ? Parce que vous avez les cinq hectares de margaux de Foch dans la poche ? Dites-moi, frère Jean, vous travaillez au pourcentage ?

— Tu es injuste.

— Pourquoi ?

— Tu penses que cette femme est le diable, n'est-ce pas ?

— Oui.

— Et tu penses que j'ai aidé le diable, c'est bien ça ?

— Exactement !

— Eh bien, regarde-la, en train de pousser le fauteuil d'un homme qu'elle a tenté de tuer et qui, pourtant, reste amoureux d'elle. L'amour est la pire des tortures lorsqu'il est subi et non partagé. Madeleine va devoir s'occuper de cet homme, vivre sous son regard chaque jour, chaque heure, chaque seconde. Elle va devoir veiller sur lui afin de prolonger sa vie le plus longtemps possible pour conserver la direction du château. Alors que pour les mêmes raisons elle a tenté de la lui ôter. Veux-tu que je te dise ?

— Quoi ?

Frère Jean eut un sourire triste.

— Le diable vient d'entrer en enfer !

A l'autre bout de la rue, Vénus et le vieux Lacaze marchaient côte à côte, bras dessus, bras dessous. Vénus avait proposé au père de Tristan de le raccompagner chez lui. Il avait accepté. Vénus était en train de lui expliquer que Tristan était gravement malade, qu'il était interné dans un institut, qu'on allait tout faire pour le soigner. Le vieux hochait tristement la tête.

Quant à Mignoni, depuis que frère Jean était entré dans la salle de réunion, il ne l'avait pas quitté des yeux, fasciné de se retrouver en présence d'un des lieutenants en soutane de Foch.

Frère Jean, de son côté, ne lui avait pas accordé le moindre regard.

Achevé d'imprimer par N.I.I.A.G.
en novembre 2008
pour le compte de France Loisirs, Paris

N° d'éditeur : 53304
Dépôt légal : novembre 2008
Imprimé en Italie